suhrkamp taschenbuch 4064

D1242409

MEMORIAL UNIVERSITY
LIBRARY
WITHDRAWN
OF NEWFOUNDLAND

Fredrik kann sich glücklich schätzen. Er hat einen sicheren Job, eine wunderbare Familie und ein Haus in paradiesischer Lage. Doch plötzlich bekommt die Idylle Risse. Seine Schlafstörungen wären nicht weiter erwähnenswert, wäre da nicht dieser kleine Mann, dem Fredrik zu nächtlicher Stunde immer wieder im Haus begegnet. Ein Troll? Ein Tier? Ein Werwolf? Gibt es ihn überhaupt, den komischen Kerl, der sich »Kwådd« nennt und behauptet, unter der Treppe zu wohnen? Was geht da vor sich, in dem stilvoll eingerichteten Haus? Was passiert mit Fredrik? Und warum geht Fredriks Frau immer mehr auf Distanz? Die schwedische Bestsellerautorin Marie Hermanson verwandelt in ihrem packenden, abgründigen Psychothriller den Traum von der heilen Familie in einen mörderischen Alptraum.

»Aufregend, spannend, märchenhaft.« *Göteborgs Posten*

»Das Buch ist beunruhigend. Unangenehm. Ein richtiger Schauerroman.« *Sydsvenskan*

Von Marie Hermanson, geboren 1956, erschienen zuletzt die Romane *Das unbeschriebene Blatt* (st 3626) und *Saubere Verhältnisse* (st 3703). Über ihren Bestseller *Muschelstrand* (st 3390) urteilte der Norddeutsche Rundfunk: »400 Seiten für Leser, die spannende Geschichten mit psychologischem Tiefgang lieben! – Ein packender Roman.«

Marie Hermanson
Der Mann unter der Treppe

Roman

Aus dem Schwedischen von
Regine Elsässer

PT
9876
.18
E69
M3615
2009

Suhrkamp

Die Originalausgabe erschien 2005 unter dem Titel
Mannen under trappan bei Albert Bonniers Förlag, Schweden
© Marie Hermanson, 2005

Umschlagfoto: Joseph Paduano/Jupiterimages

suhrkamp taschenbuch 4064
Erste Auflage dieser Ausgabe 2009
© der deutschen Ausgabe
Suhrkamp Verlag Frankfurt am Main 2007
Suhrkamp Taschenbuch Verlag
Alle Rechte vorbehalten, insbesondere das
des öffentlichen Vortrags sowie der Übertragung
durch Rundfunk und Fernsehen, auch einzelner Teile.
Kein Teil des Werkes darf in irgendeiner Form
(durch Fotografie, Mikrofilm oder andere Verfahren)
ohne schriftliche Genehmigung des Verlages reproduziert
oder unter Verwendung elektronischer Systeme
verarbeitet, vervielfältigt oder verbreitet werden.
Druck: CPI – Ebner & Spiegel, Ulm
Printed in Germany
Umschlag: Göllner, Michels, Zegarzewski
ISBN 978-3-518-46064-1

1 2 3 4 5 6 – 14 13 12 11 10 09

Der Mann unter der Treppe

Das Haus

Es war früh am Morgen. Über den Feldern schwebte ein leichter Dunst, die Bäume des Waldes verschmolzen zu einer dunklen, kompakten Fläche, wie eine Theaterkulisse.

Fredrik hatte manchmal Schlafprobleme, dann wachte er gegen drei, vier Uhr auf und konnte nicht wieder einschlafen.

Er war dann in einem Zustand, der weder Tiefschlaf noch Traumschlaf war, den man aber auch nicht als Wachsein bezeichnen konnte. Ereignisse von ganz früher, an die er sich tagsüber nie erinnerte, tauchten so deutlich und detailliert vor ihm auf, als wären sie erst vor wenigen Sekunden passiert. Die Stimmen von Menschen wurden perfekt wiedergegeben, mit haarfeinen Abstufungen, als ob der Sprecher gerade den Raum verlassen hätte. Wichtiges und Unwichtiges vermischte sich, alles war ein einziges Durcheinander.

Auch Erinnerungen an Träume tauchten auf – unwichtige Träume, die er vor Jahren geträumt und sofort wieder vergessen hatte, schauten jetzt aus irgendwelchen Verstecken im Gehirn hervor, so deutlich wie beim ersten Mal.

Es war, als würde jemand in diesen Morgen-stunden einen Löffel in sein Inneres stecken und umrühren, so daß alles aufwirbelte, bunt durchein-ander. Es ermüdete ihn ungeheuer, er sehnte sich danach, schlafen zu können, aber sein Bewußtsein war wach und klar und registrierte alles, was ge-schah. Ja, er fühlte sich beinahe noch wacher als am Tage. So kristallklar und scharf, daß es weh tat und ihn anstrengte.

Es half nur, aufzustehen und so in den Zustand des normalen morgendlichen Wachseins zu gelan-gen.

Da stand er nun mit einem Becher Kaffee in der geräumigen, frisch renovierten Küche. Der Mor-gen vor dem Fenster war diesig, aber er wußte, daß es wieder sonnig werden würde. Das konnte er am Himmel über dem Wald sehen.

Im Stockwerk darüber schliefen seine Frau Paula und seine beiden kleinen Kinder.

Das Haus ruhte im Dunst, es schlief ebenfalls, aber es war kein stiller Schlaf. Das Haus war vol-ler kleiner Geräusche, als würde es schnarchen, atmen, schnaufen und sich drehen, wie ein alter Mensch, dessen Körper seine Geschmeidigkeit verloren hat.

Es war ein großes, weißes Holzhaus, zu Beginn

des letzten Jahrhunderts gebaut, hübsch zwischen Äckern und Wald gelegen. Mit dem Auto brauchte er eine Viertelstunde zu seinem Arbeitsplatz im Rathaus, eine halbe Stunde zum Meer und knapp eine Stunde nach Göteborg.

Sie wohnten erst seit ein paar Monaten hier.

Fredrik hatte während seiner Ausbildung an der Handelshochschule davon geträumt, Aktienmakler zu werden oder in einem internationalen Unternehmen zu arbeiten und im Ausland zu leben. Als er sich um die Stelle als Wirtschaftssekretär bei der Stadtverwaltung von Kungsvik bewarb, sollte das die erste Stufe auf seiner Karriereleiter sein. Aber als es dann ernst wurde zwischen ihm und Paula, waren ihm die Vorteile einer sicheren Stelle und fester Arbeitszeiten klargeworden. Das kannte Paula in ihrer Arbeit als Künstlerin nicht.

In den ersten beiden Jahren war er zwischen ihrer Wohnung in Göteborg und dem Rathaus in Kungsvik gependelt. Das ging schnell und war unproblematisch, und er hatte zunächst nicht daran gedacht, sich in der Kleinstadt niederzulassen, einem seiner Meinung nach tristen Nest.

Aber je länger er dort war, desto deutlicher wurden ihm die Vorteile einer kleinen Stadt wie Kungsvik. Keine Wartelisten für den Kindergarten, eine wunderbare Natur und niedrige Preise für Häuser und Grundstücke. Seit Fabian auf der Welt war, hatte er sich mit anderen Augen umgesehen, wenn er beruflich Gewerbetreibende in der Gemeinde besuchte. Er sah, wie schön es hier war, die Wälder und Felder, das Meer. Was er bisher als hoffnungslos abgelegenes plattes Land betrachtet hatte, wurde nun zu einem Ort, wo man leben und arbeiten konnte, wo man mit der Familie umherstreifen und baden gehen konnte, wo es Spielplätze für Fabian gab.

Fredrik war im Herbst durch seine Arbeit auf das Haus aufmerksam geworden. Das Haus sollte schnell verkauft werden, weil die Besitzer nach Kanada zogen. Der Preis war in Ordnung. Sie würden ein geräumiges, renoviertes Haus bekommen, es gab Platz für ein Atelier für Paula, einen großen Garten, und das zu einem Preis, für den sie in der Stadt höchstens ein kleines Reihenhaus in einem Vorort bekommen hätten.

Er hatte Paula mitgenommen, und sie war sofort begeistert von der verglasten Veranda und dem Zimmer dahinter, es würde ein wunderbares Atelier werden. Ihm hatte es besonders der Balkon über der Veranda angetan, von da hatte man eine wunderbare Aussicht über Felder und Wälder.

Der Makler hatte ihnen Fotos gezeigt, die im Sommer aufgenommen worden waren: Iris, Löwenmäulchen und Lupinen drängten sich in den Beeten, an den Hauswänden rankten weiße und rosa Rosen in einer solchen Fülle, daß das Haus einem Dornröschenschloß glich. Die Apfelbäume hatten genau die richtige Größe zum Klettern, und die Johannisbeersträucher hingen voller roter Beeren.

»Wir werden nie wieder so etwas bekommen«, hatte Paula gesagt, als sie nach der Besichtigung des Hauses im milden Herbstlicht in der Veranda standen.

Die Sprossen der Fenster bildeten ein Karomuster auf dem Dielenboden. Der Makler stand in der offenen Tür zur dunklen Diele, er hatte sich diskret zurückgezogen, um sie in diesem wichtigen Augenblick allein zu lassen – ein Mann und eine Frau vor einer der wichtigsten Entscheidungen in ihrem Leben.

Die Hand auf ihrem runden Bauch – sie war zum zweitenmal schwanger –, hatte Paula sich an Fredrik gelehnt. An seinem Kinn spürte er ihren Atem, kleine, eifrige Puster, und sie flüsterte: »Wir kaufen es. Ganz schnell!«

Paulas Eltern hatten bei der Anzahlung geholfen, und im Januar konnten sie einziehen.

Und jetzt war es Frühling. Ihre Tochter war geboren. Paula hatte sich ein Atelier eingerichtet und arbeitete intensiv, wenn die kleine Olivia schlief. Fabian ging in den Kindergarten und schien sich wohl zu fühlen.

Sie hatten bei ihrer Finanzplanung mit Reparaturen gerechnet – es war schließlich ein altes Haus –, aber merkwürdigerweise gab es keine. Das Haus befand sich in einem ausgezeichneten Zustand. Der Vorbesitzer hatte sich bei der Renovierung große Mühe gegeben. Die Küche war vom Stil her altmodisch, aber hinter den Holztüren, die aussahen wie aus dem 19. Jahrhundert, verbargen sich topmoderne Geräte – Kühlschrank, Gefrierschrank, Spülmaschine. Im Badezimmer gab es unter den Terrakottafliesen eine Fußbodenheizung, und der Kachelofen, der laut Makler aus einem Abrißhaus in Göteborg stammte und von einem örtlichen Handwerker wieder aufgemauert worden war, funktionierte tadellos und sah aus, als hätte er schon immer da gestanden. Paula hatte die Einrichtung mit Möbeln und Textilien im Carl-Larsson-Look vervollständigt. Beim Einzugsfest waren alle sehr begeistert.

Wie alle alten Häuser hatte auch das von Fredrik und Paula seine Eigenheiten. Türen, die schlecht schlossen, Fenster, die schwer aufgingen, ein leichter Zug, der von den vielen Scheiben der Glasveranda herrührte.

Und dann natürlich die Geräusche. Knarrende Bodenbretter. Das Rascheln der Rosenbüsche, die bei starkem Wind an der Hauswand schabten. Das Gluckern in den Abflußrohren. Und das merkwürdige Schlurfen unter der Treppe – als ob da drinnen jemand große Kissen und Matratzen hin- und herziehen würde –, danach ein Kratzen und Knistern. Ratten? Paula hatte schreckliche Angst vor allem, was Ratten, Schlangen oder Insekten hieß, und weigerte sich, auch nur die Tür zu der niedrigen Kammer zu öffnen.

Fredrik hatte sie immer wieder geöffnet und war hineingekrochen, um herauszufinden, woher die merkwürdigen Geräusche kamen. Vorne konnte er halbwegs aufrecht stehen, dann bog der Raum sich mit der Treppe und wurde immer enger und niedriger.

Er wußte nicht, wozu dieser Raum gut war. Vielleicht konnten sie ihn als Rumpelkammer benutzen, wenn sie ein paar Jahre hier gewohnt hatten und nicht mehr wußten, wohin mit den vielen Dingen, die sich ansammelten. Aber Paula und er hatten sich noch nie gern mit unnötigen Dingen umgeben, und bisher boten die geräumigen Einbauschränke genug Raum. Außerdem gab es in der Treppenkammer kein Licht, und ganz hinten war es schwarz wie im Kohlenkeller. Und es roch unangenehm. Feucht. Staubig. Schmutzig. Und nach etwas, das er nicht benennen konnte.

Er war ganz still dagestanden und hatte ins Dunkel hineingelauscht. Keine Geräusche. Er war aus der niedrigen Kammer herausgekommen und hatte die Tür hinter sich geschlossen. Wenn sie anderswo im Haus Spuren von Nagern fanden, mußten sie wohl den Kammerjäger anrufen. Aber er fand keinerlei Spuren.

Und bald gewöhnten sie sich an die Geräusche unter der Treppe, so wie sie sich an das Gurgeln der Abflußrohre, das Knarren der Bodenbretter und das Rascheln der Rosenbüsche gewöhnten.

Vernissage

Es war wie ein Gemälde – die roten Speicher, das intensiv blaue Meer, die glatten Felsplatten und das Glitzern der Reflexe im Wasser und auf den Fensterscheiben. Ein Gemälde. Harmonisch, ruhig, klassisch schön. Vermutlich das einzige klassisch schöne Gemälde, das Fredrik an diesem Tag zu sehen bekommen würde.

Er parkte am Kai und half Fabian aus dem Kindersitz. Ein salziger Wind schlug ihnen entgegen.

Auf dem Parkplatz, der sonst um diese Jahreszeit gähnend leer war, standen schon viele Autos. Paulas Vernissage zog die Leute offenbar an.

»Wo ist Mama?« fragte Fabian und schaute sich um.

»Da drüben, in dem roten Haus, da ist sie«, sagte Fredrik und zeigte auf den Speicher, auf den sie zugingen.

»Warum durfte Olivia mit ihr mitgehen und ich nicht?« fragte Fabian.

»Weil Olivia noch so klein ist und deshalb bei ihrer Mama bleiben muß, du bist schon größer. Aber wir gehen jetzt zu ihnen.«

Als Bodil Molin den Speicher vor zwei Jahren kaufen wollte, um darin eine Galerie zu eröffnen, glaubten nicht viele an ihre Idee. Sie war nicht die erste, die sich in die attraktive Lage und den rustikalen Charme des Gebäudes verliebt hatte, und Fredrik hatte durch seine Arbeit im Amt für Wirtschaftsförderung mit allerlei Besitzern zu tun gehabt, die dort alles mögliche versucht hatten: Geschenkboutique, Eiscafé, Fischräucherei, ja so-

gar ein Geschäft für exklusive marine Freizeitklei-
dung. Aber der Ort war eben kein ausgesprochener
Touristenort, und die wenigen Sommergäste und
Bootsbesitzer, die sich während der Sommermo-
nate in der Gegend aufhielten, reichten nicht aus,
damit die Geschäfte sich lohnten. Als Bodil Molin
ihm ihre Pläne für eine Galerie unterbreitete, hatte
er ziemlich skeptisch reagiert.

Aber die Galerie wurde wider Erwarten ein Erfolg.

Bodil hatte gute Kontakte zur Kunst- und Me-
dienszene – und Überzeugungskraft und Energie. Sie mischte überregional bekannte, etablierte
Künstler mit jungen, spannenden Newcomern.
Blasierte Kritiker, die sonst nur selten die Großstadt verließen, fanden über gewundene kleine
Sträßchen den Weg zu dem alten, roten Gebäude.
Eine Monatszeitschrift hatte unter der Überschrift
»Frauen, die sich trauen« einen Artikel über Bodil
gebracht, und als im letzten Winter ein amerika-
nischer Fotograf ausstellte, kam ein Fernsehteam
und drehte einen kurzen, aber optisch sehr an-
sprechenden Bericht – man sah, wie der Fotograf
über verschneite Felsen wanderte, der Speicher
zeichnete sich unter einer bleichen Sonne gegen
die winterliche Schärenlandschaft ab.

Bodil mietete auch zwei der alten Bootshäuser in der Nähe. Das eine baute sie zu einem kleinen Laden aus, der von Mai bis September geöffnet war und in dem geschmackvolles Kunsthandwerk, Bücher, Postkarten und Poster verkauft wurden. In dem anderen richtete sie sich eine kleine Wohnung zum Übernachten ein, was eigentlich nicht erlaubt war. Die Bootshäuser gehörten der Gemeinde und waren Teil des Kulturerbes. Aber bisher hatte niemand etwas gesagt. Bodil durfte die beiden Bootshäuser mieten und konnte damit machen, was sie wollte.

Fredrik nahm Fabians kleine Hand und ging über den Anlegesteg zum Speicher, der auf Betonpfeilern im seichten Wasser am Strand ruhte.

So viele Leute waren da drinnen! Der Ausstellungsraum war fast voll. Die vielen Stimmen verschmolzen zu einem einstimmigen, unverständlichen Brausen, im scharfen Gegenlicht der Fenster sahen die Besucher einen Moment lang wie zusammengepferchtes Vieh in einem Stall aus. Bevor er eintrat, spürte er eine vage, jedoch intensive Unruhe.

Vielleicht übertrug sein Gefühl sich auf Fabian, der Junge drückte seine Hand, preßte sich an seine Beine und sagte mit piepsender Stimme:

»Wo ist Mama?«

Fredrik sah sich um. Die meisten Besucher standen mit dem Rücken zu den Kunstwerken entlang der Wände und schauten aufmerksam in den Raum, auf die anderen Besucher, als handelte es sich bei diesen um eine gleichzeitig stattfindende, viel interessantere Ausstellung.

»Sie muß hier irgendwo sein. Wir gehen sie suchen. Komm.«

Aber ehe sie sich auf den Weg machen konnten, hatte Bodil Molin sie entdeckt. Sie trug ein locker fallendes Leinenkleid, das Fredrik an die alten Griechen erinnerte, und bahnte sich einen Weg aus dem Inneren des Raumes auf sie zu. Ihr Lächeln war so strahlend, daß er sich automatisch geschmeichelt fühlte. Die letzten Meter, wo die Menschen nicht mehr so dicht standen, lief sie geradezu. Sie umarmte Fredrik, eigentlich zu fest, wenn man bedachte, daß sie sich nur oberflächlich und beruflich kannten. Aber flüchtige, symbolische Umarmungen gehörten nicht zu Bodil Molins körpersprachlichem Repertoire. Sie umarmte alle – Künstler, Journalisten und Kommunalangestellte – mit der gleichen Intensität und Intimität, als wären sie ihre Liebhaber. Sie überrumpelte einen damit, es wirkte aufgesetzt, aber nicht unangenehm, und als Fredrik den kräftigen, üppigen Körper an seinem spürte, wünschte er sich, daß seine eigene Frau ihn so begrüßen würde.

»Fredrik! Und Fabian! Ich habe euch schon gesucht. Ihr bleibt doch nachher noch? Es gibt etwas zu essen, im ersten Stock, das hat Paula doch gesagt, oder?«

»Wo ist Mama?« wiederholte Fabian mit ängstlicher Stimme.

»Komm, mein Kleiner. Komm, wir suchen deine Mama.«

Bodil nahm Fabians freie Hand, und wie die Glieder einer dreiteiligen Kette drängten sie sich mit Bodil an der Spitze durch die Menschenmenge.

Groß und schlank, die blonden Haare zu einem strengen Knoten zurückgekämmt, stand Paula in einer Ecke und sprach mit einem Journalisten. Sie hatte eine riesige, in Cellophan eingeschlagene exotische Blume im Arm – ob sie wohl echt war? Fredrik wollte warten, bis das Interview zu Ende war, aber Fabian lief sofort zu ihr hin. Sie wandte sich dem Kind zu, zog es, ohne das Gespräch zu unterbrechen, mit einem zerstreuten Lächeln an sich und begrüßte Fredrik mit einem leichten Nicken.

Wie merkwürdig die Menschen sind, dachte er beklommen. Eine Frau, die mich kaum kennt, begrüßt mich, als wäre sie meine Frau, und meine Frau begrüßt mich, als würde sie mich kaum kennen. Aber er wußte ja, daß Paula im Moment sehr beschäftigt war und es keinen Grund gab, dem Bedeutung beizumessen.

Ein junges Mädchen, das Fredrik von irgendwoher kannte, streckte ihm eine Platte mit winzigen Brötchen hin. Sie war vermutlich die Tochter eines Bekannten oder arbeitete in einem Geschäft, in dem er manchmal einkaufte. In einer kleinen Stadt sah man die gleichen Menschen immer wieder in anderen Zusammenhängen, vergleichbar mit den Schauspielern eines sehr kleinen Theaters, die immer mehrere Rollen spielen müssen. Der Verkäufer im Eisenwarenladen war am Abend ein Vater beim Elternabend in der Klasse der Tochter, um am nächsten Tag der Fußballtrainer des Sohns zu sein, und am folgenden Morgen in der Lokalzeitung als aktiver Umweltschützer aufzutauchen.

Fredrik fand das zunächst verwirrend und wußte nicht, wie er sich den Leuten gegenüber in deren unterschiedlichen Rollen verhalten sollte. Dann war ihm klargeworden, daß diese sehr verschiedenen, manchmal fast gegensätzlichen Rollen genau das waren, nämlich Rollen, und er entdeckte den Menschen dahinter, eine Erfahrung, die er in der Stadt nie gemacht hätte, weil da ein Eisenwarenverkäufer eben ein Eisenwarenverkäufer war und sonst nichts.

Er nahm sich zwei von den Brötchen. Sie waren erstaunlich gut. Wo hatte Bodil sie wohl her? Bevor das Mädchen verschwand, streckte er die Hand aus und nahm noch eines.

Von einem anderen Tablett bekam er etwas zu trinken angeboten. Er nahm ein Glas alkoholfreien Cider und zog sich in eine Ecke zurück, von wo aus er ungestört seine Frau beobachten konnte und warten, bis sie Zeit für ihn hatte. Er fühlte sich nicht zurückgesetzt. Es war schließlich ihr Tag.

Paula trug ein ärmelloses Seidentop, das zwischen grau und rosa changierte, eine merkwürdige, aber edle Farbe, sie ließ sie zart wie Porzellan und kostbar aussehen. Sie trug eine Hose aus dem gleichen Stoff. Jemand hatte ihr die monströse Blume abgenommen und sie zu den anderen Glückwunschsträußen auf dem Fensterbrett gestellt.

Vielleicht war es ihr perfektes Äußeres – die Seide, die glatten, weißen Arme, das zurückgestrichene, glänzende Haar, vielleicht erinnerte etwas an dieser Struktur ihn an das Marmorwaschbecken und das, was am Morgen geschehen war. Er fühlte, wie sich ein unangenehmes Gefühl im Bauch breitmachte.

Paula war schon sehr früh gegangen, um die Ausstellung vorzubereiten, und hatte Olivia mitgenommen. Fredrik war mit Fabian zu Hause und wartete auf die neue Waschmaschine. (Obwohl das Bad beim Einzug fast neu war, war Paula nicht zufrieden mit der Waschmaschine, und sie hatten beschlossen, eine größere und bessere anzuschaffen.)

Sie war von zwei jungen Männern gebracht worden, Fredrik hatte ihnen geöffnet. Während sie die Maschine im Bad im ersten Stockwerk anschlossen, hatte er sich in der Küche aufgehalten, um in der Nähe zu sein, falls sie etwas von ihm wollten, andererseits wollte er ihnen aber auch nicht das Gefühl vermitteln, daß er ihre Arbeit überwachte.

Die jungen Männer waren vergnügt und laut, und Fredrik hörte, wie sie da oben miteinander scherzten und sich kabbelten. Sie schienen Probleme zu haben, die alte Maschine herauszuholen. Man hörte lautes Poltern und Fluchen aus dem Badezimmer.

Fredrik ging hinauf, um zu sehen, ob sie Hilfe brauchten. Er blieb im oberen Flur stehen und beobachtete die jungen Männer, die so beschäftigt waren, daß sie ihn nicht bemerkten. Die Probleme mit der alten Waschmaschine machten sie aggressiv, sie nannten sie »das Aas«, »das Miststück« und »Saubiest«, als könnten diese Beschimpfungen sie noch einmal motivieren – Fredrik zog sich diskret ins untere Stockwerk zurück und versuchte, ruhig zu bleiben.

Schließlich kamen die jungen Männer die Treppe heruntergekeucht, mit der alten Maschine, die sie verabredungsgemäß mitnehmen sollten, sie riefen tschüs und verschwanden dann schnell – etwas zu schnell, wie Fredrik fand –, und kurz darauf hörte er, wie sie ihren Transporter starteten und davonrasten.

Er ging hinauf und inspizierte die neue Waschmaschine, die fehlerfrei zu funktionieren schien.

Erst kurze Zeit später, als er sich rasieren und für die Vernissage fertig machen wollte, bemerkte er, daß ein zehn Zentimeter großes Stück aus dem Rand des marmornen Waschbeckens herausgeschlagen war.

Es war ein sehr schönes Waschbecken. Die runde Schalenform erinnerte an das Badezimmer einer antiken römischen Villa. Die delikate Form, die cremeweiße, polierte Oberfläche, und jetzt das!

Der Anblick tat ihm beinahe physisch weh, als hätte man seinem eigenen Körper einen Schaden zugefügt. Ihm war, als sei Schicksalhaftes und Schreckliches passiert. Etwas Zartes und Perfektes war zerstört worden und würde nie mehr repariert werden können. Es war das gleiche Gefühl, das er als Kind hatte, wenn ihm etwas kaputt gegangen war und er so verzweifelt darüber war, daß seine Mutter ihn trösten mußte, statt zu schimpfen.

Er holte tief Luft und versuchte sich zu beherrschen. Da ein ziemlich großes Stück herausgeschlagen war, konnte man es vielleicht wieder festkleben, wenn es noch ganz war. Er suchte auf dem Boden, fand es aber nicht. Es war vermutlich unter die Waschmaschine oder die Badewanne gerutscht, aber er hatte jetzt keine Zeit, danach zu suchen.

Auf dem Boden sah er ein feines, weißes Pulver und schloß daraus, daß die Scherbe in kleine Partikel zersprungen war, die die jungen Männer schuldbewußt zusammengefegt oder in die Taschen gesteckt hatten, damit er den Schaden nicht sofort bemerkte.

Was würde Paula sagen? Sie liebte dieses Waschbecken. Völlig unbegründet fühlte er sich schuldig.

Dann hatte er auf die Uhr geschaut, und ihm war klar, daß er sich für die Vernissage fertig machen mußte, er hatte Fabian aus dem Garten hereingerufen. Es war ihm gelungen, das Mißgeschick zu verdrängen, bis er sich mit seinem Ciderglas an das große Fenster der Galerie stellte und die marmorweißen, glatten Arme seiner Frau betrachtete.

Sie schien sich seiner Gegenwart plötzlich bewußt zu werden und wandte sich zu ihm.

»Fredrik, bitte sei so lieb und gehe hinauf und schau nach Olivia. Ich denke, sie schläft, aber sicherheitshalber.«

Er nickte und ging zu der steilen Treppe, die ins Dachgeschoß führte.

Da oben war unter den niedrigen Deckenbalken schon für das Fest danach gedeckt. Die dreieckige Giebelwand war völlig verglast und man hatte eine überwältigende Aussicht über das Meer und die Inseln.

Auf dem Boden stand der herausnehmbare Kinderwageneinsatz. Fredrik kniete sich daneben und betrachtete das kleine runde Babygesicht. Olivia schlief so fest wie immer, trotz des Lärms im Stockwerk darunter. Sie war ein geborgenes Kind und hatte ihre festen Zeiten. Wenn sie schlief, konnte fast nichts sie aufwecken.

Das Gesicht des Kindes bebte ein wenig, als wehte ein innerer Wind durch sein Nervensystem, und brachte verschiedene Gesichtsausdrücke hervor – Freude, Trauer, Schmerz, Wut –, ohne sich für einen zu entscheiden. Und dann war alles wieder vorbei und das Gesicht ruhte friedlich.

Wie schön sie war, seine Tochter. Und dabei hätte es sie beinahe nicht gegeben. Er mußte um sie bitten und betteln. Nach Fabians Geburt hatte Paula erklärt, daß sie nie wieder ein Kind zur Welt bringen würde.

Es war eine lange und schwere Geburt. Vielleicht nicht schlimmer als bei anderen Erstgebärenden, aber Paula hatte eine unbegreifliche Angst vor allem, was mit körperlichen Schmerzen zu tun hat. Bei einer Blutabnahme konnte sie ohnmächtig werden, und sie ging zu einem Zahnarzt, der sie unter Hypnose behandelte. Bei Fabians Geburt bekam sie nicht die Narkose, die man ihr versprochen hatte, glaubte sie, und die Geburt war ein Trauma, das weder sie noch Fredrik je vergessen würden.

Ihre Angst hatte Fredrik stark berührt, weil Paula eigentlich eine robuste Person war. Sie konnte ihren Körper hartem Training unterziehen, und ihre Furchtlosigkeit beim Skifahren oder beim Segeln in hartem Wind hatte ihm imponiert.

Nach Fabians Geburt hatte Fredrik sich darauf eingestellt, daß er ihr einziges Kind bleiben würde.

Aber er wünschte sich so sehr ein Mädchen. Insgeheim war er ein bißchen enttäuscht, daß Fabian ein Junge war.

Und nur ein einziges Kind zu haben, das war auch so riskant. Fredrik war ein vorsichtiger Mann, der sich immer auf das Schlimmste einstellte. Alles auf eine Karte zu setzen, das war noch nie seine Art. Er verteilte die Risiken lieber.

Er hatte sich auf eigene Initiative nach alternativen Geburtsmethoden erkundigt, schmerzlindernden Behandlungen, angstdämpfenden Therapien. Paula hatte total ablehnend reagiert. Schließlich hatte er sie wenigstens für den Kaiserschnitt interessieren können. Kaiserschnitt und Vollnarkose, das war das einzige, was sie sich vorstellen konnte. Und ein schriftliches Versprechen, unterschrieben vom verantwortlichen Arzt.

Fredrik fand eine frei praktizierende Hebamme, die sich auf Geburtsphobien spezialisiert hatte. Paula ließ sich von ihr die Spirale entfernen und durch die Schwangerschaft begleiten. Sie hatte immer wieder ihre Tiefs und weinte dann schrecklich und sprach von Abtreibung. Fredrik tröstete sie, so gut es ging, und sagte, dieses Mal würde alles anders sein. Er versuchte ihr Geborgenheit und Ruhe zu vermitteln, aber innerlich hatte er schreckliche Angst. Daß Paula heimlich abtreiben würde. Daß das Kind zu früh käme und keine Zeit für den Kaiserschnitt bliebe. Daß der Arzt, der für den Eingriff vorgesehen war, in letzter Minute zu einem akuten Fall gerufen würde. Es konnte so viel passieren. Paula wollte Garantien. Aber sie wußten ja beide, daß es solche Garantien nicht gab.

Aber es ging alles gut, und am Ende der Schwangerschaft wurde Olivia aus Paulas bewußtlosem Körper geholt, wohlgestaltet, mit einem wunderbaren kleinen Gesichtchen, nicht so zusammengedrückt und schmerzverzerrt wie bei Kindern, die eine normale Geburt hinter sich haben, sondern fein und unberührt, mit einem etwas erstaunten Ausdruck, als hätte man sie da drinnen in ihrer ruhigen Dunkelheit beim Mittagsschlaf gestört. Wie es sie wohl beeinflussen würde, daß sie diese Abkürzung ins Leben genommen hat und um die normale mühsame Reise herumgekommen war?

Sie nannten sie die Kaiserin, nach der Art ihrer Geburt, aber auch wegen ihres vornehmen Aussehens.

Er war so unendlich dankbar. Den Ärzten und

der Hebamme, den Krankenschwestern. Aber am dankbarsten war er Paula, die all das durchgemacht hatte, trotz ihrer Panik. Er wußte nicht, wie eine Geburtsphobie sich anfühlte, er hatte auch keine besonders große Angst vor Schmerzen, aber er wußte, was Panik war. Als sie aus der Narkose erwachte und die Umwelt allmählich wieder klar sehen konnte, hatte er in ihre weit aufgesperrten Augen geschaut und etwas sehr Bekanntes gesehen. Vielleicht einte die Panik sie. Die selten ausgesprochene, sorgfältig verborgene Panik. Er hatte ihre zitternden Lippen geküßt und gesagt: »Ist alles gut gegangen. Sie ist wunderbar. Danke, Paula. Danke.«

Er wußte, daß er sie nie wieder um etwas würde bitten können. Sie hatte mehr getan, als er je von ihr verlangen konnte.

Andächtig betrachtete er seine schlafende Tochter. Auf eine seltsam kindliche Art erstaunte es ihn immer wieder, daß er, ein Mann, die Ursache für dieses weibliche Wesen war. Er war natürlich nicht allein am Schöpfungsakt beteiligt. Aber das Geschlecht wurde doch von den Spermien des Mannes bestimmt. Und aus ihm, aus dem männlichsten Teil seines Körpers war dieses Weibliche entstanden. Ein *Mädchen*!

Er widerstand dem Impuls, sich über den Kinderwageneinsatz zu beugen und sie auf den Mund zu küssen, weil sie davon vermutlich aufgewacht wäre. Er ging statt dessen zur verglasten Giebelwand und schaute aufs Meer, das noch diese dunkle, tintenartige Frühlingsfarbe hatte. Er mußte wieder in den Ausstellungsraum hinuntergehen, aber er zögerte es so lange wie möglich hinaus.

Wenn Paula nicht mehr so beschäftigt war, konnte er mit ihr reden. Und er konnte mit Bodil sprechen, wenigstens ein paar Worte, wenn sie gerade nicht umherflatterte. Und er würde bestimmt noch Bekannte treffen, Leute aus der Gemeindeverwaltung, Paulas Freunde, vielleicht ihre Eltern, sie kamen oft zu ihren Ausstellungen. Und irgendwann würde er das, was an den Wänden hing, anschauen müssen. Die Kunst. Sie vielleicht sogar kommentieren müssen.

Das mit Paulas Kunst war eine komplizierte Angelegenheit. Fredrik wußte nicht, was er davon halten sollte. Was er fühlte, wußte er. Er war unangenehm berührt. Aber das konnte er nicht sagen.

Paulas Arbeiten waren eine Mischung aus Collage und Malerei. Am Anfang standen idyllische Bilder mit roten Häuschen und Wiesen, nostalgische Vorstellungen vom vorindustriellen Leben.

Vielleicht eine Art Parodie auf die Kunst der Straßenhändler. Manchmal verwendete sie tatsächlich eines dieser massenweise angefertigten Bilder und bearbeitete es direkt auf der Leinwand. In die Idylle klebte sie Fotos, die sie aus Pornoheftchen ausgeschnitten hatte. Das hatte durchaus Witz, wenn erigierte Penisse völlig unmotiviert hinter Birkenstämmen und Ställen hervorschauten. Aber es gab auch erschreckende Bilder – eine festgebundene, nackte Frau, die von lächelnden Bauern bei der Ernte mit Dreschflegeln mißhandelt wurde, oder eine Schar von nackten Frauen, die zusammen mit Schweinen in einer Box zusammengetrieben wurden. Das war abstoßend, es wurde einem übel, man schämte und ekelte sich.

Die Bilder waren niemandem angenehm, aber am unangenehmsten waren sie dem, der mit der Schöpferin dieser Werke verheiratet war. Man konnte der Frage nicht ausweichen: Was war Paula für ein Mensch, wenn sie so etwas Widerwärtiges schaffen konnte? Hatte sie solche Obszönitäten in ihrem hübschen Kopf?

Am Anfang glaubte Fredrik noch, daß Paula als Kind irgendwelchen sexuellen Übergriffen ausgesetzt war. Aber seit er sich in der Kunstwelt ein bißchen besser auskannte und einige Ausstellungen besucht hatte, sah er, daß offenbar all die jungen Künstler von heute sexuellen Übergriffen ausgesetzt waren. Das Motiv war im Trend, ganz einfach. Er war, was Paula betraf, beruhigt.

Aber es war doch merkwürdig, daß Paula, die sonst so sehr auf Stil und Qualität achtete – bei Kleidung, Essen, Einrichtung und Menschen – sich so sehr zum Vulgären und Ordinären hingezogen fühlte.

Aber vielleicht doch nicht. Fredrik und Paula waren einmal von einer etwas schlampigen, stark geschminkten Künstlerin zur Vernissage eingeladen worden, wo sie dann lauter exquisite kleine Radierungen von stillen Seen und entlaubten Bäumen sahen. Man konnte sich fast nicht vorstellen, daß diese Frau etwas so Dezentes und Unprätentiöses hervorbrachte. Sie schien es selbst nicht richtig zu verstehen, denn wenn man mit ihr über ihre Werke sprechen wollte, schaute sie erstaunt und krächzte mit ihrer rauchheiseren Stimme: »Das kommt einfach so, weißt du.«

Vielleicht waren Paulas groteske Collagen auch etwas, das »einfach kam«, Botschaften von einem unbekannten Ort in ihrem Inneren, für sie genauso fremd wie für andere. Und hinterher war sie, genau wie die Kollegin mit den Radierungen, distanziert, fast uninteressiert an dem, was sie geschaffen hatte. Fragen zu ihrem Werk gab sie umgehend an den Fragenden zurück. Als sei er und nicht sie verantwortlich für die unangenehmen Gefühle, die ihre Bilder hervorriefen. »Schweinkram? Mein Lieber, ist auf meinen Bildern Schweinkram, das habe ich gar nicht bemerkt. Ich habe sie kaum angeschaut. Nein, ich habe keine Probleme mit der sadistischen Gewalt in dieser Collage. Es ist schließlich nur ein *Bild*, nicht wahr?«

Nicht die Andeutung eines Errötens auf ihren Wangen. Die Scham war in den Augen des Betrachters.

Fredrik empfand diese Scham auf jeden Fall, und er kam auch nicht darüber hinweg. Er hatte Angst, irgendeiner von seinen Bekannten würde in Paulas Atelier die Pornohefte finden, die sie verwendete, und könnte dann glauben, es seien seine.

Und die Kinder. Noch verstand Fabian nicht, was die Bilder der Mutter vorstellten. Aber bald würde er Fragen stellen. Fredrik hoffte inständig, daß Paula dann in einer neuen Phase ihrer künstlerischen Entwicklung sein würde.

Die alte Treppe knarrte, und als er sich umdrehte, stand Paula da. Er beugte sich rasch über den Kinderwageneinsatz.

»Alles in Ordnung. Sie schläft«, sagte Fredrik.

»Ich habe mich gefragt, wo du bist. Willst du nicht runterkommen und meine Eltern begrüßen? Sie sind jetzt da.«

Er ging mit ihr in den Ausstellungsraum. Die ersten Besucher waren schon wieder gegangen, und es war nicht mehr so voll. Seine Schwiegermutter Birgitta Kreutz kam auf ihn zu, sie war genauso schlank wie ihre Tochter, trug einen engen Rock und ein taillenkurzes Jäckchen aus türkisfarbenem Wildleder. Ein Stück hinter ihr stand sein Schwiegervater, Hans-Gunnar Kreutz, er nippte an einem Weinglas, neben ihm eine unentwegt plappernde Bodil Molin und der gelangweilte Fabian, der an seinem Bein hing.

»Da bist du ja, Fredrik«, rief Birgitta. »Wir haben gerade nach dir gefragt. Die kleine Puppe schläft, habe ich gehört. Da wollen wir sie nicht stören. Was für eine tolle Galerie das ist! Ich habe von ihr gehört, bin aber noch nie hier gewesen.«

»Ja, es spricht sich allmählich herum. Bodil, die Besitzerin, macht es sehr gut.«

»Sie ist wunderbar. Wie schön für dich, Paula, in deiner Heimatstadt ausstellen zu können.«

Die wunderbare Bodil tauchte neben ihnen auf.

»Habt ihr gewußt«, sagte Bodil und wandte sich mit ernster Miene an Birgitta und Hans-Gunnar, »daß ich viel mit Fredrik zu tun hatte, als ich die Galerie aufmachen wollte, er war mir eine große Hilfe. Es ist nicht leicht, wenn man ganz neu in einer Gemeinde ist und etwas aufziehen will. Er war ungewöhnlich verständnisvoll und kannte sich in der Kunstszene aus, das erwartet man nicht bei einem Beamten der Wirtschaftsabteilung. Aber er hat mit keinem Wort erwähnt, daß seine Frau Künstlerin ist. Als ich herausbekam, daß Paula Kreutz hier in der Gegend wohnt, wollte ich natürlich eine Ausstellung mit ihr machen, und erst da habe ich erfahren, daß sie seine Frau ist. Bist du nicht stolz auf sie, Fredrik?«

Fredrik drehte sein leeres Glas, schaute auf die groben Dielen hinunter und wußte nicht so recht, wie er mit dem Vorwurf umgehen sollte, wenn es denn ein Vorwurf war. Birgitta half ihm aus seiner Verlegenheit:

»Fredrik ist unglaublich stolz auf Paula. Wir sind alle stolz auf dich.« Sie legte ihre Hand auf Paulas Arm. »Du hast dich seit der letzten Ausstellung enorm weiterentwickelt.«

Fredrik schaute in Richtung Fenster und betrachtete einige Möwen, die trotz Wind ganz still standen und wie Luftschiffe gegen den glasblauen Himmel schwebten.

Wie schon so viele Male zuvor hatte er das Gefühl, sich in einem absurden Traum zu befinden. Hatte seine Schwiegermutter überhaupt *gesehen*, was da an den Wänden hing? Er hatte plötzlich Lust, sie zu ärgern.

»Welches gefällt dir am besten, Birgitta?« fragte er.

»Das kann ich nicht sagen. Sie sind alle so spannend.«

»Und dir, Hans-Gunnar?« machte Fredrik stur weiter und wandte sich seinem Schwiegervater zu, der wie so oft eine skeptische Miene aufgesetzt hatte: zusammengekniffener Mund und kleine, beinahe unsichtbare Grimassen, als würde er seine Umgebung wie einen Wein kosten und bewerten.

Hans-Gunnar überhörte Fredriks Frage und wandte sich an Bodil:

»Wie läuft es mit dem Verkauf?«

»Es sind schon jede Menge rote Punkte dran«, rief Birgitta laut.

»Ja, als wären die Masern ausgebrochen«, konstatierte Bodil ruhig. »Aber das habe ich schon vorher gewußt.«

Sie warf einen Blick auf ihre Armbanduhr:

»Wir machen in einer Stunde zu. Und dann gibt es im ersten Stock ein kleines Buffet.«

Hans-Gunnar räusperte sich und sagte dann schnell:

»Vielen Dank, aber wir müssen nach Hause. Es war schön, das alles hier gesehen zu haben.«

»Kommt ihr nicht mit zu uns nach Hause, Opa und Oma?« fragte Fabian, der inzwischen an Birgitta hing.

»Ein anderes Mal, Liebling«, sagte Birgitta und strich ihm über die Haare. »Oma und Opa kommen ein anderes Mal zu dir.«

Die Schwiegereltern verabschiedeten sich und gingen hinaus zu ihrem Mercedes. Paula ging in den ersten Stock, um Olivia zu stillen, das Mittagsschläfchen war jetzt vorbei.

»Ich möchte dir noch einmal für alles danken, was du für mich gemacht hast, Fredrik«, sagte Bodil. Ihre Stimme war jetzt, wo die anderen gegangen waren, anders, weicher, intimer.

»Ich? Ich habe doch nichts getan«, rief Fredrik erstaunt aus, beinahe erschrocken.

»Du warst *mein sicherer Lotse durch das Gemeindelabyrinth*«, sagte Bodil nachdrücklich und legte ihre Hand auf seinen Arm.

Fredrik lachte peinlich berührt.

»Aber das ist doch mein Job.«

Fabian zog ihn an der Hand.

»Papa, mir ist *langweilig*!«

»Ich geh eine Weile mit ihm nach draußen«, sagte Fredrik entschuldigend.

»Ich hoffe, wir werden auch in Zukunft zusammenarbeiten«, fuhr Bodil fort. »Du bist doch noch bei der Wirtschaftsförderung? Man kann ja nie wissen. Die Leute wechseln heutzutage öfter die Jobs als die Hemden. Kaum hat man einen Kontakt etabliert, sitzt jemand Neues an dessen Stelle.«

»Ich werde wohl noch eine Weile bleiben, denke ich«, sagte Fredrik lächelnd. »Fabian wird ungeduldig. Wir sehen uns nachher beim Buffet.«

Er ging mit Fabian den schmalen Streifen Strand entlang. Trockener, schwarzer Tang blieb an den Füßen hängen, abgebrochene Schilfrohre lagen in wirren Haufen zwischen den Steinen, als hätte ein wahnsinniger Vogel Nester gebaut.

Der Junge lief voraus. Fredrik sah, wie gut es ihm tat, sich in der frischen Luft bewegen zu dürfen, nachdem er so lange zwischen lauter langweiligen Erwachsenen eingesperrt war und noch dazu an einem Ort, wo es für ihn nichts zu tun gab. Wenn Fredrik ehrlich war, ging es ihm genauso. Er schloß die Augen, entspannte sein Gesicht und ließ sich die Lider von der Sonne wärmen. Das Meer verströmte einen schweren, kühlen Duft nach Algen und blauschwarzer Tiefe.

Als er die Augen wieder öffnete, stand Fabian genau am Rand des Wassers und beobachtete gespannt, wie der schwarzbraune Schaum seine Zehen beleckte, ohne sie zu benetzen. Es war eines seiner vielen Grenzen-Austesten-Spiele. Und wie immer endete es damit, daß die Grenze überschritten wurde. Er machte einen kleinen Schritt näher ans Wasser, und die nächste größere Welle spülte über seine Füße. Mit einem entzückten Schrei lief er zu Fredrik, sie gingen schnell zum Speicher zurück, legten seine Schuhe und Strümpfe zum Trocknen auf eine Heizung, und Fabian durfte barfuß herumlaufen.

Etwa zwanzig Personen blieben noch zum Buffet im Dachgeschoß. Alle waren sich einig, daß es eine gelungene Ausstellung war.

Paula war entspannter, jetzt, wo alles vorbei war. Olivia lag in ihrem Kinderwageneinsatz, satt und zufrieden, sie betrachtete die Welt mit ihren altklugen Augen. Vor der verglasten Giebelwand verschwand die Sonne im Meer, erst langsam und effektvoll inszeniert, dann ganz schnell, als hätte jemand sie fallen lassen.

Sie brachen trotz Bodils Protest beizeiten auf.

»Es tut mir leid, aber wir müssen mit den Kindern nach Hause«, sagte Paula und stand auf.

»Aber«, sagte sie und wandte sich an die anderen am Tisch, »warum kommt ihr nicht mit? Wir können doch bei uns weiterfeiern. Dann könnt ihr auch das Haus sehen.«

Einige der Besucher lehnten dankend ab und gingen nach Hause. Der Rest fuhr im Konvoi durch die frühlingshafte Dämmerung an den Feldern entlang – vorbei an noch nicht ausgetriebenen Eichen und Teppichen von Buschwindröschen, zum Haus von Fredrik und Paula.

Paula liebte es, das neuerworbene Haus Besuchern zu zeigen, und sie erzählte immer wieder die Geschichte, wie sie hergekommen waren und sofort gewußt hatten, daß es *ihr* Haus war. Wie sie in der Glasveranda im sirupgelben Licht gestanden und beide so ein Déjà-vu-Gefühl gehabt hatten, das Gefühl, schon einmal hier gewesen zu sein, in einem Traum oder so, und daß sie jetzt endlich *wieder da* waren. Wie überraschend niedrig der Preis gewesen war, wie schnell alles gegangen war, als hätte alles so sein sollen. Als hätte das Haus nur auf sie gewartet.

Ihre Künstlerfreunde bewunderten das geräumige Atelier und seufzten neidisch. Eine Künstlerin war mit ihrem Mann da, er war Fotograf und bekam manchmal Aufträge von einer Zeitschrift für Inneneinrichtung.

»Wir machen eine Serie über die Häuser von kreativen Menschen, euer Haus würde genau hineinpassen, Paula. Ich könnte es der Redaktion vorschlagen. Ist es okay, wenn ich ein paar Bilder mache und sie ihnen zeige?«

»Keine Home-Story, bitte!« sagte Paula bestimmt und hob abwehrend die Hand.

Aber als er die Kamera hob und sie bittend anschaute, zuckte sie lachend mit den Schultern und ließ ihn seine Bilder machen. Fredrik wurde überhaupt nicht nach seiner Meinung gefragt.

Sie schauten sich das Haus an, Zimmer für Zimmer. Vom Schlafzimmer im Oberstock gingen sie auf den Balkon und sahen über die hügelige Landschaft, wo der Abendnebel sich jetzt in dünnen Schleiern über die Felder gelegt hatte.

»Die Lage ist wirklich phantastisch. Wer sich diesen Platz ausgesucht hat, um sein Haus darauf zu bauen, muß wirklich ein Künstler gewesen sein«, rief Bodil Molin aus und lehnte sich ans Balkongeländer.

»Es waren vielleicht eher praktische Gründe«,

sagte Sven-Erik Ljung, Leiter des Heimatmuseums und mit der Kultursekretärin der Gemeinde verheiratet. »An diesem Platz haben bestimmt schon seit vielen hundert Jahren Menschen gewohnt. Im Westen schützt der Berg vor den Winden, zur anderen Seite ist fruchtbarer Boden, Wasser ist im Bach und das Meer nicht weit. Solche Orte hat man damals gewählt.«

»Eine Art nordisches Feng Shui«, sagte ein blasses, dunkelhaariges Mädchen, das Fredrik nicht kannte, aber er nahm an, daß sie eine von Paulas Künstlerfreundinnen war.

Der nächste Raum, der besichtigt werden sollte, war das Badezimmer.

»Es ist wirklich toll. Wir haben es nicht selbst eingerichtet, aber der Vorbesitzer hat genau unseren Geschmack getroffen«, erklärte Paula, als sie die Tür zum Balkon schloß und die Gesellschaft aus dem Schlafzimmer durch den Flur zum Badezimmer hinüberführte.

»Klar und sauber, dabei nicht klinisch. Ich liebe es.«

Der fotografierende Künstlerinnengatte hielt die Kamera in Bereitschaft.

Erst da fiel Fredrik das Mißgeschick mit dem Waschbecken wieder ein. Er hatte Paula noch nichts gesagt, weil er ihr auf der Vernissage nicht die Laune verderben wollte, und dann hatte er es vergessen. Jetzt sah er vor seinem inneren Auge das schöne, runde Marmorwaschbecken und die schreckliche Wunde am Rand. Er wußte, wie sehr Paula sich über äußere Makel aufregen konnte. Wie würde sie wohl reagieren? Er wollte sie warnen, aber es war zu spät. Sie hatte schon die Tür geöffnet und die gedimmte Beleuchtungsleiste über dem Waschbecken angemacht.

Die ganze Gesellschaft drängte sich im Badezimmer. Fredrik konnte nur ihre Rücken sehen und ihre begeisterten Rufe hören. Die Kamera blitzte.

Hatten sie das Waschbecken schon gesehen? Hatte Paula es gesehen?

Die Muskeln in seinem Kopf zogen sich zusammen und drückten auf sein Hirn, das sich ganz trocken anfühlte und weh tat. Gleich würde die ganze elegante, verwöhnte Gesellschaft etwas zu sehen bekommen, für das er sich schämte, eine versteckte Behinderung, etwas Schändliches. Er kam sich ertappt vor. Warum hatte er Paula nicht gewarnt? Er hätte sie davor bewahren sollen.

Er wartete auf einen erschreckten Ausruf von ihr, einen bedauernden Kommentar von einem der

Besucher – aber es kam nichts. Er hörte nur Paulas Geplapper über die Vorteile des Badezimmers, die Heizung im Terrakottaboden – »man geht wie auf sonnenwarmen Felsen« –, die Badezimmerschränke, in denen man so viel unterbringen konnte, die Beleuchtung, die einen immer schön aussehen ließ, sogar morgens. »Es unterstützt das Selbstvertrauen, wenn man den Tag so beginnen kann.« (Als ob das bei Paula eine Rolle spielen würde, sie war bei jedem Licht schön.) Sie bemerkte auch begeistert, daß die neue Waschmaschine installiert war.

Schließlich mußte er sich hineindrängen.

Er betrachtete das Waschbecken. Es war makellos. Glatt und weiß wie die Haut einer jungen Frau. Er sah nicht die geringste Spur eines Schadens.

Aber das war doch nicht möglich. Er erinnerte sich deutlich an die gezackte Bruchkante, wo das große Stück fehlte.

Verwirrt folgte er der Gesellschaft ins Wohnzimmer und zog sich kurz darauf zurück, unter dem Vorwand, Fabian ins Bett bringen zu müssen. Er überwachte das Waschen und Zähneputzen und schickte ihn dann ins Bett.

»Leg dich schon mal hin, ich komme gleich zum Gute-Nacht-Sagen«, sagte er.

Als der Junge gegangen war, schloss er sich im

Badezimmer ein, kniete sich am Waschbeckenrand hin und untersuchte den Marmor. Erst sah er gar nichts, aber wenn er den Kopf schräg legte und von unten schaute, konnte er eine Linie sehen, dünn wie ein Haar, die an der Unterseite ein etwa zehn Zentimeter großes Stück begrenzte.

Jemand hatte das abgeschlagene Stück gefunden und es so geschickt wieder angeklebt, daß man fast nichts sah.

Die erste Begegnung

Um nicht so früh aufzuwachen, versuchte Fredrik abends lange wach zu bleiben, aber auch das half nichts. Noch spät in der Nacht saß er in dem kleinen Arbeitszimmer, das er sich im Oberstock eingerichtet hatte, über den Schreibtisch gebeugt und ging Akten durch, die er sich mit nach Hause genommen hatte. Als er schließlich ins Bett kroch, war ihm fast übel vor Müdigkeit und er fiel sofort in tiefen Schlaf.

Und doch: In der Dämmerung spuckte der Magen des Schlafs ihn aus, blitzschnell und ohne Vorwarnung, als wolle er ein Stück verdorbenes Fleisch loswerden. Es war, als würde er auf eine glatte und eiskalte Fläche geworfen, glitt umher, gelähmt, erfroren, unbekannten Schrecken hilflos ausgeliefert.

Schließlich konnte er sich mit großer Mühe von diesem Traumbild losreißen und aus dem Bett steigen, die Treppe hinunter in die Küche gehen und sich einen Becher starken, belebenden Kaffee machen. Er trank ihn wie immer am Fenster stehend, er setzte sich nicht, aus Angst, wieder in diesen Halbschlaf zu fallen.

Seine Hirnzellen wurden langsam munter und verknüpften sich zu normalen Gedankengängen. Nach zehn Minuten hatte er das Gefühl, auf der sicheren Seite zu sein. Er stellte den Becher in die Spülmaschine und beschloß, wieder ins Bett zu gehen und noch ein bißchen zu schlafen.

Als er durch die Diele kam und nach oben gehen wollte, hielt er inne.

Mitten in der Diele stand jemand. Erst dachte er, es sei ein Kind, aber dann sah er, daß es ein erwachsener Mann war, kaum eins fünfzig groß. Er hatte schwarze Haare, war unrasiert, hatte hohe Wangenknochen, schmale Augen und einen breiten Mund. Er trug Jogginghosen und ein T-Shirt, beides schrecklich schmutzig, an den Füßen hatte er Sandalen.

»Wer zum Teufel bist du?« rief Fredrik aus.

Normalerweise war er höflicher zu Fremden, und er fluchte auch ausgesprochen selten. Aber um diese Tageszeit in seinem eigenen Haus ein so merkwürdiges Wesen zu sehen, das nahm ihm die Fassung.

»Skwådd«, sagte der Mann kurz und nasal. Es klang wie das Quaken eines Froschs.

Oder sagte er »Kwådd«?

»Wie bitte?« sagte Fredrik.

Der Mann wiederholte das Wort. Jetzt klang es eher wie »Kwådd«.

Er ist nicht normal. Er ist aus irgendeiner Anstalt ausgebrochen und hat sich hierher verirrt, dachte Fredrik.

»Wo wohnst du?« fragte er und versuchte freundlich zu klingen.

Der Mann zeigte auf einen Punkt neben Fredrik.

»Hier? Da irrst du dich, mein Lieber. Das hier ist unser Haus.«

Wie immer, wenn er »unser Haus« sagte, überfiel ihn ein kurzer Schauer von Angst und Lust. Die Rolle des Hausbesitzers war immer noch so ungewohnt.

Vielleicht kannte der Mann die Leute, die zuvor hier gewohnt hatten, und er wollte sie besuchen.

»Möchtest du zur Familie ...« Er suchte nach dem Namen der vorigen Hausbesitzer, und plötzlich fiel er ihm ein: »... Jonfelt? Hast du sie öfter besucht? Sie sind umgezogen, verstehst du. Sie wohnen jetzt in Kanada. Weit weg.«

Der Mann rührte keine Miene. Er zeigte immer noch geradeaus und murmelte etwas, das klang wie »Zuhause«.

»Das ist nicht dein Zuhause. Sag mir doch, wo du wohnst, dann kann ich jemanden anrufen, der dich abholt.«

Der fehlende Schlaf machte sich jetzt bemerkbar, Fredrik war plötzlich sehr müde. Er sehnte sich nach seinem Bett und ärgerte sich über den dickköpfigen Mann.

Jetzt zeigte der Mann hinter Fredrik. Auf die Treppe.

»Wohnst du da oben?« fragte Fredrik lachend.

»Die Treppe«, hörte er den Mann murmeln.

»Nein, mein Freund. Jetzt mußt du wirklich gehen.«

»Unter der Treppe«, sagte der Mann mit erstaunlich klarer und deutlicher Stimme.

Ein richtiger Irrer, dachte Fredrik. Er ging zum Telefon, das auf der Kommode stand, und wählte die Nummer der Polizei.

»Ich heiße Fredrik Wennéus. In meinem Haus ist ein verwirrter Mann. Er hat sich offenbar verlaufen. Er ist ein bißchen schwierig.«

Er drehte sich um, weil er sehen wollte, ob der Mann sich über seine Beschreibung ärgerte.

Aber da gab es keinen Mann mehr. Fredrik ging mit dem schnurlosen Telefon durchs Untergeschoß, schaute in alle Zimmer, aber der Mann war nicht mehr da.

»Jetzt scheint er wieder gegangen zu sein«, sagte er ins Telefon.

Er bat die Frau am anderen Ende um Entschuldigung und legte auf.

Er ging in den Garten hinaus, schaute sich um, sah zur Straße hinüber, über die Felder und zum Wald. Der kleine Mann war weg.

Als er ins Schlafzimmer kam, drehte Paula sich zu ihm um.

»Hast du da unten mit jemandem gesprochen?« fragte sie schlaftrunken.

»Da war ein komischer Typ, aber er ist wieder gegangen. Irgendwie behindert oder geistesgestört.«

»Hat er gesagt, wie er heißt?«

»Kwådd.«

»Was?«

»So hat es geklungen. Ich habe ihn gefragt, wer er ist, und er sagte Kwådd.«

»Der arme Kerl«, murmelte Paula und schlief wieder ein.

Klopfen

Wo war der Junge bloß?

Es gehörte zu Fredriks Aufgaben, Fabian in den Kindergarten zu fahren. Es lag nahe, weil er auf dem Weg zur Arbeit im Wirtschaftsdezernat am Kindergarten vorbeifuhr. Sie verließen das Haus um halb neun, und obwohl sie beizeiten aufstanden und Paula Fabians Sachen schon vorher zurechtlegte, gab es im letzten Moment doch immer Streß. Mal mußte man ein Spielzeug suchen, das Fabian unbedingt mitnehmen wollte, oder die Mütze war verschwunden, oder Fabian wollte plötzlich überhaupt nicht in den Kindergarten gehen und Fredrik mußte kostbare Minuten darauf verwenden, ihn zu überreden und zu ermuntern.

Und jetzt war der Junge verschwunden. Fredrik schaute ins Atelier, wo Paula schon bei der Arbeit war, Olivia saß in ihrem Babystuhl neben ihr. Paula stand immer sehr früh auf. Nach einer Joggingrunde und einer Dusche war sie schon um sieben im Atelier und arbeitete dann bis vier, sie unterbrach ihre Arbeit nur, um Olivia zu stillen und ihr die Windeln zu wechseln.

Paula trug Jogginghosen und ein Hemdchen, die Haare hatte sie zusammengebunden. Sie war damit beschäftigt, vergrößerte Amateurfotos an die Wand zu pinnen. Es waren harte Blitzlichtbilder, die Farben waren grell und die Konturen unscharf, und soweit Fredrik sehen konnte, waren es Bilder von einer Weihnachtsbescherung, die vermutlich einige Jahrzehnte zurücklag. Weihnachtsbaum, Kinder, ein Erwachsener im Weihnachtsmannkostüm. Fredrik konnte auf die Entfernung nicht erkennen, ob es sich um Paulas Familie handelte. Er hoffte nur, daß sie diese Bilder nicht als Hintergrund für ihre Obszönitäten verwendete. Aber es gab ein ungeschriebenes Gesetz zwischen ihnen, daß er ihre Arbeiten im Entstehungsprozeß nicht kommentierte.

»Hast du Fabian gesehen?« fragte er.

»Ich glaube, er ist in sein Zimmer gegangen.«

Fredrik eilte die Treppe hinauf und wäre fast über Fabian gestolpert, der auf der Treppe kauerte und im Schatten fast nicht zu sehen war.

»Hier bist du! Hol deinen Rucksack, wir müssen los.«

Der Junge schien ihn nicht zu hören. Er hatte die Wange auf die Stufe gepreßt und lachte leise vor sich hin.

»Fabian, wir müssen jetzt los. Papa kommt sonst zu spät zur Arbeit.«

Statt zu antworten, klopfte der Junge auf die Treppenstufe. Vier Mal leichtes Klopfen.

»Fabian! Hast du gehört, was ich gesagt habe.«

Der Junge klopfte wieder auf die Treppenstufe. Jetzt verlor Fredrik die Geduld. Er mußte um zehn bei einem Treffen mit dem Unternehmerverband und dem Gemeinderat sein, und er mußte sich noch vorbereiten.

»Was ist das denn für ein Unsinn! Wir haben es eilig.«

Er hob den Jungen auf die Schulter, ergriff den Rucksack und seine Aktentasche und trug die ganze Last hinaus zum Auto. Fabian schrie und trat.

»Ich wollte doch nur mit ihm reden! Du bist blöd! Du bist blöd!«

Er verfrachtete den Jungen auf den Rücksitz, schloß die Tür und setzte sich auf den Fahrersitz.

»Mit wem wolltest du reden?« fragte er ärgerlich, startete den Wagen und fuhr auf die Straße.

»Mit dem Mann unter der Treppe natürlich.«

»Und wer ist das?«

»Das weißt du doch, Papa. Der unter der Treppe wohnt. Der kleine Mann.«

»Hast du das im Fernsehen gesehen?«

»Nein, unter *unserer* Treppe. Nicht im Fernsehen.«

Fredrik fuhr auf der kurvenreichen Straße, so schnell er sich traute. »Der Mann unter der Treppe.« Wieso kam ihm das so bekannt vor? War das ein Kinderbuch, das sie zusammen gelesen hatten? Oder hatte Fabian schon früher einmal davon gesprochen? Er plapperte ja manchmal wie ein Bach im Frühling, und man konnte sich nicht immer an alles erinnern.

Er lieferte Fabian im Kindergarten ab und fuhr weiter zu seinem Arbeitsplatz im Rathaus. »Der Mann unter der Treppe« hämmerte es in seinem Kopf, wie ein Abzählreim, etwas aus einem Märchen, einem Spiel. Der Mann unter der Treppe. Der Kerl in der Kiste. Der Mann im Mond.

Erst als er an seinem Schreibtisch saß und die merkwürdigen bunten Formen des Bildschirmschoners auf seinem Computer betrachtete, Formen, die sich ineinanderschlangen und immer neue Figuren bildeten, erst da tauchte das Bild auf, das zu dem Satz paßte. Der kleine Mann, der sich einmal früh am Morgen in die Diele verirrt hatte, vor ... wie lange mochte es her sein? Vor zwei Wochen? Vielleicht länger? Und der wie ein Frosch gequakt hatte, wenn man ihn nach seinem Namen fragte. In seiner Verwirrung hatte der arme Kerl geglaubt, in ihrem Haus zu wohnen. Unter ihrer Treppe!

Wo war er dann hingegangen? Hatte er wieder in sein eigenes Zuhause zurückgefunden? Fredrik hatte sich damals wieder schlafen gelegt und keinen Gedanken mehr an den Mann verschwendet. Bis jetzt.

Er saß vor dem Bildschirmschoner und dachte über den Mann nach. Hätte er ein bißchen hilfsbereiter sein sollen? Warum nur war er diesem verwirrten Menschen gegenüber so barsch und zurückweisend? Das war gar nicht seine Art.

Aber dann fiel ihm ein, daß der Mann sich keineswegs verwirrt oder verstört gezeigt hatte. Breitbeinig und mit etwas Trotzigem im Blick hatte er mitten in der Diele gestanden und Fredrik angeschaut. Seine Stimme und seine Körpersprache ließen keinen Zweifel zu, er zeigte auf die Treppe hinter Fredrik und behauptete, das sei sein Zuhause. Dabei schaute er Fredrik mit einem beleidigten, ärgerlichen Blick an, als ob er *im Weg stünde*, ihn daran *hinderte*, dorthin zu gelangen, wo sein rechtmäßiges Zuhause war.

Wegen dieses Blicks, der frühen Stunde und weil er nicht schlafen konnte, hatte Fredrik die Geduld verloren und bei der Polizei angerufen.

Und dann war der Mann verschwunden. Ohne ein Wort des Abschieds. Ohne einen Laut. Kein Knallen der Haustür – sie war ziemlich schwer zu schließen, außerdem hörte man am Schleifen über den Boden und am Klirren der Milchglasscheibe, ob jemand kam oder ging.

Weg.

Als wäre er nie dagewesen.

Je mehr Fredrik darüber nachdachte, desto sicherer war er, daß er das alles nur geträumt hatte. Er erwähnte es Paula gegenüber, ehe er wieder ins Bett kroch, sie hatte etwas gemurmelt, aber ihn später nicht mehr danach gefragt. Vielleicht war auch sie der Meinung, daß er geträumt hatte?

Wenn er denn überhaupt etwas zu ihr gesagt hatte, vielleicht war auch ihre kleine Konversation Teil seines Traums?

Hatte er jemals mit Fabian über diesen Traum gesprochen? Er war sich sicher, daß er das nicht getan hatte.

Die Nebelwesen des Bildschirmschoners um-
schlangen einander und lösten sich in Rauch auf,
um kurz darauf neue Formen anzunehmen, es
stand seiner Phantasie frei, sie zu deuten.

Lügen

Fredriks Arbeitsaufgaben waren so vielschichtig
und ungenau definiert, daß er theoretisch soviel
arbeiten konnte, wie er wollte, ohne je das Gefühl zu haben, fertig zu sein. Alles von Unterneh-
mensansiedelung bis Genehmigungsgesuchen für
Schilder auf dem Bürgersteig landete bei ihm. Das
Telefon klingelte ständig, Berge von Papier sam-
melten sich in seinem Zimmer, und auf der Straße
oder im Supermarkt wurde er oft von Kleinunter-
nehmern angesprochen, die etwas auf dem Herzen
hatten. Für sie verkörperte er den diffusen Begriff
Gemeinde, vielleicht sogar Landkreis, Staat, EU.
Er war wie ein Trichter, der seine weite Öffnung
diesen Unternehmern zuwandte, der ihre Fragen,
Bitten, Wünsche, Forderungen, Unzufrieden-
heit und ihren Ärger aufnahm und sie durch die
enge Öffnung an die Mächtigen in der Gemeinde
weiterleitete. Und im nächsten Moment wurde er

umgedreht, gefüllt mit Paragraphen, Ratschlägen, Anweisungen, Ermunterungen und Ermahnungen, und er mußte den ganzen Mist wieder zur anderen Öffnung drücken.

Jeden Tag um fünf Uhr steckte er einen Stapel Papier in seine Aktentasche, in der Hoffnung, sie irgendwann später am Abend lesen zu können, dann verließ er sein Arbeitszimmer, das Telefon konnte klingeln, soviel es wollte. Er kam nie zu spät zum Abholen in den Kindergarten.

Der Kindergarten lag am Rand von Kungsvik, er war umgeben von Wiesen, Wäldern und Felsen. Fredrik dachte oft, daß es eine Schande war, die Kinder auf dem engen, eingezäunten Spielplatz hinter dem gelben Flachbau einzusperren, wo sie diese herrliche Natur um sich herum hatten.

Als Fredrik klein war, war seine Mutter meistens zu Hause, sie arbeitete nur stundenweise in einem Lebensmittelgeschäft. Er genoß seine Freiheit und konnte mit den anderen Kindern am Waldrand und in den Felsen spielen, denn sie wohnten in einem ruhigen Vorort. Es war eine wunderbare Zeit mit spannenden Spielen. Im nachhinein war er etwas erstaunt, welche Freiheit er als Vier-, Fünfjähriger hatte. Aber es war natürlich eine andere Zeit, mit weniger sozialen Problemen und Gefahren.

Als er sechs war, ließen sich Fredriks Eltern scheiden. Die Mutter mußte jetzt ganztags arbeiten, und Fredrik kam in den Kindergarten. Er erinnerte sich, wie erniedrigend es war, auf einer so kleinen Fläche eingesperrt zu sein, mit einer lächerlichen Rutsche, eine Paar Schaukeln und einem Sandkasten. Er war es gewohnt, im Vorort herumzustreunen, auf steile Felsen zu klettern und den älteren Kindern dabei zu helfen, Baumhäuser zu bauen.

Seine Freunde standen manchmal vor dem Zaun, starrten ihn an, als wäre er ein Tier im Zoo, und ärgerten ihn, und einige Male war er auch ausgebüchst.

Aber Fabian, der seit seinem ersten Lebensjahr in den Kindergarten ging, war gewissermaßen von Anfang an domestiziert. Er schien nicht darunter zu leiden, wenn er die Weite hinter dem Zaun sah, bei den gemeinsamen Ausflügen ging er brav in der Reihe, hielt seinen Kameraden an der Hand und betrachtete folgsam die Naturphänomene, auf die die Erzieherinnen hinwiesen. Fredrik war der einzige, der litt, wenn er sein kleines Gesicht hinter dem Maschendrahtzaun sah. Der Junge selbst sah glücklich aus.

Und doch sehnte Fredrik sich nach dem Sommer, den ersten Ferien in ihrem neuen Haus. Sie würden nirgendwohin reisen, sondern die Tage im Garten verbringen und Ausflüge ans Meer machen, das nur ein paar Kilometer entfernt war. Und Fabian würde im Wald neben dem Haus spielen können. Natürlich nur, wenn er wollte. Und wenn Paula fand, daß er groß genug dafür war.

An der Tür des Kindergartens begrüßte er die anderen Eltern, zog die blauen Plastiküberschuhe an und ging hinein. Er fand Fabian in der sogenannten »Kuschelecke«, er saß mit zwei kleinen Mädchen und Marlene, seiner Lieblingserzieherin, auf dem Sofa, sie las ihnen ein Bilderbuch vor. Fabian beugte sich über das Buch, zeigte auf ein Bild und sagte etwas, das die anderen zum Lachen brachte.

Fredrik stand einen Moment in der Türöffnung und betrachtete stumm dieses Bild. Er liebte es, seinen Sohn zusammen mit anderen Menschen zu sehen, geborgen, offen und vertrauensvoll. Ein Kind mit liebevollen, stabilen Eltern, einem schönen Zuhause auf dem Land und einem ausgezeichneten Kindergarten – kurz gesagt: ein Kind, das eine glückliche Kindheit erlebte.

Auf dem Heimweg erzählte Fabian fröhlich, was er im Lauf des Tages mit den anderen Kindern und den Erzieherinnen erlebt hatte. Er erwähnte den Mann unter der Treppe mit keinem Wort.

Fredrik war sehr darauf bedacht, seinen Sohn zärtlich zu berühren und sich nicht pseudo-freundschaftlich mit ihm zu boxen und zu knuffen, wie es sein Vater auf seine linkische Art getan hatte.

Sein Vater hat gern mit ihm gerungen und ihm Griffe beigebracht. Er gab ihm großzügig Tips, wie man sich befreit, zeigte ihm, wie man sich duckt, täuscht, schlägt und flieht. Als müßte er seinen Sohn auf ein Leben in einem New Yorker Slum vorbereiten, dabei wohnten sie doch in einem verschlafenen Vorort im sicheren Schweden der siebziger Jahre.

Der Vater hatte ihm mehrmals einen Zeitungsausschnitt mit zwei Jungen in einem schweißtreibenden Kampf gezeigt, dem Text zufolge war er einer der beiden. Er erzählte Fredrik, daß er »Ringer« war, Fredrik glaubte, daß der Vater zur ersten Liga gehörte. Als er als erwachsener Mann diesen Zeitungsausschnitt wiederfand, sah er, daß es sich um eine unbedeutende Jugend-Kreismeisterschaft handelte.

Obwohl seine Eltern sich scheiden ließen, als

Fredrik sechs Jahre alt war, blieb der Vater auch danach sehr präsent. Er zog in einen anderen Stadtteil, aber er kam oft zu Besuch, setzte sich vor den Fernseher und tat so, als würde er da wohnen. Mehr als einmal fand Fredrik seinen Vater am Morgen schlafend im Bett der Mutter, Jahre nach der Scheidung noch. Erst als er erwachsen war, wurde ihm klar, wie außergewöhnlich das war, und er vermutete, daß diese zeitweiligen Rückfälle in ein eheähnliches Verhältnis eine Mischung aus Schlendrian, Einsamkeit und der Angst vor etwas Neuem war. Der Vater holte sich die Rosinen aus beiden Kuchen, dem des Ehemanns und dem des Junggesellen, und die Mutter hatte schon immer Probleme gehabt, nein zu sagen.

Es kam vor, daß die Mutter mit Freundinnen zum Tanzen ging. Sie schminkten sich und tranken Wein in der Küche, dann zogen sie los, in einer Wolke aus Parfüm und kichernd wie erwartungsvolle Teenager. Aber diese Tanzabende führten, soweit Fredrik wußte, nie zu einer neuen Beziehung der Mutter.

Wahrscheinlich fand auch der Vater nach der Scheidung keine neue Lebenspartnerin, aber das war nur eine Vermutung, er wußte nicht sehr viel über sein Leben.

Der Vater war Schweißer von Beruf. Er war während der Werftenkrise arbeitslos geworden und zum Computertechniker umgeschult worden, was immer das damals heißen mochte. Er sprach viel über Computer und zeigte Fredrik einmal, wie ein Computer »denkt« (Es ging um einen Stapel Bücher, die alphabetisch sortiert werden sollten, es war ein langes Hin- und Hergeschiebe, bis endlich alles richtig war.) Der Vater betonte, daß Computer nicht richtig denken können, daß sie eigentlich dümmer wären als Menschen und mit dem Gehirn eines Menschen nicht konkurrieren könnten. Er sagte das immer wieder, als müsse er sich selbst davon überzeugen. Er wurde nie Computertechniker, und der vom Arbeitsamt bezahlte Kurs war vermutlich schon überholt, als er ihn anfing.

Danach arbeitete er viele Jahre für verschiedene Firmen als Verkäufer. Er hatte eine offene und angenehme Art und konnte sich gut präsentieren. Er hatte nie Probleme, eine neue Arbeit zu finden, aber irgendwie behielt er sie nie lange. Vielleicht hatte es mit dem Alkohol zu tun.

Erst sehr viel später betrachtete Fredrik seinen Vater als Alkoholiker. Er hatte ihn nie etwas Stärkeres als Bier trinken sehen und konnte sich nicht erinnern, ihn je richtig betrunken erlebt zu haben. Aber unter der Spüle, wo sie das Leergut aufbewahrten, standen immer Flaschen, und der Geruch nach Malz und Alkohol im Atem des Vaters war so selbstverständlich, daß Fredrik meinte, er gehöre dazu.

Einmal, als Fredrik zehn Jahre alt war, lag sein Vater auf dem Sofa und schaute Fußball im Fernsehen. Fredrik stand neben ihm und nörgelte, weil der Vater ihm etwas versprochen hatte, an das er sich nun nicht hielt. Fredrik sagte immer wieder »du sollst, du sollst« und zupfte dabei den Vater, der nicht reagierte. Fredrik wurde immer fordernder, er boxte und schlug auf den gleichgültigen Körper ein, und sein »du sollst, du sollst« wurde immer wütender.

»Nein, warum denn?« sagte der Vater träge, ohne den Blick vom Fernseher zu nehmen.

»Weil du mein Papa bist!«

Vielleicht war er ein bißchen betrunkener als sonst, vielleicht hatte er an diesem Tag viel Pech gehabt. Er verlor plötzlich die Geduld, packte Fredriks boxende kleine Fäuste und zischte:

»Ich bin nicht dein Vater!«

Wenn in dem Moment nicht die Mutter ins Zimmer gekommen wäre und Fredrik nicht ihr erschrockenes Gesicht gesehen hätte, wer weiß, vielleicht hätte er den Worten kein so großes Gewicht beigemessen. Aber die Vorwürfe, die die Mutter daraufhin dem Vater machte, und seine Ausreden verwandelten diesen trivialen Alltagsstreit in etwas Großes und Ernstes.

Als die Mutter ihm an diesem Abend gute Nacht sagte, fragte er sie, ob es stimme, was der Vater da sagte. Es sei einerseits wahr und andererseits nicht wahr, antwortete sie. Der Mann, den er Papa nannte, war sein Vater, seit er ein Jahr alt war.

»Und davor? Habe ich da einen anderen Papa gehabt?« hatte Fredrik gefragt.

»Ja, irgendwie. Aber das ist so lange her. Jetzt hast du nur einen Papa, und das ist der, der im Wohnzimmer sitzt«, hatte die Mutter gesagt und auf die Tür gezeigt.

Fredrik hatte seinen Stiefvater weiterhin als Vater betrachtet. Er nannte ihn Papa, lernte seine Ringertricks, ging mit ihm ins Fußballstadion und ins Kino.

Aber er hütete sich, seine Geduld auf die Probe zu stellen. Er war folgsam und hilfsbereit, und wenn er sich auflehnte, dann immer sehr beherrscht. Er erlaubte sich nie wieder unkontrollierte Wutausbrüche mit Geschrei und Geboxe.

Ab und zu dachte er an den anderen, den »richtigen« Vater. Wo war er jetzt? Seine Mutter gab keine klare Auskunft.

Fredrik erinnerte sich an etwas, das einige Jahre her war: er war in die Wohnung gestürmt, müde und hungrig, weil er den ganzen Tag draußen gespielt hatte. Als er in die Küche kam, merkte er, daß etwas nicht stimmte. Die Mutter stand am Herd und kochte, aber sie war angespannt und gereizt, Fredriks Auftauchen schien sie nervös zu machen. Von irgendwoher kamen merkwürdige Geräusche. Es klang wie eine miauende Katze. Die Mutter rührte wild im Soßentopf.

»Geh in dein Zimmer Fredrik, das Essen ist noch nicht fertig«, sagte sie mit gepreßter Stimme.

»Miau«, machte es, und plötzlich kam ein Kopf unter dem Tisch hervor.

Ein Onkel mit Bart und leuchtenden, munteren Augen legte das Kinn auf den Tisch und lächelte Fredrik an.

»Tommy, du erschreckst den Jungen. Bitte geh jetzt.«

Aber der Onkel ging nicht. Er blieb noch viele Stunden, er spielte mit Fredrik, hob ihn hoch in die Luft und zauberte Einkronenstücke aus seinen Ohren hervor. Er rollte Fleischklößchen über den

Fußboden, band die Schürze der Mutter um den Kopf wie eine alte Frau, tanzte den Kosakentanz und sang. Es war der lustigste Onkel, dem er je begegnet war.

Als der Vater nach Hause kam, ging der Onkel (er hatte immer noch die Schürze um den Kopf gebunden). Erst da bemerkte Fredrik, daß die Mutter nicht über die Streiche des Mannes lachte. Sie saß im Schlafzimmer und weinte.

Fredrik hatte sie mehrmals nach dem lustigen Onkel gefragt und zu hören gekriegt, daß er nie mehr kommen würde. So war es auch.

Aber nachdem der Vater ihm verraten hatte, daß er nicht sein richtiger Vater war, erinnerte Fredrik sich wieder an diese Begegnung, und nach langem Nachdenken stellte er eines Tages seine Mutter zur Rede und fragte, ob sein Vater Tommy heiße. So nannte sie ihn doch, den lustigen Onkel? Er hatte es behalten, obwohl der Name nur einmal fiel.

Die Mutter war über seine Frage schockiert. Sie gab zu, daß sein Vater Tommy hieß, es gab ihn jedoch nicht mehr. Mehr bekam Fredrik nicht aus ihr heraus. Erst viele Jahre später erfuhr er, daß sein richtiger Vater geisteskrank war und sich nur wenige Monate nach seinem lustigen Auftritt bei Fredrik zu Hause erhängte, in einer Wäschekammer der psychiatrischen Anstalt, in der er untergebracht war.

Als Fredrik einundzwanzig war, starb der Mann, den er als seinen Vater betrachtete, bei einem Verkehrsunfall. Es war sonst niemand beteiligt. Es war spät am Abend, er war sehr schnell gefahren und, wie es hieß, hinterm Steuer eingeschlafen. Fredrik hatte seine Mutter nie gefragt, ob er Alkohol im Blut hatte.

Die Mutter blieb im gleichen Vorort wohnen, zog aber in eine kleinere Wohnung. Sie arbeitete weiter als Kassiererin, bis sie im Alter von siebenundfünfzig an Gebärmutterkrebs starb.

Nach ein paar aufregenden Jugendjahren in unpassender Gesellschaft raffte Fredrik sich auf und begann zu studieren. Der Grund war einfach: Geld. Er sah, wie ältere Freunde, die keine Ausbildung hatten, ihr Leben mit langweiligen Jobs, Arbeitslosigkeit oder Kleinkriminalität fristeten. Obwohl sie ständig von ihren tollen Zukunftsplänen redeten, durchschaute Fredrik sie sehr bald. Die harten Jungs versanken in einem Sumpf aus Hoffnungslosigkeit und Armut. Da wollte er nicht hin.

Er studierte Betriebswirtschaft, da lag die Zukunft. Der Yuppie war der Held der achtziger Jahre.

Noch bevor Fredrik mit seiner Ausbildung fertig war, hatte er den Aufstieg und Fall dieser Helden miterlebt, und er war, als er sein Examen machte, sehr viel vorsichtiger als zu Beginn des Studiums.

Da lernte er auch Paula kennen, was sein Leben von Grund auf veränderte.

Eigentlich war es merkwürdig, daß sie sich überhaupt trafen – sie, ein kunstinteressiertes Mädchen aus besseren Kreisen, die Geld verachtete, und er, ein geldgeiler Arbeiterjunge, der die Kunst verachtete. Aber die Wege des Geldes und der Kunst kreuzen sich manchmal, und da trafen sie sich.

Fredrik hatte einen guten Freund, der seine Aktien noch rechtzeitig vor dem Zusammenbruch verkaufte und jetzt über ein großes Kapital verfügte, das angelegt werden mußte. Aktien waren noch zu unsicher. Die Kunst war sicherer. Fredrik war interessiert und wißbegierig und hatte seinen Freund schon einmal zu einer Kunstauktion begleitet. Als der Freund ihm einen Zeitungsartikel über einen jungen aufstrebenden Künstler zeigte und Fredrik bat, mit ihm auf die Vernissage zu kommen, sagte Fredrik sofort zu. In Künstlerkreisen sprach man schon über ihn, aber einem breiteren Publikum war er noch nicht bekannt. Der groß aufgemachte Zeitungsartikel ließ jedoch vermuten, daß der

Durchbruch kurz bevorstand, und wenn man kaufen wollte, dann jetzt, bevor die Preise stiegen.

Sie gehörten zu den ersten Gästen der Vernissage. Fredriks Freund drehte schnell eine Runde, zeigte auf vier Bilder, die einen roten Punkt bekamen, anschließend konnte er in aller Ruhe Wein trinken, mit anderen Gästen sprechen und sich entspannen.

Fredrik kam sich ein wenig verloren vor. Er verstand die Kunstbegriffe, mit denen sein Freund um sich warf, nicht, und auch den Smalltalk der Küßchen-Küßchen-Gesellschaft beherrschte er noch nicht. Also strich er mit seinem Weinglas in der Hand allein an den Wänden entlang und schaute sich die Bilder an, die alle das gleiche Thema hatten: Dachse. Naturalistisch gemalte Dachse in urbaner Umgebung. Oder vielleicht war auf allen Bildern ein und derselbe Dachs?

Der Dachs wühlte im Müll vor einem McDonald's-Restaurant. Er verursachte ein Verkehrschaos, weil er eine Straße in der Stadt überquerte. Er lag schwer verletzt auf einem Bürgersteig zwischen gleichgültig vorbeilaufenden Menschenbeinen. Die Bilder waren alle aus der Perspektive des Dachses gemalt, die Stadt erschien monströs und chaotisch.

Langsam drehte Fredrik eine Runde nach der anderen und schaute immer wieder die Bilder an. Jedesmal, wenn er an dem Tisch mit dem Wein vorbeikam, ließ er sein Glas auffüllen, und jede weitere Runde vertiefte das Erlebnis. Er identifizierte sich mit dem Dachs, der sich in eine fremde Umgebung verirrt hatte.

Als die Vernissage vorbei war, waren noch ein paar Leute da: Fredriks Freund, der Galerist, der Dachsmaler und ein paar seiner Kunst studierenden Freunde. Jemand nannte ein Restaurant in der Nähe, sie gingen alle zusammen hin, und ein paar Stunden später zogen sie weiter in eine Bar. Sehr spät landete eine leicht angetrunkene Gesellschaft von sieben, acht Personen zu Hause beim Dachskünstler auf ein letztes Glas Wein.

Unter ihnen war ein hübsches Mädchen in Jeans und einem gutgeschnittenen schwarzen Blazer, die blonden Haare hatte sie im Nacken zusammengefaßt. Sie war ziemlich schweigsam, ihre Bewegungen hatten Würde und Eleganz. Fredrik machte einen vorsichtigen Annäherungsversuch und hatte Glück.

Sie saßen im Atelier des Dachskünstlers auf dem Boden und redeten miteinander. So eine Art Vorstellungsgespräch, erinnerte er sich: was sie machte und was er machte, wo sie herkamen und wo sie hinwollten. Im nachhinein stellte er fest, daß das Bild, das sie von sich hatte, gedimmt war, während seines ziemlich hochgedreht war. Am meisten beeindruckte ihn die Art, wie sie auf dem harten Boden saß: mit geradem Rücken und lokker angezogenen Beinen. Diszipliniert, entspannt und elegant zugleich. Sie erzählte, daß sie früher viel getanzt hatte.

Sich mit ihr zu verabreden kam in seinen Phantasien nicht vor. In dieser Beziehung war sie außer Reichweite für ihn, sie war für einen anderen bestimmt, einen, der ganz andere Qualifikationen aufweisen konnte als er. Er wußte nicht genau, was für Qualifikationen das sein müßten. Vielleicht intellektuelle. Künstlerische. Oder gar geistige. *Er* hatte sie jedenfalls nicht. Und er würde sie sich auch nicht kaufen können. Denn mit Geld hatte das nichts zu tun. Zum ersten Mal in seinem Leben hatte er das Gefühl, daß Geld unwichtig war.

Sie sagte, sie sei neugierig auf eine Ausstellung, von der sie gehört hatte, und fragte ihn, ob er sie zusammen mit ihr anschauen wolle. Er sagte sofort zu.

Sie trafen sich weiter. Manchmal allein, manchmal zusammen mit ihren Freunden von der Kunsthochschule.

Als Frau war sie unerreichbar für ihn, eine Beatrice, die in der Ferne schwebte, und er war sich sicher, daß dieses Verliebtsein auf Abstand nie zu einer gegenseitigen Beziehung führen würde.

Sie hatte etwas Kühles, Ungreifbares und Schimmerndes, wie ein silberglänzender Fisch in einem nördlichen Meer. Ihre Schönheit erschien ihr selbstverständlich, sie brauchte sie nicht hervorzuheben, und sie maß ihr auch keine größere Bedeutung bei. Sie kleidete sich einfach, aber stilsicher.

Er war von ihrer Kühnheit beeindruckt: einen Studienkredit für eine lange Ausbildung aufzunehmen, die in einem so unsicheren Beruf wie dem der Künstlerin endete. Er wußte da noch nicht, daß sie reiche Eltern hatte, die sie wohl kaum verhungern lassen würden, wenn sie in der Kunstwelt keinen Erfolg hätte.

Aber der Gedanke an Mißerfolg lag Paula fern. Fredrik war noch nie einem so zielbewußten Menschen begegnet.

Am Anfang war er vielleicht eher beeindruckt als verliebt. Ihre Schönheit blendete ihn, ihre Willenskraft und ihr Selbstvertrauen. Sein erster Gedanke war nicht »Ich will sie haben« – das erschien ihm unerreichbar –, sondern »Ich will sein wie sie«.

Er bewunderte sie, wie man das Bild eines Popidols oder einer Sportgröße an der Wand bewundert, und bei dieser passiven Anbetung wäre es vielleicht geblieben, wenn es ihm nicht gelungen wäre, sie in Liebe umzuwandeln.

Die Liebe war die Kraft, die ihn dazu brachte, sich ihr zu nähern, der Sprungstab, der ihn hochschleuderte. Und sie nahm ihn so selbstverständlich an, daß Fredrik sein Glück kaum fassen konnte. Wie einen ihresgleichen.

Ihre Liebe setzte Ressourcen bei ihm frei. Wenn Paula sagte, er könne etwas, dann konnte er es tatsächlich. Sie brachte ihn dazu, sich als den Mann zu sehen, der er hatte werden wollen.

Sehr früh – noch bevor sie sexuell intim wurden – nahm Paula ihn mit zu ihren Eltern und stellte ihn vor. Er war stolz, daß sie ihre Beziehung schon so ernst nahm. Oder wollte sie vielleicht die Zustimmung der Eltern haben, ehe sie den nächsten Schritt machte?

Aus irgendeinem Grund wartete Fredrik damit, Paula *seiner* Mutter vorzustellen. Als Paula vorschlug, sie zu besuchen, sagte er zu seiner eigenen

Überraschung, daß seine Mutter nicht mehr in der Stadt wohne, sondern auf den Hof ihrer Familie in Västergötland zurückgekehrt sei. Wo in aller Welt hatte er das nur her?

Wie bei allen Lügen gab es auch hier ein Körnchen Wahrheit. Seine Mutter war in Västergötland aufgewachsen, und als die Großmutter starb, hatte sie das Haus geerbt. Fredrik und die Mutter verbrachten einen wunderbaren Sommer in deren Elternhaus. Es war kein richtiger Hof, eher eine einfache Kate. Fredrik erinnerte sich an eine weite Landschaft mit wogenden Feldern und Wäldern voller Blaubeeren. Die Mutter war ganz anders als in der Stadt: sorglos, erfindungsreich, als ob die Rückkehr in das Zuhause der Kindheit das kleine Mädchen, das sie einmal war, in ihr geweckt hätte. Sie hatten sich die Hausarbeit geteilt, Feuer im Herd gemacht, die Kühe auf der Weide gestreichelt und in einem Waldteich mit Seerosen gebadet. Er hatte das Gefühl, daß sie endlich auch ein Sommerhaus besaßen, so wie viele seiner Freunde.

Es blieb jedoch bei diesem einen Sommer. Die Mutter hatte weder die praktischen Fähigkeiten noch die finanziellen Möglichkeiten, um ein altes Haus in Ordnung zu halten. Außerdem war sie nicht die einzige Erbin, sie teilte sich das Haus mit vier Geschwistern. Es mußte natürlich verkauft werden, das war die ganze Zeit klar. Aber das hatte die Mutter Fredrik nicht gesagt, und seine Enttäuschung war groß, als ihm klarwurde, daß das Haus ihnen eigentlich nie gehört hatte.

In seiner rasch vorgebrachten Lüge hatte er die Mutter zurück in das verlorene Paradies versetzt. In seiner Lüge wohnte sie wieder in dem Haus, es war jetzt moderner und schöner, ja, er sah beinahe ein kleines Herrenhaus vor sich. Es gab Land und Tiere und Angestellte, die sich um die praktischen Dinge kümmerten. Und mittendrin saß seine Mutter, »auf dem Hof der Familie in Västergötland«. Und natürlich würden sie sie besuchen, aber es war ja ein Stück zu fahren, und im Sommer wäre es dort auch viel schöner.

Eine dumme und beschämende Lüge!

Und es wurde noch schlimmer. Denn als Paula ihn im Sommer daran erinnerte, daß sie seine Mutter besuchen wollten, sagte Fredrik, daß seine Mutter im Krankenhaus liege und keinen Besuch empfangen könne.

Und auch diese Lüge enthielt ein Körnchen Wahrheit. Denn seine Mutter hatte inzwischen die Diagnose Krebs bekommen. Aber es ging ihr noch recht gut, sie war nicht im Krankenhaus und hätte bestimmt gerne Fredriks Freundin kennengelernt.

Als Paulas Mutter ihn nach seinen Eltern fragte, antwortete er mit gepreßter Stimme:

»Meine Mutter ist schwer krebskrank.«

»Und dein Vater?«

»Mein Vater?« wiederholte er verwirrt. (Das Bild, das er nie gesehen hatte, war so deutlich: der Männerkörper, der in einem Zimmer voller sauberer, gemangelter Laken hin- und herschwang, wie das Pendel einer Standuhr.) »Mein Vater ist früh bei einem Unfall gestorben.«

Birgitta Kreutz hatte ihre Hand auf seine gelegt und teilnahmsvoll genickt.

Erst als seine Mutter wirklich so krank war, wie Fredrik es dargestellt hatte, durften sie und Paula sich treffen. In ihrem Krankenhaushemd und mit einer Sonde in der Nase konnte die Frau im Morphiumrausch genausogut die alte Herrscherin über ein Gut in Västergötland sein wie die ehemalige Supermarktkassiererin aus einem Arbeitervorort. Im Angesicht des Todes sind wir bekanntlich verstörend gleich.

Bald nach der Beerdigung der Mutter heirateten Fredrik und Paula. Nach der beeindruckenden Hochzeit, die von Paulas Eltern ausgerichtet

und finanziert wurde, hatte Fredrik keinen Zweifel mehr daran, was sein Ziel im Leben war: ein
schönes Zuhause für seine Familie zu schaffen.
Wo Kinder in Liebe und Zuversicht aufwachsen
konnten und wo seine Frau den sicheren Grund
hatte, um sich mit ganzem Herzen ihrer Kunst
widmen zu können.

Schlafengehen

Paula war nach einem intensiven und kreativen
Arbeitstag müde und ein wenig abwesend. Sie fing
morgens früher an als Fredrik und hörte deshalb
auch früher auf und machte, wenn sie nichts anderes verabredet hatten, das Abendessen. Meist
waren es leichte und schnell zubereitete Gerich-
te: Gemüse aus dem Wok, Hühnchenbrust, Salate.
Fredrik hätte gerne deftiger gegessen – gediegene
Hausmannskost oder ein richtiges Schnitzel.

»Wo ist Fabian? Will er nichts essen?« fragte
Fredrik, als sie am Tisch saßen und sich von den
Glasnudeln und den Riesengarnelen aus dem Wok
genommen hatten.

»Ich habe ihn schon zweimal gerufen«, seufzte
Paula.

»Ist er vor dem Fernseher?«

Sie hatten Fabians Fernsehkonsum schon öfter diskutiert. Der Junge hatte die Angewohnheit, den Fernseher anzumachen, sobald er nach Hause kam, und er schaute sich dann alles an – Nachrichten auf finnisch oder Werbung für Monatsbinden –, er war dann wie in einem phlegmatischen Rausch. Paula wollte ein generelles Fernsehverbot durchsetzen, ausgenommen das Kinderprogramm des staatlichen Fernsehens, was Fredrik einleuchtete, in der Praxis jedoch nicht durchzusetzen war, weil er selbst manchmal Vorabendprogramme schaute.

»Nein, er sitzt auf der Treppe«, sagte Paula.

»Er ist wohl müde.«

Paula warf ihm einen schnellen, scharfen Blick zu, sagte jedoch nichts. Auch das hatten sie schon mehrfach diskutiert. Daß Fabian zu lange im Kindergarten war. Fredrik hatte Paula vorgeschlagen, ihn schon um drei Uhr abzuholen. Es gab einen Bus, der oft genug fuhr.

Aber Paula wollte ihre Arbeit nicht so früh beenden müssen. Wenn es gut lief, wollte sie weiterarbeiten, bis Fredrik gegen halb sechs nach Hause kam. Daß sie freie Künstlerin war, konnte nicht heißen, jederzeit für die Kinder da zu sein. Wenn sie es zuließ, daß man an ihrer Arbeitszeit knabberte, konnte sie ihre künstlerische Arbeit bald an den Nagel hängen. Viele weibliche Künstler waren in diese Falle getappt. Es war schon schlimm genug, daß sie jeden Tag kochen mußte, Fredrik könnte es wirklich ein bißchen öfter übernehmen ...

Diese Diskussion wollte Fredrik jetzt nicht schon wieder führen, und ehe Paula antworten konnte, stand er auf und sagte bereitwillig:

»Ich gehe ihn holen.«

Er ging in die Diele und fand Fabian auf einer Stufe mitten auf der Treppe sitzend. Aber der Junge sah nicht müde aus. Ganz im Gegenteil, er schien ausgesprochen wach und konzentriert zu sein. Offenbar bemerkte er Fredrik gar nicht, er schaute auf die Treppenstufe und klopfte viermal leicht mit dem Knöchel auf die Stufe.

»Fabian, es gibt jetzt Essen«, sagte Fredrik.

Fabian drehte sich heftig zu ihm um und schaute ihn ärgerlich an. Er legte einen Finger an den gespitzten Mund und flüsterte:

»Psst!«

Fredrik schwieg erstaunt.

Der Ärger des Jungen verschwand, sein Gesicht nahm einen erwartungsvollen, fast andächtigen Ausdruck an. Er neigte den Kopf zur Seite, seine Augen glänzten.

Und dann: viermal leichtes Klopfen aus dem Innern der Treppe.

Der Junge strahlte. Er klopfte wieder. Jetzt dreimal, sehr schnell. Und aus der Treppe kam die Antwort: dreimal, im gleichen Takt. Er lachte laut.

Fredrik lief die Treppe hinauf zu Fabian.

»Was ist das denn? Was machst du da?« keuchte er.

»Das ist der Mann unter der Treppe«, lachte Fabian. »Er antwortet, wenn man klopft.«

»Ach so. Aber jetzt mußt du dem Mann unter der Treppe tschüs sagen, weil wir jetzt essen.«

Dann ging er ruhig zu Fabian hinauf, nahm ihn auf den Arm, trug ihn in die Küche und setzte ihn auf seinen Stuhl.

»War es wieder der Mann unter der Treppe?« fragte Paula müde.

Fredrik zuckte zusammen.

»Kennst du das? Ich meine, hat er schon mal davon gesprochen?« fragte er.

»Ja, ja«, sagte Paula leise. »Aber da muß man sich nicht drum kümmern. Er hat ja hier zu Hause niemanden zum Spielen.«

»Es ist also ein ausgedachter Spielkamerad?«

Paula nickte und tat Glasnudeln auf Fabians Teller auf.

Wie er es bloß macht, dachte Fredrik, als er kurze Zeit später die Spülmaschine einräumte, während aus dem Wohnzimmer die schreckliche Erkennungsmelodie des Kinderprogramms drang. Wie hatte Fabian es bloß gemacht, wie entstand dieses Klopfen? Seine Hände hatten sich nicht bewegt. Hatte er mit dem Fuß geklopft? Ja, so mußte es gewesen sein.

Als es Schlafenszeit war, war es auch Zeit für das übliche Gezeter. Paula kümmerte sich um die erheblich einfachere Olivia, sie stillte und wickelte sie, und Fredrik mußte den widerspenstigen Fabian ins Bett bringen.

An diesem Abend war er aus irgendeinem Grund nicht so geduldig wie sonst, und ganz gegen seine Prinzipien ließ er sich plötzlich zu einer Drohung hinreißen:

»Dann werde ich wohl den Mann unter der Treppe holen müssen, der kann dich ins Bett bringen.«

Das hatte einen erstaunlichen Effekt. Fabian nahm schnell die hingestreckte Zahnbürste, bürstete seine kleinen Zähne mit einem Eifer, wie Fredrik es noch nie erlebt hatte, und lief dann schnell in sein Zimmer und hüpfte ins Bett. Er zog sich die Decke bis unter die Nase, lag still wie ein Zinnsoldat und sagte dann leise:

»Du sagst doch dem Mann unter der Treppe nichts, oder?«

»Ich dachte«, murmelte Fredrik, der noch immer verblüfft war, wie schnell das Schlafengehen geklappt hatte, »ich dachte, du magst ihn. Du hast doch so fröhlich gelacht, als ihr da geklopft habt?«

Fabian entspannte sich ein wenig und schien nachzudenken.

»Er ist lustig«, sagte er schließlich. »Und er ist nett. Aber ...« Seine kleine Stirn zog sich in kummervolle Falten. »Ich glaube, er kann auch gefährlich sein.«

Und als hätte er jetzt begriffen, wie alles zusammenhing, nickte er altklug und sagte:

»Er ist nett und gefährlich.«

Der tropfende Wasserhahn

Wach! Nach ein paar Stunden unruhigen Schlafs war er plötzlich eiseskalt und kristallklar wach.

War er es wirklich?

Am Abend zuvor hatte er nur schwer einschlafen können. Er lag wach und dachte nach, wurde vom Tropfen des Wasserhahns in der Küche gestört, drehte sich mal zum Fenster, wo sich das Rollo als mattes, graues Viereck gegen die helle Sommernacht abzeichnete, mal zu Paulas schlafendem Rücken – der nackten Schulter mit dem blauen Schulterband des Nachthemds, der Streckung der Halssehne, dem offenen, zerzausten Haar und dem schönen, abgewandten Gesicht.

Er stellte sich vor, Paulas Gesicht wäre überhaupt nicht schön. Er dachte sich mehrere Gesichter zu dem Körper neben sich aus, eines schrecklicher als das andere.

Normalerweise konnte er sich kein Gesicht vorstellen, das er nicht gesehen hatte, aber in dem Zustand, in dem er sich jetzt befand, konnte er die merkwürdigsten Physiognomien in seinem Kopf entstehen lassen, und sie waren genauso deutlich wie die Gesichter von Menschen, die er kannte. (Falsch – nicht *er* ließ die Gesichter entstehen, etwas in ihm ließ sie entstehen, er nahm sie nur wahr.)

Paula bekam alle möglichen Gesichter, aber sie hatten sich abgewandt, er konnte sie nur erraten:

Ein zusammengedrücktes Mongolengesicht mit schmalen, geschlossenen Augenschlitzen und platter Nase. Ein ausgehöhlter Totenkopf, blauweiß, mit tiefliegenden Augen, die sich langsam und mißtrauisch in ihren Höhlen bewegten. Ein schnippisches, spitznasiges Gesicht, dessen Mund zur Schnauze eines Nagetiers zulief, scharfe Hamsterzähne und schwarze, wachsame Augen.

Er wußte, eines dieser Gesichter war real, und wenn sie mit einem leichten Grunzen im Schlaf die Seite wechseln würde, dann würde es sich ihm zuwenden ...

Genug! Er wollte schlafen, es war immer noch Nacht.

Aber er konnte nicht. Sein Hirn produzierte Träume – aber nicht im Zustand des Schlafs, in einem entspannten, ruhenden Körper. Nein, diese Träume wurden von einem unbarmherzigen, hellwachen Verstand registriert und einem Körper, der wie von Curaregift gelähmt war. Er konnte sich nicht bewegen, aber die Sinne waren weit offen, wie Wunden. Er war nur Empfänger, ein Rezeptor für innere und äußere Impulse. Es war ein überwältigendes Erlebnis, passiv von diesen Wahrnehmungen heimgesucht zu werden, aber es war an der Grenze dessen, was er aushielt.

Alles war gleichzeitig da: das Schlafzimmer, Paulas schlafender Körper, der tropfende Wasserhahn. Und dann diese Traumbilder, unlogische Gedanken, Erinnerungen, denen die Undeutlichkeit der Vergangenheit fehlte und die so scharf vor ihm erschienen, als geschähe alles in diesem Moment.

Er wollte schlafen. Oder wach sein. Aber nicht das.

Paula drehte ihm immer noch den Rücken zu. Sie hatte die ganze Nacht so gelegen, wie eingefroren in ihrer Abgewandtheit, und sie erinnerte ihn so ständig daran, daß sie ihn vor dem Einschlafen zurückgewiesen hatte.

Und der Wasserhahn, der ihn an das erinnerte, was sie noch vor dem Einschlafen gesagt hatte: daß er neue Dichtungen besorgen solle. Daß sie sie selbst austauschen könne, aber er schließlich das Auto habe und tagsüber in Kungsvik sei, sie wohl kaum Dichtungen besorgen könne, wenn sie mit Olivia allein zu Hause war. Und daß sie ihn schon mehrmals gebeten habe, neue Dichtungen zu kaufen.

Paulas abgewandter Rücken und der tropfende Wasserhahn.

An der Wand über Paulas Bett hingen ihre alten, durchgetanzten Ballettschuhe. Sie hatte sie an dem Tag, als sie zu tanzen aufhörte, aufgehängt und sie dann mit masochistischer Sturheit von Wohnung zu Wohnung mitgenommen und über jedes Bett gehängt, als ständige Erinnerung an den großen Mißerfolg ihres Lebens. Es hatte lange gedauert, bis Fredrik richtig verstand, was der Tanz ihr bedeutet hatte und welche Tragödie es für Paula war, als sie aufhören mußte. Das war vor ihrer gemeinsamen Zeit geschehen, und er kannte es nur aus ihren Erzählungen.

Sie hatte sich überanstrengt und am Fuß verletzt. Als sie einsehen mußte, daß sie nie Tänzerin werden würde, beschloß sie Künstlerin zu werden und konzentrierte ihre Kräfte auf dieses neue Ziel. Sie wurde in die Kunsthochschule aufgenommen, und danach war es aufwärtsgegangen mit ihrer Karriere.

Aber Paula schien nicht vergessen zu können, daß der Tanz ihr großer Traum war und daß dieser Traum in Scherben gegangen war. Und sollte sie irgendwann hochmütig werden und sich ihrer Erfolge als Künstlerin brüsten, dann brauchte sie nur einen Blick an die Wand im Schlafzimmer zu werfen, um an ihren Mißerfolg erinnert zu werden.

Es war typisch für Paula, ihren Mißerfolg an die Wand zu nageln. Ihre Diplome und Auszeichnungen versteckte sie in einer Schublade.

Paulas abgewandter Rücken und der tropfende ...

Aber wie? Fredrik spannte sein Gehör aufs äußerste an.

Der Wasserhahn tropfte nicht mehr!

Dem enervierenden Geräusch folgte eine Stille, die merkwürdigerweise noch enervierender war. Denn natürlich mußte der Tropfen gleich kommen. Es war nur eine Pause, ein vorübergehender Druckabfall in der Wasserleitung. Es würde jeden Moment wiederkommen.

Aber das Tropfen kam nicht wieder. Auf einmal waren alle Eindrücke aus seinem Gehirn verschwunden. Die Träume, die Erinnerungen, die schrecklichen Gesichter, Paulas abweisender Rücken – alles war verdunstet wie der Tau in der Wüste, und das nervtötende Nicht-Tropfen nahm sein ganzes Bewußtsein in Anspruch.

Als das Warten unerträglich wurde, stand er auf, zog den Morgenmantel an und schlich die Treppe hinunter. Auf der Schwelle zwischen der dunklen Diele und der Küche, die jetzt von der Morgendämmerung erhellt war, blieb er stehen, starr vor Erstaunen.

Einer der Küchenstühle war zur Spüle gezogen worden, und auf dem Sitz – das rotweißkarierte Kissen war ordentlich nach oben geklappt, damit es nicht schmutzig wurde – stand eine kleine, krumme Gestalt. Sie beugte sich über die Spüle, die kurzen Arme waren vorgestreckt, sie schien an etwas zu arbeiten, flink und konzentriert.

Fredrik hatte wohl einen Laut von sich gegeben, denn der kleine Mann machte eine Bewegung, er zuckte zusammen, wandte sich Fredrik zu und duckte sich gleichzeitig in einer blitzschnellen, defensiven Reaktion, wie ein überraschtes Tier. Seine dunklen Augen musterten rasch Fredriks Gestalt, offenbar hielt er ihn nicht für gefährlich. Sein Körper entspannte sich, und sein Gesicht verzog sich zu einem unsicheren Lächeln.

»So, ja«, sagte er mit gequetschter, nasaler Stimme. Es klang, als drücke man einem Gummitier auf den Bauch. »Jetzt ist es fertig.«

Mit einem lustigen Hüpfer sprang er vom Stuhl und lief dann auf Fredrik zu, der überrumpelt zur Seite trat und die Türöffnung frei machte. Als er sich umdrehte, sah er, wie der kleine Mann auf die Kammer unter der Treppe zulief. Aber Fredrik war schneller und stellte sich vor die Tür. Der Mann blieb stehen, trat unruhig von einem Fuß auf den anderen und beobachtete ihn.

»Was machst du in unserem Haus?« fragte Fredrik.

»Den Wasserhahn«, sagte der Mann mit seiner merkwürdigen, quäkenden Stimme. »Repariert.«

»Niemand hat dich gebeten, unsere Wasserhähne zu reparieren. Wie bist du hereingekommen?«

Der Mann grinste, unsicher und frech zugleich, aber er antwortete nicht.

»Geh jetzt nach Hause«, sagte Fredrik. »Und ich will dich nie wieder hier sehen.«

Der Mann nickte eifrig.

»Ja. Nach Hause. Jetzt.«

Er drängte sich hinter Fredrik und versuchte die Tür zur Kammer zu öffnen, aber Fredrik hinderte ihn daran.

»Was machst du da?«

»Nach Hause«, sagte der Mann und schlug gegen die Tür. »Da.«

»Du wohnst nicht hier. Das ist unsere Kammer.«

Der Mann zerrte am Türgriff und schlug dann mit der Faust gegen die Tür, wie ein trotziges Kind, das versucht einen Kampf zu gewinnen.

Fredrik packte ihn an den Handgelenken.

»Willst du das ganze Haus aufwecken?« zischte er wütend. »Mir reicht es jetzt.«

Er war erstaunt, wie stark die sich wehrenden

Arme waren, aber er blieb unbeirrbar mit dem Rücken gegen die Tür stehen und hielt den kleinen Mann auf Abstand.

»Das ist unser Haus. Verstanden?«

Der Mann wehrte sich nicht mehr, stellte sich mit verschränkten Armen Fredrik gegenüber und sagte sehr ernsthaft:

»Und ich bin dein Mieter.«

Fredrik seufzte resigniert und fuhr dann ganz ruhig fort:

»Wir sind nicht über irgendwelche Mieter informiert worden. Der Makler hat nichts erwähnt, und es steht auch nichts im Kaufvertrag. Bist du vielleicht der Mieter des früheren Besitzers?«

»Ich wohne schon immer hier. Du kannst mich nicht rauswerfen«, sagte der Mann trotzig.

Fredrik versuchte freundlich zu bleiben und sagte:

»Ich glaube, du verstehst mich nicht. Dieses Haus gehört mir und meiner Frau. Wir haben es gekauft, weil wir hier mit unseren Kindern wohnen wollen. Allein. Ohne Mieter. Falls du mit dem früheren Besitzer irgendwelche Vereinbarungen getroffen hast, dann gelten die nicht mehr. Du mußt dir eine andere Unterkunft suchen. Ich glaube, du hast irgendwo ein richtiges Zuhause, nicht wahr? Wenn nicht, kann ich dir helfen, ich habe Kontakte in der Gemeindeverwaltung.«

Der Mann schwieg, und Fredrik war nicht sicher, ob er ihn verstanden hatte. Die schwarzen Augen schauten immer noch feindselig.

»Dann sind wir uns ja einig. Du verschwindest jetzt, und wenn du Hilfe brauchst, dann sagst du es mir«, schloß Fredrik gebieterisch.

Der Mann zog sich langsam Richtung Haustüre zurück, und Fredrik nahm an, daß er verstand, was Sache war.

Aber der Mann hatte nur die Taktik geändert. Mit hochgezogenen Schultern näherte er sich wieder. Er krümmte sich zusammen, als ob er sich noch kleiner machen wollte, als er war, und legte den Kopf schräg.

»Kwådd nimmt nicht viel Platz ein«, piepste er. »Kwådd stört niemanden. Ihr werdet ihn gar nicht bemerken.«

Das anbiedernde Kriechen war noch widerwärtiger als die Trotzigkeit, fand Fredrik. Er beugte sich zu dem Mann hinunter und sagte in scharfem Ton:

»Das ist ausdiskutiert. Verschwinde sofort, oder ich hole die Polizei.«

Flink wie ein Iltis schlüpfte der Mann hinter

seinen Rücken, und bevor Fredrik reagieren konnte, hatte er die Tür geöffnet und war in dem Kämmerchen verschwunden.

»Hallo!«

Fredrik beugte sich in das Dunkel des Käm-
merchens. Er konnte nichts sehen, aber er hörte
den Mann da drinnen rumoren.

»Komm sofort raus! Du! Wie immer du heißt!«

»Kwådd«, sagte die Stimme, die im Dunkeln
noch quakender und unmenschlicher klang als
bei Tageslicht. Und im nächsten Moment noch
einmal: »Kwådd«, aber jetzt direkt neben ihm, so
nahe, daß er den Atem des Mannes an seinem Arm
spüren konnte.

Fredrik streckte die Hand im Dunkeln aus und
griff nach etwas. Erst dachte er, es sei ein alter
Schrubber, und wollte gerade loslassen, wütend
darüber, daß der Mann ihm entkommen war, da
hörte er ein Stöhnen und merkte, daß er die Haare
des Mannes gepackt hatte. Sie waren struppig und
voller trockenem Staub und fühlten sich an wie die
Mähne eines Pferdes. Kwådd kämpfte und wand
sich unter seiner Hand, Fredrik roch den strengen
Geruch, der aus dem Dunkeln kam.

»Stell dich nicht an, Kwådd. Ich will dir nicht
weh tun, aber du mußt jetzt herauskommen.«

Der Mann schien aufzugeben und erstarrte in Fredriks Griff.

»So ..., jetzt gehen wir raus ...«

In dem Moment machte Kwådd eine heftige Bewegung mit dem Kopf, und Fredrik riß ihm ein ganzes Büschel Haare aus. Fredrik spürte einen scharfen Schmerz in der Hand und stöhnte auf. Der Mann hatte ihn gebissen.

Fredrik machte die Tür auf und lief in die Diele. Während er seine blutende Hand untersuchte, hörte er den Mann weiter im Kämmerchen rumoren. Er hielt seine Hand unter den Wasserhahn in der Küche. Die alten Dichtungen lagen auf der Spüle. Er nahm sie mit Küchenkrepp auf und warf sie weg. Dann wickelte er sich Küchenkrepp um die Hand. Er ging wieder in die Diele und blieb vor dem Kämmerchen stehen.

»Kwådd«, sagte er vorsichtig.

Er öffnete die Tür und rief ins Dunkel hinein:

»Kwådd! Ich bin nicht böse auf dich. Komm bitte raus.«

Er bekam keine Antwort. Er wartete ein paar Minuten. Aber da drinnen blieb es still.

Er holte eine Taschenlampe aus einer Küchenschublade und leuchtete in das Kämmerchen. Dieser Raum war offenbar die einzige Ecke, die der Renovierungswut des früheren Besitzers entgangen war. Es gab jede Menge Gerümpel: alte Farbdosen, einen Fahrradlenker, übriggebliebene Tapetenrollen, ein Telefon mit einer Wählscheibe, ein paar schmutzige Arbeitshandschuhe, eine alte Kaffeemaschine, einen Blecheimer, einen Stuhl ohne Sitz, vertrocknete Pinsel in Marmeladengläsern. Eine richtige Rumpelkammer.

Direkt hinter der Tür konnte man im Kämmerchen noch stehen. Dann drehte sich die Treppe, das Kämmerchen folgte der Krümmung, und unter der letzten Treppenstufe war es kaum einen halben Meter hoch.

Fredrik ließ das leuchtende Auge der Taschenlampe über alle Gegenstände da drinnen gleiten. Der Mann war nirgends zu sehen.

Fredrik kroch in das Kämmerchen hinein, soweit er konnte. Er leuchtete mit der Taschenlampe unter die unterste Treppenstufe. Es sah so aus, als würde der Raum dort weitergehen. Fredrik legte sich auf den Bauch und schaute, die Taschenlampe neben sich, hinein. Ja, der Hohlraum ging weiter, leicht abschüssig, etwa einen halben Meter im Durchmesser. Ein bißchen weiter hinten bog er ab, und man konnte nichts mehr sehen.

Einen Moment lang dachte Fredrik, daß es sich

um eine Verbindung zum Keller handelte, und überlegte, wozu sie wohl gedacht war, aber da fiel ihm ein, daß das Haus gar keinen Keller hatte, was ungewöhnlich für ältere Häuser dieser Größe war. Statt dessen hatte das Haus einen geräumigen Speicher und einen echten Erdkeller auf dem Grundstück.

Fredrik leuchtete, soweit es ging, mit der Taschenlampe in den abschüssigen Raum. Konnte Kwådd wirklich da hineingekrochen sein? In den Untergrund des Hauses? So mußte es sein. Wohin sonst hätte er verschwinden können? Fredrik würde ihm wirklich nicht hinterherkriechen.

»Kwådd! Bist du da?«

Keine Antwort.

Mit einem klaustrophobischen Schaudern kroch Fredrik rückwärts. Er war erleichtert, als er wieder den Rücken strecken konnte.

Paula läuft

Paula Kreutz lief.

Der Nebel über den Feldern hob sich, die Vögel sangen im Wald, und die dicken Sohlen der Nikes federten unter ihren Füßen. Sie atmete gleichmäßig und rhythmisch, sog den Morgen in ihre Nasenlöcher: die frische Luft, den kühlen, feuchten Nebel, den Geruch von Erde und Grün.

Sie lief gerne sehr früh am Morgen. Sie stand viertel nach sechs auf, stillte und wickelte Olivia, die dann noch einmal einschlief, zog die Joggingschuhe und den Trainingsdress an, und dann nichts wie hinaus!

Um diese Tageszeit war sie in ihrer eigenen Welt. Eine alleinstehende Frau ohne Mann und Kinder, mit tausend Möglichkeiten. Es gab nur ihre rhythmischen Schritte im Lauf, das gleichmäßige Atmen und die Natur um sie herum. Sie lief schnell und weit.

Sie strengte sich gerne an, kämpfte bis an ihre Grenzen, bis sie keine Kraft mehr hatte und das Glück begann. Manchmal erinnerte das Laufen sie an das Tanzen, und sie dachte an die wunderbare Zeit in der Tanzakademie. Damals war sie jung und – wenigstens zeitweise – vollkommen glücklich, auf eine Art, wie sie es nie wieder werden würde.

Paula hatte im Alter von sechzehn, mitten in der Pubertätskrise, den Tanz für sich entdeckt. Sie hatte schon früher getanzt. Genau wie viele kleine Mädchen war sie als Sechs-, Siebenjährige in die Ballettstunde gegangen, hatte sich über ihr rosa

Ballettkleidchen mit Rüschen gefreut und an entzückenden kleinen Vorführungen mit stolzen Eltern als Publikum teilgenommen. Und genau wie so viele andere kleine Mädchen hatte sie irgendwann genug gehabt und sich mit anderen Dingen beschäftigt. Sie war damals zu klein, um es zu verstehen. Es war nur ein Spiel.

Später hatte sie ihren Eltern Vorwürfe gemacht, daß die sie hatten aufhören lassen. Warum waren sie nicht strenger gewesen? Warum hatten sie sie nicht überredet? Es ihr erklärt? Sie *gezwungen?* Sie hatten schließlich gewußt, was sie selbst als Kind nicht wissen konnte: daß man früh anfangen muß, wenn man eine richtige Tänzerin werden will. Daß die Sehnen gedehnt und die Muskeln gestreckt werden müssen, wenn der Körper noch klein und formbar ist, und man dann mit dem Dehnen und Strecken *weitermachen* muß. Man kann nicht zehn Jahre unterbrechen und da weitermachen, wo man aufgehört hat. Sie hatte ihre Mutter *gehaßt*, weil sie nichts getan hatte, damit sie weitermachte. Warum hatte sie Paula nicht in eine richtige Ballettschule geschickt? Mit guten Lehrern und Disziplin im Training?

Als sie dann ernsthaft zu tanzen anfing, stellte sie fest, daß Tanz etwas ganz anderes war als

die albernen Spiele, die sie als Kind in den Ballett-
stunden gespielt hatten. Richtiger Tanz war tiefer
Ernst. Linien, Winkel, Energie. Mathematik. Eine
Wahrheit jenseits der Wahrheiten des Alltags.

Der Tanz forderte einem Aufgaben ab, die so
schwierig waren, daß ein Mensch sie eigentlich
nicht lösen konnte. Und das Instrument, das man
zum Lösen dieser Aufgaben hatte, war kein hoch-
technologischer Apparat, kein Computer, der einem alles ausrechnete. Man hatte einfach nur den
eigenen Körper. Den wir alle bekommen haben,
ob arm, ob reich, und den niemand uns nehmen
konnte. Es war genial!

Mit achtzehn fing sie auf der Tanzakademie an.
Sie bekam Unterricht in klassischem Ballett, mo-
dernem Tanz, freiem Tanz, Musik, Tanzkompositi-
on und Bühnenpräsenz. Sie trainierte intensiv und
unterrichtete am Wochenende Kindergruppen.

Sie wußte, daß sie für eine Karriere in klassischem Ballett zu spät mit dem Tanzen angefangen
hatte. Aber im freien Tanz gab es Möglichkeiten.
Es gab viele, die spät anfingen. Ihre Lehrerin, zum
Beispiel, Angelika Meyer, die erst mit einundzwanzig zu tanzen begonnen hatte.

Paula hatte Angelika Meyer mehr geliebt als
ihre Eltern. Und mehr als ihren Mann.

Und die Schüler in der Kindergruppe mehr als ihre eigenen Kinder. Die kleinen Mädchen gaben ihr so viel Energie. Sie genoß es, zu beobachten, wie unterschiedlich die kleinen Persönlichkeiten die Musik deuteten. Großzügig und selbstlos gab sie ihr Können und ihre Erfahrungen weiter. Sie gab ihnen *alles*, auf eine Art, wie sie es mit ihren eigenen Kindern nie machen würde.

Sie würde natürlich lieber sterben, als dies zuzugeben. Das war das Geheimnis ihres Lebens.

Die Liebe zu Angelika Meyer war etwas ganz Besonderes. Nicht erotisch. Nicht freundschaftlich – überhaupt nicht, wie sollte eine Tänzerin mit der Erfahrung und der Genialität von Angelika mit Paula befreundet sein? Schon der Gedanke war lächerlich. Es war auch nicht die verzwickt komplexe Mutter-Tochter-Liebe.

Die Liebe zwischen Lehrerin und Schülerin war von ganz besonderer Art. Eine Liebe ohne sexuelle Abhängigkeit, ohne Nabelschnüre.

Wenn man sie mit etwas vergleichen wollte, dann vielleicht mit dem Verhältnis zwischen Vorgesetzten und Untergebenen beim Militär. Da waren die Ziele einfach und klar, der Feind war deutlich auszumachen, Respekt und Rangunterschiede waren selbstverständlich. Die harten Umstände schweißten einen zusammen, das Individuum bestand nur aus seinen Eigenschaften und seiner Kompetenz, losgelöst von den Rollen im zivilen Leben und von Familienbanden.

So glücklich war sie damals. Als ihre Tage vom Tanz erfüllt waren.

Bis zu dem schrecklichen Tag, als sie auf Angelika wartete, die nicht kam. Angelika, die ansonsten die Pünktlichkeit in Person war, ließ Paula an der Trainingsstange warten, ließ sie sich selbst aufwärmen und darüber nachdenken, was wohl passiert war. Ließ sie da stehen, stumm vor Entsetzen, und die Nachricht entgegennehmen: Angelika Meyer war leblos in ihrer Wohnung aufgefunden worden. Die Gerüchte summten durch die Umkleideräume: Amphetamin! Überdosis! Mißbrauch oder einmaliger Vorgang? Unfall oder Selbstmord?

Paula floh in den Tanz. Ihre Eltern, die schon immer fanden, daß sie ihre Tanzausbildung zu ernst nahm, machten sich jetzt Sorgen über ihren übertriebenen Trainingseifer. Sie war von morgens bis abends in der Schule. Sie ging in ihren Unterricht, und sie trainierte vor und nach den Stunden, und abends war sie dann so müde, daß sie nur noch ihre Trikots waschen, sie aufhängen und dann ohne Abendessen ins Bett fallen konnte.

Wenn sie tanzte, spürte sie, wie ihr Körper ausgelöscht wurde und durch die Energien ersetzt
wurde, die er hervorbrachte, und in den Figuren
aufging, die er in die Luft zeichnete. Sie verstand,
daß ihr Körper eigentlich nicht wirklich war. Er
war nur ein Werkzeug, mit dem man die richtige
Welt erschaffen konnte.

Sie hatte weder Zeit noch Lust zu essen. Sie
trank nur Energy-Drinks und Wasser.

Schon ein bißchen verrückt, dachte Paula, als
sie sich später an die Monate nach Angelika Mey-
ers Tod erinnerte. So ein wahnsinniges Training!
Niemand hatte sie unterstützt. Alle rieten ihr, ein
bißchen kürzer zu treten. Vergeblich.

Sie war sogar nachts in der Ballettschule geblieben. Sie versteckte sich, wenn der Nachtwächter
seinen Kontrollgang machte. Und dann tanzte sie
weiter, zu ihrer eigenen, inneren Musik. Mitten in
der Nacht. In dem stillen, leeren Raum mit all den
Spiegeln. Doch, sie war schon verrückt.

Und der Körper hatte Halt gesagt. Hart und bestimmt. Am frühen Morgen war die Achillessehne
gerissen. Es knallte wie ein Pistolenschuß. Sie war
so verwirrt, daß sie wirklich glaubte, jemand habe
auf sie geschossen. Sie war zusammengesunken,
ohne Schmerz zu spüren, sie war verzweifelt über

den Boden gekrochen, um zu sehen, wer auf sie geschossen hatte. Ein paar andere Schüler, die schon früh da waren, hatten ihre Hilferufe gehört und sie ins Krankenhaus bringen lassen.

Zwei Monate konnte sie überhaupt nicht gehen, sie mußte auf Krücken umherhüpfen, wenn sie sich fortbewegen wollte. Sie saß meistens in ihrem Zimmer, hörte mit geschlossenen Augen Musik und dachte sich im Kopf Tanzbewegungen aus. Um sie zu behalten, fing sie an zu zeichnen. Tanzende Körper, Bewegungen, Schrittfolgen. Sie bereitete sich auf den Tag vor, wo sie wieder tanzen konnte. Nach einem Jahr konnte sie gehen, laufen, Gymnastik betreiben und Ski fahren. Aber sie konnte nicht mehr tanzen wie früher.

Paula war von Natur aus gesund, sie aß wieder normal, ihr Körper hatte sich erholt und war stark – aber er hatte nichts mehr von einem Spezialwerkzeug, einem sensiblen Instrument, das ausgesuchte Kunstwerke hervorbrachte. Für sie war es mit dem Tanzen vorbei. Sie hatte nie jemandem erzählt, was für ein ungeheurer Verlust das für sie war.

Die Leere, die der Tanz hinterließ, füllte sie mit bildender Kunst. Nicht daß sie auf diesem Gebiet besonders begabt gewesen wäre. Aber es war irgendwie naheliegend. Als sie stillsitzen mußte, hatten ihre choreographischen Skizzen sie sehr beschäftigt.

Sie versuchte sich genau so intensiv der Kunst zu widmen wie dem Tanzen. Es kam ihr unnatürlich vor. Als würde ein Rechtshänder ausschließlich die linke Hand benutzen. Ihr fehlte die physische Erschöpfung, der Blutgeschmack im Mund, die Übelkeit nach einem harten Training.

Aber der Ehrgeiz, der unbedingte Wille, es zu schaffen, war der gleiche. Sie las alles über Kunst, was sie bekommen konnte. Sie fuhr umher und schaute sich Ausstellungen an, sowohl in Schweden als auch im Ausland. Sie knüpfte Kontakte zu erfahrenen Künstlern und fragte sie aus. Sie versuchte zu verstehen, wie es in dieser Welt zuging und was man dafür brauchte. Am liebsten hätte sie einfache geometrische Formen und Linien wie Mondrian gemalt, seine Bilder erinnerten sie an die reine Mathematik des Tanzes, aber sie sah sehr schnell ein, daß das nicht mehr ging. Sie nahm an vorbereitenden Kursen an einer Kunstschule teil, lernte verschiedene Techniken. Und sie wurde schließlich an der Kunsthochschule angenommen, was sie sich damals als Ziel gesetzt hatte.

Sie hatte zu laufen begonnen, weil sie ihre körperliche Energie bändigen mußte. Es war zur Gewohnheit geworden. Sie zog sich jeden Morgen die Laufschuhe an und lief los.

Sogar am Tag nach der Geburt von Fabian war sie aus dem Krankenhausbett aufgestanden und ein paar Runden um das Krankenhaus gelaufen. Der widerwärtige, erniedrigende Geburtsschmerz! Das Gefühl, keine Macht über das zu haben, was mit ihr geschah. Opfer dieser starken, zerreißenden Kräfte zu sein. Und die Scham darüber, wie sie sich benommen hatte. Sie hatte vollkommen die Kontrolle verloren, Panikzustände bekommen, gebrüllt, getreten, der Hebamme ins Gesicht gespuckt ... Das hatte sie beim Laufen loswerden wollen. Sie hatte eine der dicken Krankenhausbinden in den Slip geschoben, die Nikes angezogen und den weichen Umstandsanzug aus Baumwolljersey, sie hatte das Krankenzimmer verlassen und das schlafende Kind in seiner durchsichtigen Plastikwanne, die aussah wie ein Aquarium auf Rädern, und war mit dem Aufzug zum Ausgang gefahren. Und dann war sie gelaufen. Um den Parkplatz und alle Krankenhausgebäude, eine Runde nach der anderen, dabei liefen ihr die Tränen herunter und die Binde füllte sich mit heißem, verklumptem Blut.

Für Paula war das Laufen eine Art Reinigung.

Mit jedem Ausatmen stieß sie die Unzulänglichkeiten des Lebens in harten, rhythmischen Stößen aus, und die klebrigen, nächtlichen Träume liefen an ihr herab wie der Schweiß, der aus den Poren drang.

Sie folgte dem kleinen Sandweg, bis er in eine asphaltierte Straße mündete, dann wendete sie, ohne die Geschwindigkeit zu drosseln, und lief wieder zurück, nach Hause, zu einer erfrischenden Dusche, ihrem Atelier, ihrem Mann und ihren beiden Kindern.

Als sie vor einer halben Stunde das Haus verlassen hatte, hielt Fredrik sich in seinem Arbeitszimmer im Oberstock auf. Er saß in der Hocke vor dem Schreibtisch und suchte mit großem Eifer etwas in der untersten Schublade. Wieder einmal hatte er eine schlaflose Nacht hinter sich und war im Morgengrauen aufgestanden. Er drehte sich nicht einmal um, als Paula ihm im Vorbeigehen ein Guten Morgen zurief.

Sie kam um die letzte Biegung, und da lag das große, weiße Holzhaus mit dem Garten, der Glasveranda, den Winkeln und Ecken. Es gehörte ihnen! Ein scharfes, brennendes Gefühl des Triumphs durchfuhr sie. Der Lohn zweier hart arbeitender Menschen. »Because you're worth it.«

Sie ging direkt ins Badezimmer und duschte, zog einen schwarzen Morgenrock an, der aussah wie ein japanischer Kimono, und warf einen Blick in den Spiegel. Ja, sie war gereinigt. Da war keine Spur von der Verzweiflung, die ihre Augen manchmal vor dem Laufen hatten. Ihr Gesicht war schön, kühl, gefaßt.

Sie ging die Treppe hinunter und in die Küche, wo sie ihren Mann am Tisch sitzend fand, tief in irgendwelche Papiere vertieft. Auf seiner Stirn war eine sorgenvolle Falte, die rechte Hand war mit vielen Lagen Küchenkrepp umwickelt, ein großer Blutfleck war durch das Papier gedrungen, er sah aus wie eine prachtvolle rote Rose.

»Aber Liebling, was hast du gemacht?« fragte sie.

Sie berührte leicht seine verbundene Hand.

»Er hat mich gebissen, der kleine Teufel. Kannst du dir das vorstellen? Er hat mich *gebissen*!«

Paula starrte ihn erschrocken an. Meinte er Fabian? In Fabians Kindergarten gab es einen Jungen, der die schlechte Angewohnheit hatte, zu beißen, aber Fabian hatte eigentlich noch nie ... Und Fredrik würde seinen Sohn nie »den kleinen Teufel« nennen.

»Wer?« flüsterte sie. »Wer hat dich gebissen?«

Fredrik wedelte wütend mit seiner verbundenen Hand Richtung Diele.

»Er, der schreckliche kleine Kerl. Unter der
Treppe.«

Er ist keine Ratte!

Nachdem er die ganze Geschichte erzählt hatte, verstand Paula, daß es wirklich ein Mann war, der ihn
gebissen hatte, ein Mann, der sich in einem Hohlraum unter ihrer Treppe versteckte, oder noch weiter unten, unter dem Haus. Sie reagierte jedoch keineswegs so, wie Fredrik befürchtet hatte, mit über-
triebener Angst und Sorge. Statt dessen wickelte sie
ihren Morgenrock fester um sich, setzte sich ihm
gegenüber an den Tisch und sagte nachdenklich:

»Er behauptet also, hier zu wohnen?«

»Ja. Er sagt, er ist unser Mieter. An diesem
Punkt war er sehr bestimmt.«

»Hat er vielleicht beim vorherigen Besitzer ein
Zimmer gemietet? Natürlich nicht die Kammer
unter der Treppe, aber vielleicht ein anderes Zimmer im Haus?« sagte Paula. »Er ist ja ganz offensichtlich nicht ganz richtig im Kopf, vielleicht hat
er da etwas durcheinandergebracht.«

»Ja, das habe ich auch gedacht. Daß er vielleicht

irgendeine Vereinbarung mit dem vorherigen Besitzer hatte. Aber dafür können wir wohl keine Verantwortung übernehmen. Ich habe noch einmal den Kaufvertrag, den Vertrag mit dem Makler und die Beschreibung des Objekts durchgelesen, und da steht nichts von einem Untermieter«, sagte Fredrik und zeigte auf die Papiere auf dem Küchentisch. »Und der Makler hat doch auch nichts von einem Untermieter gesagt, oder?«

»Natürlich nicht. Es ist wahrscheinlich ein Verrückter, der ins Haus gekommen ist, während es leerstand. Wie kommt er eigentlich rein? Wir schließen doch nachts immer ab. Meinst du, er hat einen eigenen Schlüssel?«

Fredrik zuckte mit den Schultern und schob die Papiere mit seiner verbundenen Hand zusammen. Ein kleiner Blutfleck war auf den Vertrag gekommen, unter ihre Unterschriften.

»Er hat vielleicht die vorigen Besitzer gekannt«, sagte er.

»So gut, daß sie ihn kommen und gehen ließen, wie er wollte? Und ihm einen Schlüssel gegeben haben? Dann müssen wir sofort das Schloß auswechseln.«

»Sofern er nicht ...«, murmelte Fredrik und hielt inne.

»Ja?«

Er hatte sagen wollen: »Sofern er nicht einen eigenen Eingang hat.« Das war ein unangenehmer Gedanke. Er dachte an die Öffnung zu dem engen, abschüssigen Gang unter der letzten Treppenstufe im Kämmerchen. Er hatte nichts davon gesagt, als er Paula von seinem Zusammentreffen mit Kwådd erzählte, und er wollte sie auch nicht beunruhigen. Wohin dieser Gang auch führte, er mußte sofort verschlossen werden.

»Ach nichts. Ja, natürlich, wir müssen das Schloß auswechseln lassen. Das ist das allererste. Als zweites werde ich bei der Polizei nachfragen, ob jemand vermißt wird ... ja, in einer Institution für solche wie ihn. Und wenn die nichts wissen, werde ich beim Sozialamt nachfragen, ob sie etwas haben. Wenn er also wirklich wohnungslos ist, meine ich. Sie müssen ja etwas beschaffen.«

Paula nickte schweigend. Sie schien beruhigt zu sein.

Er streckte die Hand aus, um ihr die Wange zu streicheln, und erinnerte sich zu spät, daß seine rechte Hand mit Papier umwickelt war. Sie zuckte zusammen, als sie das rauhe Küchenpapier mit dem eingetrockneten Blutfleck an ihrem Gesicht spürte, und er zog rasch seine Hand zurück.

»Wie geht es deiner Hand?« fragte sie besorgt. »Ist es eine tiefe Wunde?«

»Nein, es ist nicht so schlimm«, murmelte er.

»Du kannst Wundstarrkrampf bekommen. Wann bist du zuletzt geimpft worden?«

»Als Kind, glaube ich. Aber es ist nicht sehr tief. Es ist nur so *feige*. Zu beißen! Wie ein Tier.«

»Irgend etwas stimmt nicht mit ihm, das ist klar. So etwas ist doch nicht normal.«

Sie hielt inne.

»Hast du gesagt, er hat die Dichtungen am Wasserhahn ausgewechselt?«

»Ja, das kann er offenbar. Vielleicht hat er dem vorherigen Besitzer manchmal geholfen. War eine Art Hausmeister, während das Haus leerstand. Möglicherweise hat er deshalb einen Schlüssel bekommen.«

Paula ging zur Spüle, beugte sich über das Waschbecken und betrachtete das Mischventil.

»Das könnte sein«, sagte sie nachdenklich. »Er hat vielleicht nach dem Haus gesehen, als sie hier wohnten, und auch noch danach. Er ist offensichtlich geschickt.«

Plötzlich mußte Fredrik an das Marmorwaschbecken denken, das so geschickt repariert worden war. Jetzt wußte er, wer es gemacht hatte.

»Ein Hauswichtel«, sagte er für sich. »Wir sollten ihm vielleicht Brei hinstellen?«

Er lachte laut, schwieg jedoch, als er Paulas tadelnden Blick sah.

In dem Moment fing Olivia im Oberstock zu weinen an, und Paula ging nach oben, um nach ihr zu sehen.

*

»Man bekommt keinen Wundstarrkrampf von Menschenbissen«, sagte die Schwester in der Ambulanz bestimmt. »Du brauchst dir keine Sorgen zu machen.«

»Aber ich dachte ... es gibt ja so viel. HIV. Hepatitis«, murmelte Fredrik unsicher.

Die Schwester schaute ihn erstaunt an.

»Gibt es einen Anlaß für so einen Verdacht? Ich dachte, es wäre ein Kind gewesen. Bist du nicht von einem Kind gebissen worden?«

»Nein, es war ... ein Mann.«

»Den du kennst?«

»Nein. Ich habe ihn nur ein, zwei Mal getroffen.«

Die Schwester hatte ihren sicheren Gesichtsausdruck verloren, und sie bat ihn jetzt mit ernster

Stimme, ihr die Hand zu zeigen. Fredrik streckte ihr den Handrücken hin, und mit einem schnellen, unbarmherzigen Ruck zog sie das Pflaster ab. Er verzog das Gesicht.

Die Schwester untersuchte die ovale Wunde mit den Spuren, die die Zähne hinterlassen hatten, und schüttelte den Kopf.

»Nein, das sieht nicht nach einem Kind aus. Wer in aller Welt war das? Es ist ein kräftiger Biß. Eine Mißhandlung.«

Fredrik murmelte eine undeutliche Antwort. Die Schwester holte eine Flasche mit Desinfektionsmittel, säuberte die Wunde und legte eine Kompresse auf, die sie mit hautfarbenem Pflaster befestigte.

»So. Möchtest du einen HIV- und Hepatitistest machen lassen? Dann mußt du später wiederkommen, weil die Tests so kurz nach der Ansteckung noch nichts anzeigen. Eine Spritze gegen Wundstarrkrampf brauchst du nicht. Wundstarrkrampf überträgt sich nicht von Mensch zu Mensch. Aber« – plötzlich schaute sie ihn mißtrauisch an – »es *war* doch ein Mensch, der dich gebissen hat? Weil es ein so kräftiger Biß ist«, fügte sie hinzu.

»Ja. Doch«, sagte Fredrik verwirrt. »Vielen Dank. Auf Wiedersehen.«

*

Von seinem Arbeitszimmer im Wirtschaftsdezernat aus rief er einen Schlosser an, der versprach, schon am nächsten Vormittag zu kommen und das Schloß an der Haustür auszuwechseln. Danach rief er bei der Polizei an. Es wurde kein kleinwüchsiger verwirrter Mann vermißt.

Er verließ sein Zimmer im dritten Stock und ging eine Treppe nach oben zu Ulf Sjöfeldt, dem Justitiar der Gemeinde. Sein Schreibtisch war voller aufgeschlagener Ordner, und er schaute angenehm überrascht, als Fredrik eintrat.

»Setz dich«, sagte er freundlich, offensichtlich erfreut, bei seiner langweiligen Arbeit unterbrochen zu werden.

Ulf Sjöfeldt war ein offener, netter Mann in Fredriks Alter. Fredrik hatte sich immer irgendwie verwandt mit ihm gefühlt. Sie sprachen die gleiche Sprache, hatten den gleichen Kleiderstil – leger und jugendlich, aber mit Stil und Qualität –, und ihre Kinder gingen in denselben Kindergarten. Fredrik vermutete, daß Ulf einmal von einer glänzenden Karriere in einer bekannten Kanzlei in der Stadt geträumt hatte, aber daß er, genau wie Fredrik, eingesehen hatte, daß ein sicherer Posten in der Verwaltung besser zu einem Vater mit kleinen Kindern paßte.

Sie hatten in ihrer Arbeit ziemlich viel miteinander zu tun, sie aßen manchmal zusammen zu Mittag und besuchten sich recht häufig in ihren Arbeitszimmern, um ein paar Minuten zu schwatzen. Ohne konkret zu werden, konnten sie sich mit Andeutungen und einem bedeutungsvollen Tonfall über andere Beamte lustig machen, über ältere und aus der Gemeinde stammende Kollegen. Nicht richtig bösartig, denn sie wußten beide, daß diese Kollegen Kenntnisse und Kompetenzen besaßen, die ihnen fehlten, und daß man sich von ihren altmodischen und manchmal unverständlichen Arbeitsabläufen nicht täuschen lassen durfte.

Manchmal träumte Fredrik davon, wie er und Ulf einmal – wenn ihr Kontaktnetz in der Gemeinde fest geknüpft war und Paula feste Einkünfte hatte und überhaupt alles sicherer war – zusammen ein Beratungsbüro aufmachen und Unternehmen in ganz Westschweden ihre juristischen und ökonomischen Dienste anbieten würden.

»Na, wie steht's da unten? Ruhig und friedlich?« fragte Ulf und fuhr sich mit der Hand über die Haare, sie waren glatt und nach hinten gestrichen wie bei einem Seehund und lockten sich leicht über dem Kragen, der nostalgische Rest seiner Anwaltsträume. »Aber was hast du denn mit deiner Hand gemacht, Fredrik?«

»Ich habe zu Hause eine Kammer aufgeräumt und mich an etwas Scharfem verletzt.«

Ulf lächelte teilnahmsvoll.

»Ich weiß noch, wie es war, als wir unser Haus renoviert haben. Ich hatte immer Kratzer und blaue Flecke. Alte Häuser sind lebensgefährlich.«

»Ja, das Haus. Ich würde dich gern etwas fragen«, sagte Fredrik. »Ein Mann behauptet, er hätte das Recht, bei uns als Untermieter zu wohnen.«

»Bei euch?«

»Ja, er scheint nicht ganz richtig im Kopf zu sein. Und wir werden ihm natürlich kein Zimmer vermieten. Aber er hatte offenbar eine Vereinbarung mit dem vorherigen Besitzer und meint, es sei selbstverständlich, daß er weiterhin im Haus wohnt.«

»Gibt es einen Mietvertrag?«

»Nein, nein. Ich habe noch einmal unseren Kaufvertrag durchgelesen, da steht nichts über eine Untervermietung.«

»Hm. Tja, mündliche Verträge sind an sich auch bindend. Aber das ist schwer zu beweisen.«

»Er hat ganz sicher keinen mündlichen Vertrag

mit mir und Paula. Und ich habe meine Zweifel, daß er mit dem Vorbesitzer einen hatte, auch wenn er das behauptet. Man will ihn nicht als Mieter haben.«

»Was ist es für ein Typ?«

»Ein kleinwüchsiger Kerl, der nicht richtig sprechen kann und schrecklich unangenehm im Umgang ist. Ein ausgesprochen komischer Typ. Vielleicht ist es ein Obdachloser, der ins Haus eingedrungen ist, als es leerstand.«

»Du mußt ihm einfach erklären, daß du keinen Mieter haben willst. Daß er sich etwas anderes suchen muß.«

»Das habe ich ihm bereits gesagt. Aber man kann mit ihm nicht argumentieren. Das geht mit ihm nicht.«

»Dann frag doch mal im Sozialamt nach. Die haben bestimmt etwas.«

»Ja, ich werde mit ihnen reden. Aber rein juristisch – ein mündliches Versprechen des Vorbesitzers kann mich doch nicht binden, oder?«

»Natürlich nicht. Aber ich bin kein Experte in Mietrecht. Ich werde mich schlau machen. Es ist allerdings nicht so leicht, jemanden rauszuwerfen, der lange da gewohnt hat. Man muß es richtig machen, und es kann dauern.«

*

Fredrik fuhr mit dem Aufzug noch ein Stockwerk höher. Er öffnete die Glastüren zum Sozialamt und ging den Flur entlang zu einem der Zimmer, in dem eine Sachbearbeiterin saß, eine mütterliche, aber resolute Frau Mitte Fünfzig. Er hatte mit ihr zu tun gehabt, als man das ehemalige Postgebäude zu Junggesellenwohnungen umbauen wollte. Als Fredrik ihr Zimmer betrat, schaute sie erstaunt von ihrem Bildschirm auf.

Er beschloß, sofort zur Sache zu kommen. Er setzte sich auf ihren Besucherstuhl, beugte sich über ihren Schreibtisch und sagte aufgeregt:

»Was machen wir hier in der Gemeinde eigentlich für die Obdachlosen?«

»Wie kommst du darauf?«

»Kehren wir das Problem unter den Teppich, oder was machen wir? Man sollte doch meinen, daß in einer so wohlhabenden Kommune wie Kungsvik alle eine Wohnung haben. Aber es gibt Menschen in unserer Gemeinde, die in elenden Löchern hausen müssen. Weißt du das?«

Bevor die Sachbearbeiterin antworten konnte, fuhr er im gleichen empörten Tonfall fort:

»Ich weiß von einem Typ, der wohnt in einer

Kammer unter einer Treppe. *Unter einer Treppe!* Man muß doch etwas anderes für ihn finden können? Wie sieht es denn aus mit diesen Einzimmerwohnungen in der alten Post, wo ihr Männer mit Problemen unterbringt? Auf jeden Fall besser als eine Kammer unter der Treppe.«

Die Sachbearbeiterin schaute ihn ernsthaft an.

»Ich weiß nichts von diesem Fall. Wie heißt er?«

»Ich weiß nicht, wie er richtig heißt. Wir kennen uns nicht näher«, sagte Fredrik ärgerlich. »Aber mich empört seine Situation. Er braucht eine Wohnung. Und zwar sofort.«

Er klatschte leicht mit der Hand auf den Schreibtisch.

»Dann sag ihm, er soll herkommen. Wir können ihm bestimmt helfen«, sagte die Sachbearbeiterin ruhig.

»Er hat Probleme. Man muß ihm auf die Sprünge helfen.«

Die Sachbearbeiterin schaute fragend.

»Was für Probleme? Mißbrauch?«

»Nein, das glaube ich nicht. Aber er ist merkwürdig. Er sieht nicht ein, daß es Wahnsinn ist, in einer Kammer unter der Treppe zu wohnen. Er weiß nicht, was gut für ihn ist. Ich glaube, ihr müßtet ihn ein bißchen schubsen.«

»Er hat also nicht selbst um eine Wohnung gebeten?«

»Nein, aber wie sieht es denn aus, wenn eine Gemeinde wie unsere Einwohner hat, die unter solchen Verhältnissen wohnen. Stell dir mal vor, die Medien bekommen Wind davon.«

Die Sachbearbeiterin schnaubte ärgerlich.

»Aha, darum machst du dir Sorgen? Tja, dann müssen wir ihnen wohl das Sozialgesetzbuch vorlesen.«

Sie lehnte sich zurück, holte Luft und fuhr ruhig fort:

»Unsere Unterstützung gründet sich auf Freiwilligkeit und die aktive Mitwirkung des einzelnen. Wir helfen gerne, aber der einzelne ist schon für seine Situation verantwortlich.«

Man konnte hören, daß sie das schon sehr oft gesagt hatte.

»Der Mann weiß doch nicht, was gut für ihn ist. Man muß sich um ihn kümmern!«

Die Sachbearbeiterin schüttelte langsam den Kopf und sah auf einmal sehr müde aus.

»Das ist eine veraltete Sicht. Die Zeiten, wo die Sozialbehörden Kontrolle und Zwang ausgeübt haben, sind lange vorbei, das solltest du wissen.«

»Aber er kann doch nicht unter der Treppe

wohnen!« rief Fredrik verzweifelt aus. »Ohne sanitäre Möglichkeiten und ohne Strom! Das ist doch menschenunwürdig.«

»Es ist nicht unsere Aufgabe, den Leuten zu sagen, wie sie leben sollen. Das ist offenbar der Lebensstil, den dieser Mensch gewählt hat, und das müssen wir respektieren. Wir haben so gut wie keine Möglichkeiten, Zwang auszuüben. Er kann gerne herkommen, wenn er seine Wohnsituation verändern möchte. Aber er muß schon selbst die Initiative ergreifen.«

*

Um halb zwei war Fredrik wieder in seinem eigenen Büro im Wirtschaftsdezernat. Er hatte noch nichts zu Mittag gegessen.

Er hatte einen arbeitsreichen Vormittag hinter sich, und das Ergebnis seiner Anstrengungen war mager. Das einzig Positive war, daß er als Beamter in einer kleinen Gemeinde alles im Haus erledigen konnte. Wäre er ein normaler Bewohner einer Großstadt gewesen, dann wäre er bestimmt von einem zum nächsten geschickt worden, die Hälfte wäre auf Dienstreise oder in einer Besprechung gewesen. Er wäre in den Telefon-Warteschlangen hängengeblieben, hätte sich die schrecklichen Melodien und die synthetischen Stimmen anhören müssen, und das Ganze hätte eine Woche und nicht nur einen Vormittag gedauert.

Mit demselben niederschmetternden Ergebnis. Für einen anständigen Staatsbürger gab es offenbar keine rechtlichen Mittel, einen Eindringling loszuwerden, der die Kammer unter der Treppe okkupierte. Unfaßbar.

Er hatte nicht erzählt, daß der Mann ihn gebissen hatte, weder Ulf Sjöfeldt noch der Sachbearbeiterin. Fredrik wußte selbst nicht, warum. Als ob er sich dafür schämte. Als ob der Biß ihn stigmatisieren, ihn mit etwas Unnormalem verbinden würde. Er erinnerte sich, wie die Krankenschwester ihn angestarrt hatte, entsetzt, beinahe mit Abscheu.

Er fuhr mit dem Aufzug in die Kantine und kaufte sich ein Baguette mit Käse und Schinken, das er mit an seinen Schreibtisch nahm. Er trank dazu einen Becher Automatenkaffee, während er die wichtigsten Sachen erledigte, und verließ dann früh sein Büro.

*

Auf dem Heimweg holte er Fabian vom Kindergarten ab und fuhr anschließend bei Björn Valtersson vorbei, seinem nächsten Nachbarn, der Schreiner mit eigenem Betrieb war. Er hatte ein kleines Materiallager, und Fredrik hatte schon früher Holzreste von ihm bekommen. »Frag immer erst mich, ehe du etwas kaufst«, hatte Björn gesagt, als sie sich das erstemal trafen. »Wenn ich es nicht zu Hause habe, kann ich es billig besorgen.«

Fredrik parkte auf dem Hof. Er ging in das Seitengebäude, in dem Björn seine Werkstatt und sein Büro hatte, Fabian spielte auf dem Hof mit Valterssons Katzen.

Björn hatte die Füße auf den Schreibtisch gelegt und sprach in sein Mobiltelefon, dabei blätterte er in einem abgegriffenen Ordner. Vor ihm auf dem Schreibtisch lag ein Bündel ungefalteter 500-Kronen-Scheine. Schwarzgeld, dachte Fredrik. Er leidet keine Not. Er kann es sich leisten, mir ein Stück Spanplatte abzutreten.

Fredrik hatte Glück. Björn fand eine Spanplatte im Lager. Das Handy am Ohr ging er mit Fredrik in die Werkstatt und half ihm, ein entsprechend großes Stück zuzuschneiden. Er wollte kein Geld dafür haben, er winkte nur abwehrend und nahm sein Telefongespräch wieder auf, das er zum Sägen unterbrochen hattc.

Fredrik fuhr mit Fabian nach Hause, schickte ihn zum Spielen in den Garten und ging ins Haus. Er holte den Werkzeugkasten und die Taschenlampe und öffnete die Tür zum Kämmerchen.

»Hallo?« sagte er vorsichtig und leuchtete mit der Taschenlampe an den Wänden entlang. Das Kämmerchen schien leer zu sein.

Er betrat die Kammer. Unter dem niedrigen Treppendach kroch er auf allen vieren weiter, schob den Werkzeugkasten vor sich her, bis er zu der engen, länglichen Öffnung entlang der untersten Treppenstufe kam.

»Hallo? Kwådd?« rief er in die Öffnung hinein.

Ihm schlug ein unterirdischer Geruch entgegen. Er kannte ihn von U-Bahnen und touristischen Besuchen in Gruben und Höhlen.

»Wenn du da bist, kommst du jetzt besser heraus, denn ich werde diese Öffnung jetzt zumachen«, rief er hinein.

Er wartete eine Zeitlang, nichts passierte. Die Spalte starrte ihn an wie ein höhnischer Mund.

Fredrik hängte die Taschenlampe an einen vorstehenden Nagel unter einer der höheren Treppenstufen, holte das Metermaß aus dem Werkzeugkasten und maß die Öffnung aus. Dann kroch er rückwärts in die Diele und sägte die Spanplatte zu. Er kroch wieder unter die Treppe, verkeilte die Spanplatte vor der Öffnung und nagelte sie mit größter Mühe auf dem Boden liegend fest.

»So«, murmelte er, außer Atem, aber zufrieden, als er den letzten Nagel eingeschlagen hatte. »Jetzt haben wir dieses Mauseloch abgedichtet.«

Als er aus der Kammer kam, stand Paula da, sie trug weiße Khakihosen mit aufgesetzten Taschen und ein T-Shirt voller Farbflecken.

»Hast du Milch gekauft?« fragte sie.

Ach du je. Fredrik war den ganzen Tag so beschäftigt gewesen, daß er vergessen hatte, einzukaufen. Paula machte normalerweise einmal pro Woche einen Großeinkauf, und Fredrik kaufte im Laufe der Woche das, was noch fehlte, auf dem Heimweg von der Arbeit.

»Ich fahr gleich nach dem Essen«, sagte er schnell.

»Es gibt kein Essen, wenn wir keine Milch haben. Ich brauche sie, für die Soße.

»Okay, dann fahr ich gleich.«

»Was hast du da drinnen gemacht?« fragte sie und schaute auf die Werkzeugkiste in seiner Hand.

»Ich habe ein Stück Spanplatte festgenagelt.«

Sie schaute ihn erstaunt an.

»Da drinnen ist eine Öffnung«, erklärte er. »Eigentlich nur ein Spalt, am Ende der Treppe. Vielleicht eine Art Lüftung. Aber ich fand es besser, sie abzudichten. Falls er da durch will. Außerdem habe ich den Schlosser angerufen. Er kommt morgen vormittag und wechselt das Schloß. Ich fahre jetzt schnell einkaufen. Tut mir leid, daß ich es vergessen habe.«

In Fabians Anwesenheit wollte er den Mann unter der Treppe nicht mehr erwähnen. Als sie sich schlafen gelegt hatten, sagte Paula:

»Diese Öffnung, die du zugenagelt hast – glaubst du, daß er durch die hereinkommt?«

Fredrik wußte, was sie meinte.

»Ich weiß es nicht, es ist wirklich eine sehr kleine Öffnung. Aber er ist ja auch klein. Sicherheitshalber.«

»Aber wenn er da durchkriecht, da kommt man doch nirgends hin, da ist nur das Fundament«, wandte sie ein.

»Ja, aber vielleicht gibt es eine Verbindung nach draußen. Ratten haben ja auch eine erstaunliche Fähigkeit, an den unglaublichsten Stellen in Häuser hinein- und wieder aus ihnen hinauszukommen.«

»Aber er ist keine Ratte!« rief sie mit ungewöhnlicher Heftigkeit aus.

»Nein, nein, so habe ich es nicht gemeint. Vielleicht führt die Öffnung irgendwohin, vielleicht auch nicht. Jetzt ist sie auf jeden Fall zu, und wir brauchen nicht mehr darüber nachzudenken.«

Fredrik beugte sich über seine Frau. Ihre blonden Haare, zu einem sittsamen Zopf geflochten, lagen auf dem Kissen. Er küßte sie leicht.

»Gute Nacht, Schatz.«

»Gute Nacht«, antwortete sie und blinzelte schläfrig.

Sie drehte ihm den Rücken zu und zog die Decke über die nackten Schultern, dann sagte sie gähnend:

»Aber ich finde es trotzdem irgendwie grausam.«

»Was denn?«

»Die Öffnung einfach zuzunageln«, murmelte sie. »Falls er da unten sein sollte. Und falls es keine Verbindung nach draußen gibt. Stell dir das mal vor.«

Im nächsten Moment schlief sie. Das war so eine Angewohnheit von ihr. Kurz bevor sie einschlief, sagte sie noch etwas Unverständliches oder Provozierendes, dann ließ sie die Worte im

Dunkel des Zimmers umherschweben und verschwand in ihren schützenden und immer zuverlässigen Schlaf.

Niemandsland

Es gab kein Mittel dagegen. Er hatte alles versucht: physische Erschöpfung durch Sport, körperliche Arbeit oder Sex. Ein ruhiger Tagesausklang mit klassischer Musik und einem schönen Buch. Heiße Milch mit Honig. Kräutertee. Whisky. Nichts half.

Im Gegenteil, es geschah immer öfter und es wurde immer intensiver. Plötzlich war er einfach eingeklemmt zwischen den Welten des Schlafs und des Wachseins, in einem Niemandsland, einem Limbus, betäubt vom Schlaf, jedoch ohne zu schlafen. Festgenagelt im Bett, in einem Kreuzfeuer aus Bildern, Stimmen und Geräuschen.

Da war alles auf einmal: die Kollegen im Rathaus, Paula und die Kinder, ihre gemeinsamen Freunde, Studienkollegen von der Handelshochschule, ehemalige Freundinnen, Spielkameraden aus der Kindheit im Wäldchen des Vororts, seine Eltern, Lehrer, Nachbarn von verschiedenen

Orten, an denen er gewohnt hatte, Verkäuferinnen aus Geschäften, in denen er einkaufte, Taxifahrer, mit denen er einmal gefahren war, Fremde, mit denen er auf einer Zugfahrt gesprochen hatte. Er hatte das Gefühl, daß alle Menschen, die er jemals getroffen hatte, um ihn herum waren und ihn ansprachen, auffordernd, bittend, zurechtweisend oder verächtlich. Ihre Gesichter und Stimmen schossen über ihn hinweg wie Pfeile, swisch, swisch. Es war mehr, als ein Mensch auf einmal ertragen konnte.

»Es ist grausam«, hörte er Paula sagen. »Er ist keine Ratte!«

Und auf einmal war er in einer Art Gang, sehr eng, dunkel und feucht. Er kroch auf den Ausgang zu, in einer Sekunde würde er draußen sein und der Alptraum wäre vorbei. Aber plötzlich stieß er an. Es ging nicht weiter. Er war gefangen.

»Wie grausam! Er ist keine Ratte!«

Blind und verzweifelt schlug er gegen das, was ihn in der Dunkelheit am Weiterkommen hinderte. Er lag so unbequem, flach auf dem Bauch, ohne aufstehen zu können, seine Schläge hatten keine Kraft. Er suchte nach Kanten, Fugen, an denen er sich festhalten oder hochziehen konnte. Mein Gott, wie schrecklich!

Obwohl der Alptraum so real war wie die Wirklichkeit, war er sich auf einer anderen Ebene bewußt, daß er in seinem Bett lag und seine Frau neben ihm. Er befand sich in zwei parallelen Welten – dem Dämmerzustand im Bett und der klaustrophobischen Wirklichkeit im Dunkeln –, mal war die eine deutlicher, mal die andere, wie bei einem Kameraobjektiv, wenn man die Schärfe verändert. Er war sich nicht sicher: War er ein Mann, der in einem schönen, geräumigen Schlafzimmer lag und einen schrecklichen Traum vom Eingeschlossensein träumte? Oder war er ein Mann, der in einem Gang eingeschlossen war und ein schönes geräumiges Schlafzimmer halluzinierte?

Schließlich siegte die Welt des Schlafzimmers, und seine Gedanken wurden klar. Aber die Geräusche aus dem Traum waren noch da. Schwach und weit weg, aber deutlich hörbar kamen sie von einem Ort weit unten: ein Schlurfen, ein Klopfen, ein Kratzen wie von Rattenklauen. Als ob tief da unten etwas kämpfte, um aus einem dunklen Loch hervorzukommen.

Fredrik wußte nicht, wie lange er dalag und lauschte, wie festgefroren und außerstande, sich zu bewegen. Das Klopfen wurde stärker, und plötzlich hörte man ein Krachen und Poltern.

In dem Moment erwachte er aus dem Zustand der Katatonie, er konnte sich aufsetzen und aus dem Bett steigen. Er blieb stehen. Seine Beine zitterten. Nein, man hörte keine Geräusche mehr. Es war völlig still im Haus.

Er ging in die Küche hinunter, machte Wasser auf dem Herd heiß und goß es über das Kaffeepulver. Während er darauf wartete, daß der Kaffee zog, drehte er im Untergeschoß eine kleine Runde.

Er schaute aus den Wohnzimmerfenstern nach draußen. Der Himmel war bewölkt und grauer Nebel hing über dem Wald und den Feldern. Die Morgendämmerung – diese merkwürdige Stunde zwischen Nacht und Tag. Die seinem Niemandsland zwischen Schlafen und Wachen ähnelte. Nicht ein Grashalm bewegte sich. Die Vögel schwiegen. Die Welt da draußen war starr und still wie auf einem Bild. Unwirklich.

Oder war das die richtige Welt? Manchmal hatte er das Gefühl, daß er zu dieser frühen Stunde die Welt so sehen konnte, wie sie war. Tot. Als ob er sie auf frischer Tat ertappt hätte, bevor man die Batterien eingelegt und die Farbe und den Ton angestellt hatte. Damit wir glauben, daß sie so ist.

Aber da bewegten sich Beerensträucher im Garten! Zweige schaukelten, die unreifen Johannisbeeren schwangen hin und her. Jemand schlüpfte unter die Blätter, die aussahen wie Handflächen. Es wurde wieder still. Kurz darauf sah er weiter weg etwas, oben am Wald. Etwas Dunkles, die Konturen lösten sich im Licht der Dämmerung auf, es lief blitzschnell zwischen die Bäume. Ein schwarzer, rauhhaariger Hund?

Fredrik verließ das Wohnzimmer und ging wieder in die Küche zu seinem Kaffee. Als er durch die Diele kam, bemerkte er, daß die Tür zur Kammer angelehnt war. Er zögerte einen Moment. Dann nahm er die Taschenlampe und betrat vorsichtig den Raum unter der Treppe.

Der Lichtschein glitt über das Gerümpel. Alles sah aus wie immer. Er richtete die Taschenlampe auf den engen Raum unter der untersten Treppenstufe.

Da lag die Spanplatte, die er am Tag zuvor festgenagelt hatte. Weggerissen, in der Mitte durchgebrochen, die Nägel schauten spitz heraus.

Bezahlung der Miete

»Phantastisch! Ausgezeichnet! Schau die Kinder an, Paula. Nein, lieber nicht, schau hierher.

Nicht direkt in die Kamera, ein bißchen über meine Schulter. So, ja, rückt ein bißchen zusammen. Wunderbar! Das Licht ist gerade so schön. Ihr seid so unglaublich schön, ihr könnt euch das nicht vorstellen.«

Paula war zuerst skeptisch. Ihr Haus und ihre Familie in einer Zeitschrift für Inneneinrichtung. Sie hatte die Probebilder nach der Vernissage im April fast vergessen. Aber jetzt war die Redakteurin der Zeitung darauf gestoßen und wollte unbedingt eine Reportage mit Paula machen. Sie besuchten Menschen, die beruflich mit Farben und Formen arbeiteten, weil sie zeigen wollten, wie deren Kreativität sich in ihrem Zuhause widerspiegelte. Bisher waren Reportagen über eine Modedesignerin, einen Glaskünstler und eine Bühnenbildnerin erschienen, nun wollten sie eine junge, moderne Künstlerin wie Paula Kreutz präsentieren.

Nachdem sie die bereits erschienenen Reportagen der Serie angesehen hatte, änderte sie ihre Meinung:

»Das sind keine normalen ›Zu-Hause-bei ...‹-Reportagen, Fredrik. Es macht wirklich einen sehr seriösen Eindruck. Sie werden vor allem über meine Kunst schreiben. Und wir brauchen uns doch nicht für unser Haus zu schämen, oder?«

Nein, ihr Haus konnte sich sehen lassen, ohne Zweifel. Aber ein paar Dinge mußten noch passieren, bevor man es öffentlich präsentieren konnte.

Paula war schon lange auf der Suche nach einem altmodischen englischen Ohrensessel, aber der, den sie haben wollte, war zu teuer, und sie wollte warten, bis sie einen billigeren fand. Jetzt wurde es also doch der teure, denn sie würde vor dem Fototermin keinen anderen finden.

Und das Balkongeländer stimmte nicht. Viel zu modern für die altmodische Glasveranda. Paula hatte Zeichnungen eines passenden Geländers im Stil der Jahrhundertwende besorgt, und sie brauchte ihre ganze Überredungskunst, um den sehr beschäftigten Björn Valtersson dazu zu bringen, es zwischen anderen Arbeiten einzuschieben.

Der Fotograf, der mit ihrer Freundin verheiratet war, hatte den ganzen Tag zusammen mit einer Journalistin von der Zeitung bei ihnen zugebracht. Paula hatte ihnen ihr Atelier gezeigt, der Fotograf war glücklich über das Licht und machte da drinnen viele Bilder von Paula bei der Arbeit.

Nach dem gemeinsamen Mittagessen im Garten war die restliche Familie an der Reihe: Bilder von Paula und den Kindern im Grün des Gartens. Fabian an seiner kleinen Kinderstaffelei unter einem Apfelbaum. Und dann ein entspanntes Gruppenbild mit der ganzen Familie – Fredrik im weißen Baumwollhemd, Jeans und Strohhut, Paula in einem Kleid mit einem grünen 60er-Jahre-Muster, und der Bollerwagen mit den Kindern, die unter den Krempen ihrer lustigen Sonnenhüte hervorschauten. Hinter ihnen das Haus mit der Glasveranda und der Balkon mit dem neuen Geländer, das aussah, als wäre es schon immer da gewesen, obwohl die Farbe noch nicht richtig trocken war. Und drum herum der Garten, wie eine weiche, grüne Bordüre.

Paula schaute Fredrik an und lächelte, glücklich und verschwörerisch. Er lächelte zurück.

»Vielen Dank«, sagte der Fotograf.

»Bist du zufrieden?« fragte Fredrik.

»Mehr als zufrieden.«

*

Kwådd hatte sich nicht gezeigt, seit Fredrik die Spanplatte festgenagelt hatte. Der Mann fühlte sich offenbar eingeschlossen, er hatte die Barriere gewaltsam durchbrochen und das Haus verlassen. Vielleicht für immer?

Das Schloß war ausgewechselt worden. Man

konnte die Tür von innen mit der Klinke öffnen – der Schlosser wollte kein Schloß einbauen, das sich nicht von innen öffnen ließ. Das war gegen die Sicherheitsvorschrift. Aber von außen konnte man sie nur mit dem Schlüssel öffnen, und Paula und Fredrik versteckten ihre Schlüssel gut. Fredrik nahm an, daß der Mann in der Dämmerung nach draußen geflohen war und jetzt nicht wieder hereinkonnte.

Aber er war sich nicht sicher. Fabian lag immer noch auf der Treppe und machte seine Klopfspiele. Und als Fredrik vor kurzem früh am Morgen herunterkam, war die Haustür angelehnt. Es war ausgeschlossen, daß Paula oder er sie am Abend offengelassen hatten. Sie achteten immer darauf, daß die Tür verschlossen war, und jetzt war sie nicht nur nicht verschlossen, sondern stand offen. Fredrik hatte sie zugezogen. Um sie beim nächsten Mal, als er nicht schlafen konnte, wieder offen zu finden. Außerdem war der Boden in der Diele schmutzig. Tannennadeln und Erde lagen in kleinen Klumpen zwischen der Haustür und der Kammer.

Er erwähnte es Paula gegenüber nicht, aber er machte seine Beobachtungen und war immer mehr überzeugt davon, daß Kwådd noch da war.

Der Mann schien spätabends, wenn die Familie sich schlafen gelegt hatte, das Haus durch die Tür zu verlassen und die Nacht draußen zu verbringen. Er ließ die Tür angelehnt, damit er wieder hereinkonnte, wenn er in der Morgendämmerung zurückkam. Die Tage verbrachte er offenbar in der Kammer oder in einer Grube im Fundament.

Fredrik hatte die offene Haustür natürlich wieder zugemacht und verriegelt, aber der Mann schien ins Haus zurückgekommen zu sein, die Spuren deuteten darauf hin, daß er noch da war. Fredrik nahm an, daß er noch einen Eingang ins Fundament hatte, aber der war offenbar schwer zugänglich, er zog die Haustüre vor.

Woher bekam er etwas zu essen? Das mußte er nachts organisieren. Die Nacht schien überhaupt seine aktive Zeit zu sein. Die Kammer unter der Treppe oder die Grube im Fundament war nur zum Schlafen da, etwas anderes konnte man dort kaum machen.

Er teilte seine Überlegungen nicht mit Paula. Sie schien zu glauben, daß der Mann für immer verschwunden war, und die Vorbereitungen für die Reportage hatten sie in letzter Zeit so beschäftigt, daß sie ihn offenbar ganz vergessen hatte. Fredrik war das nur recht.

An einem frühen Morgen fand er die Haustüre wieder nur angelehnt, sogar ein Stück der Fußmatte war über die Schwelle gezogen, damit die Tür nicht zufallen konnte. Er fluchte, zog die Matte weg und schloß die Tür. Als er abschloß, hörte er Schritte und sah, wie die Klinke heruntergedrückt wurde. Kurz darauf hörte er ein schwaches Klopfen – oder eher ein Streichen über die Tür, und dann eine gedämpfte, nasale Stimme:

»Mach auf. Ich bin's, Kwådd. Dein Mieter.«

Fredrik hatte den kleinen Mann ein paar Wochen nicht gesehen, nur seine Spuren, die Stimme machte seine Gegenwart auf eine sehr plötzliche und unerwartete Weise deutlich.

Dein Mieter! Was für eine Frechheit. Der Mann unterstellte eine Verbindung, die zwischen ihnen nicht existierte.

Und doch deutete er damit an, daß er gewisse gesellschaftliche Gepflogenheiten anerkannte. Vermieter und Mieter. Er war nicht komplett verrückt, kein Besetzer oder Parasit. Er sah sich selbst als respektablen Mieter. Es gab immerhin einen Streifen Logik im Wahnsinn.

Fredrik schloß auf und öffnete die Tür einen Spaltbreit. Der Mann trat ein paar Treppenstufen zurück, um seine Unterlegenheit zu zeigen. Er zog die Schultern hoch und lächelte verlegen. Er trug immer noch das T-Shirt, das ihm bis zu den Knien reichte, und die unbeschreiblich schmutzigen Jogginghosen. Über seiner Schulter hing eine Stofftasche, die Fredrik an die Turnbeutel seiner Kindheit erinnerte.

»Du bist also mein Mieter?« sagte Fredrik.

Der Mann nickte eifrig.

»Aber du hast keine Miete bezahlt, Kwådd. Ich glaube, du hast überhaupt noch nie Miete gezahlt.«

Der Mann grinste unsicher, er drehte sich hin und her, die Stofftasche schlug gegen seine Hüften, und er zog am Saum des T-Shirts.

»Weißt du, was die Miete heutzutage kostet?« fragte Fredrik ernsthaft.

Kwådd schüttelte den Kopf, immer noch grinsend. Das waren offenbar Überlegungen, die er begriff, auch wenn sie ihn nervös machten.

»Fünftausend Kronen. Das ist der Mietpreis. Im Monat. Und ich will das Geld sofort. Sonst muß ich dich leider rauswerfen lassen.«

Kwådd krümmte und drehte sich, als müsse er aufs Klo. Sein großes, unförmiges T-Shirt wurde noch größer und unförmiger, weil er daran zog.

»Du denkst vielleicht, das ist viel Geld für eine

Kammer unter der Treppe. Das denke ich auch, Kwådd. Du findest woanders bestimmt etwas Besseres und Billigeres.«

Das Gesicht des Mannes verzog sich zu einem Grinsen, er lief die Treppe hinauf, ins Haus und zur Kammer. Bevor Fredrik reagieren konnte, war er verschwunden. Er hörte ihn in der Kammer rumoren. Nach einer Minute war der Mann wieder da. Stolz überreichte er Fredrik ein Bündel Scheine.

»Die Miete«, sagte er.

Fredrik nahm das Geld und schaute es mißtrauisch an. Es waren echte Scheine. Zehn Fünfhunderter. Fünftausend Kronen, genau die Summe, die er verlangt hatte.

»Danke«, murmelte er verblüfft.

Aber Kwådd war schon in seiner Kammer verschwunden.

*

»Fünftausend Kronen!« rief Paula aus, als er es ihr erzählte. »Für eine Kammer unter der Treppe! Das ist ja Wucher! Wir kriegen den Mieterverband auf den Hals.«

»Ich habe wirklich nicht geglaubt, daß er das

Geld aufbringen würde. Ich dachte, er besitzt keinen Pfennig«, sagte Fredrik beschämt.

»Es ist wahrscheinlich sein gesamtes Sparguthaben. Er hat es irgendwo da drinnen versteckt. Es ist wirklich frech von dir, es ihm abzunehmen.«

Fredrik zuckte mit den Schultern.

»Er bekommt es zurück, wenn er auszieht. Ich habe halt gedacht, das mit der Miete kann man ausnützen. Da habe ich zum ersten Mal gemerkt, daß er irgendwie verstanden hat, was ich sage. Er betrachtet sich ganz offenbar als Mieter. Und weil wir seine Vermieter sind, bestimmen wir die Miete.«

»Willst du ihm nächsten Monat wieder fünftausend abnehmen? Das kann er doch nicht bezahlen«, sagte Paula.

»Um so besser. Dann muß er ausziehen. Das wird sogar *er* verstehen, glaube ich.«

*

Nach dem Mittsommerwochenende, das sie in Fredriks und Paulas Garten mit zwei befreundeten Familien feierten, mit Mittsommerbaum, Hering, Erdbeeren und ungewöhnlich schönem Wetter, stand Fredrik eines Morgens früh auf und wartete, daß Kwådd von seinem nächtlichen Ausflug zurückkommen würde.

Er ließ die Tür angelehnt, so wie Kwådd sie hinterlassen hatte, und trat aus dem Dunkel der Diele, als der kleine Mann hereinkam.

»Guten Morgen, Kwådd«, sagte Fredrik munter.

Der Mann zuckte zusammen und blieb in der Diele stehen.

»Ein wunderbarer Morgen, nicht wahr?« fuhr Fredrik fort.

Kwådd nickte verwirrt.

»Weißt du, was heute für ein Tag ist?«

Kwådd schaute ihn unsicher an, packte sein T-Shirt und knäulte es vorne zu einem Ball zusammen, so daß sein haariger Bauch sichtbar wurde.«

»Es ist der 30. Juni, der letzte Tag des Monats. Du weißt, was das heißt, nicht wahr?«

Kwådd grinste ihn an und schaute dann hinunter auf seinen pelzigen Bauch.

»Genau. Die Miete ist fällig. Letzten Monat hast du das ja prima gemacht.«

Der kleine Mann ging rückwärts auf die Kammer zu, aber Fredrik trat zwischen ihn und die Tür.

»Es ist nur so, daß die Miete erhöht wurde.«

Kwådd schaute, ohne zu lächeln, zu ihm auf.

»Blöd, nicht wahr? Aber du weißt ja, wie es ist. Gestiegene Kosten, Zinsen und so weiter.«

»Wieviel?« fragte der kleine Mann.

Das waren offenbar Überlegungen, die sein verwirrtes Hirn verstanden.

»Wir müssen die Miete leider verdoppeln. Zehntausend.«

Fredrik hielt den Atem an. Kwådds Gesichtsausdruck war unergründlich.

»Ja, das ist viel für eine Treppenkammer, ich weiß. Aber das Sozialamt kann dir helfen, etwas sehr viel Besseres zu finden. Ich gehe gerne mit dir hin. Ich arbeite bei der Gemeinde und habe gute Kontakte. Ich kann ein gutes Wort für dich einlegen, Kwådd. Im ehemaligen Postgebäude gibt es sehr nette kleine Wohnungen. Viele Obdachlose haben dort ein neues Zuhause gefunden. Und du bist ja ein ordentlicher Mieter. Ich kann dir ausgezeichnete Referenzen geben.«

»Zehntausend«, wiederholte Kwådd dumpf.

»Leider, ja.« Fredrik schüttelte traurig den Kopf. »Das ist schon sehr viel.«

»Entschuldigung, mein Herr«, sagte Kwådd und stieß im nächsten Augenblick seinen Kopf direkt in Fredriks Bauch, wie ein angreifender Stier. Fredrik japste und sank zusammen. Die Tür zur Kammer hinter ihm glitt auf und schlug ihm gegen das Schienbein. Als er sich umdrehte, konnte er in den dunklen, übelriechenden Raum sehen und hören, wie Kwådd sich keuchend durch die enge Öffnung unter der Treppe zwängte.

»Zehntausend!« rief Fredrik ins Dunkel hinein. »Spätestens heute abend! Ansonsten droht die Räumung!«

Er schloß die Tür zur Kammer und ging in die Küche, um Kaffeewasser aufzusetzen. Er gab Kaffeepulver in den Glasbehälter und holte seinen Becher aus dem Schrank. Als er ihn auf den Tisch stellen wollte, lag ein Stapel Fünfhundertkronenscheine an seinem Platz. Sie waren nicht gefaltet und glänzten ganz neu. Kwådd stand daneben.

»Die Miete«, sagte der kleine Mann. »Zehntausend. Das Doppelte.«

Fredrik schaute ihn erstaunt an. Er hatte ihn nicht kommen hören.

»Und nächsten Monat zwanzigtausend, nicht wahr?« fuhr Kwådd fort. »Du wirst sie bekommen, das Doppelte. Und im nächsten Monat: vierzigtausend! Das Doppelte!«

Der kleine Mann lachte laut und drehte sich wie ein Rumpelstilzchen.

»Und dann achtzigtausend! Das Doppelte! Und dann hundertsechzigtausend! Das Doppelte!«

Fredrik starrte ihn erschrocken an.

»Dreihundertzwanzigtausend!« schrie Kwådd und drehte sich in einem immer wilder werdenden Tanz. »Sechshundertvierzigtausend. Eine Million zweihundertachtzigtausend!«

»Du kannst gut rechnen«, murmelte Fredrik, ganz verwirrt von den vielen Zahlen.

»Zwei Millionen fünfhundertsechzigtausend! Das Doppelte! Fünf Millionen einhundertzwanzigtausend! Das Doppelte!«

Kwådd schlug die Fäuste auf die Tischplatte und warf den Kopf hin und her.

»Du sollst es kriegen! Du sollst es kriegen! Du sollst alles kriegen!«

»Hör mal zu«, unterbrach Fredrik ihn. »Beruhige dich. Ich habe nicht verlangt …«

»Zehn Millionen zweihundertvierzigtausend! Das Doppelte! Du wirst sie kriegen!«

»Es reicht jetzt. Beruhige dich!«

Kwådd hörte mit seinem Tanz auf.

»Also zwanzigtausend nächsten Monat?« sagte er beinahe glücklich. »Das Doppelte?«

Fredrik nickte und schluckte, Kwådd flitzte in seine Kammer. Fredrik nahm die Scheine und zählte sie. Es waren zehntausend.

*

»Er muß es irgendwo gestohlen haben«, sagte Paula, als sie sich nach ihrer Joggingrunde und einer Dusche an den Küchentisch setzte.

»Das ist nicht der richtige Weg, Fredrik. Wir treiben ihn dazu, zu stehlen.«

»Ich dachte, ich hätte eine Art Logik in seinem Gehirn gefunden, und glaubte, daß ich sie mir zunutze machen könnte. Er ist in vielerlei Hinsicht zurückgeblieben, aber an Logik mangelt es ihm nicht«, seufzte Fredrik.

»Nein, dir mangelt es an Logik, Fredrik. Wie in aller Welt kannst du diese Wuchermiete nur annehmen?«

*

»Du hast das Geld angenommen?« sagte Ulf Sjöfeldt, der Justitiar, als sie am gleichen Tag in »Marcos Pizza und Kebab« zusammen zu Mittag aßen.

»Ich konnte mir nicht vorstellen, daß er bezahlen würde«, antwortete Fredrik.

»Das war nicht gut. Nun kann er behaupten, daß es zwischen euch eine mündliche Vereinbarung gibt. Indem du das Geld angenommen hast, hast du die Bedingungen akzeptiert.«

»Welche Bedingungen? Ich will sein verdammtes Geld nicht haben. Ich habe es in die Kammer gelegt. In einen Blecheimer, der dort steht. Ich habe auch einen Zettel dazugeschrieben. Ich hoffe, er findet es. Daß ich es nicht ernst gemeint habe und so weiter. Wenn er denn lesen kann.«

*

Auf dem Heimweg fuhr Fredrik zwischen Arbeit und Kindergarten zum Recyclinghof. Der Kofferraum war voller Glasflaschen, Papierverpackungen und alter Zeitungen, die er schon fast eine Woche herumkutschierte, weil er nicht die Zeit gefunden hatte, den kleinen Umweg zu den Containern zu fahren. Und als er sich gerade von dem einen schlechten Gewissen befreite, tauchte neben ihm ein anderes schlechtes Gewissen auf.

»Seid ihr zufrieden mit dem Geländer?«

Björn Valtersson stand am Glascontainer und füllte dänische Bierflaschen ein.

»Ja, natürlich. Es war wirklich nett von dir, daß du dir die Zeit genommen hast. Ich weiß, wieviel du zu tun hast. Hat Paula dir das Geld gegeben? Sonst komme ich heute abend mit dem Geld bei dir vorbei.«

»Nein, überweis es bitte auf mein Konto. Kein Bargeld. Mir ist vor einiger Zeit etwas Dummes passiert.«

»Was denn?« fragte Fredrik. Ein Spritzer Yoghurt landete in seinem Gesicht, weil der Karton nicht ganz leer war.

»Tja, ich bin wohl selbst schuld. Man sollte Bargeld nicht einfach so rumliegen lassen. Und ich schließe die Werkstatt nur selten ab. War wohl ein bißchen naiv.«

»Du bist also bestohlen worden?« fragte Fredrik und wischte sich die Stirn mit dem Hemdärmel ab.

»Ja«, antwortete Björn und ließ eine weitere Bierflasche in den Container fallen.

»War es viel Geld?«

»Ziemlich viel. Man kommt ja nicht ständig auf die Bank.«

»Das ist ja schrecklich. Die Leute sind wirklich

frech«, sagte Fredrik teilnahmsvoll. Sein Hemds-
ärmel stank nach verdorbenem Yoghurt.

Björn sagte noch etwas, aber das ging unter in
den Bruchlandungen der letzten Flaschen.

»Schließt sorgfältig ab. Das rate ich euch«, fuhr
er fort, knäulte die leere Plastiktüte zusammen und
drückte sie mit einem Faustschlag in den Container für Plastikabfälle.

»Danke für die Warnung. Ich überweise dir
morgen das Geld.«

»Man kann niemandem mehr trauen. Nicht mal
auf dem Land«, sagte Björn und kletterte in seinen
Van.

Karlsson vom Dach, nur umgekehrt

Fredrik öffnete das Tor zum Kindergarten und
ging auf das Spielschiff zu, das aus dem Deck
und dem Führerhäuschen eines richtigen Fisch-
kutters bestand.

»Da kommt dein Papa, Fabian!« rief einer der
Knirpse, die über der Reling hingen.

Die Worte taten ihm gut. Er wurde von den
anderen Kindern des Kindergartens als »Fabians
Papa« erkannt.

Fabian streckte seine Arme nach ihm aus, als wolle er hochgehoben werden, aber in letzter Sekunde drehte er sich um und lief lachend über das Deck in die Kabine des Schiffs, wo er sich versteckte.

Fredrik ging an Bord und tat so, als würde er den Jungen suchen. Er stellte sich mit dem Rücken gegen die Kabine und blickte über das Deck, als würde er das unterdrückte Lachen da drinnen nicht hören.

»Aber wo ist er denn? Gerade war er noch da?« sagte er mit gespielter Verwirrung, während die anderen Kinder hemmungslos über Fabians Papa lachten, weil man ihn so leicht foppen konnte.

Da hörte er Klopfzeichen. Sie kamen aus der Kabine, kurze und lange hintereinander, mit Pausen dazwischen. Er drehte sich um und schaute durch die Fensteröffnung, wo Fabian auf allen vieren lag und mit seinen kleinen Knöcheln an die Wand pochte. Sein Gesicht war konzentriert, die Lippen bewegten sich lautlos, als würde er vor sich hin zählen.

»Hallo«, sagte Fredrik.

Er streckte seine Hand durch die Öffnung und wuschelte dem Jungen über den Kopf.

»Dachte ich es mir doch, ich habe hier drinnen eine kleine Schiffsratte gehört.«

Fabian schaute zu ihm hoch und lachte.

»Hast du gehört, was ich geklopft habe, Papa?«

»Ja, ich habe gehört, daß du geklopft hast.«

»Aber hast du gehört, *was* ich geklopft habe?« wiederholte der Junge ungeduldig.

»Nein, was hast du geklopft?«

»Ich habe geklopft ›Sollen wir rausgehen und spielen?‹ Hast du das nicht gehört?«

»Doch, das habe ich schon gehört«, sagte Fredrik überrascht.

»Der Mann unter der Treppe macht das«, sagte einer der Knirpse sachkundig.

»Wer?« rief Fredrik aus und drehte sich schnell um. »Wer macht das, hast du gesagt?«

»Der Mann unter der Treppe«, sagte ein anderes Kind. »Er klopft so wie Fabian.«

»Kennt ihr ihn? Den Mann unter der Treppe?«

Erschrocken schaute er die Schar von Vier- und Fünfjährigen an, die sich auf dem Deck um ihn versammelt hatte.

»Nein«, sagte ein kleines Mädchen ernsthaft, »Fabian kennt ihn.«

»Aha. Hat er das gesagt?«

Das Mädchen nickte.

»Er wohnt unter Fabians Treppe. Ich habe keinen Mann unter meiner Treppe. Ich habe auch geklopft, aber da antwortet niemand«, sagte sie traurig.

»Nicht? Ich glaube, der Mann wird auch nicht mehr sehr lange unter unserer Treppe wohnen bleiben. Er wird in den nächsten Tagen verschwunden sein. Fabian, kommst du jetzt bitte raus. Wir müssen heimgehen.«

Ihm war mulmig zumute. Er wollte gerade in die Kabine gehen, um Fabian zu holen, als Marlene, eine der Erzieherinnen, neben dem Boot auftauchte und sagte:

»Grüß dich. Hast du einen Moment Zeit?«

Er ließ Fabian auf dem Boot und ging mit Marlene zu den einbetonierten Bänken und Tischen, wo die Kinder aßen, wenn das Wetter es zuließ.

»Ich wollte mit dir über den Mann unter der Treppe reden.«

Fredrik wurde ganz steif. Mein Gott, kannten ihn schon alle? Er selbst hatte nur Ulf auf der Arbeit von ihm erzählt und ihn gebeten, mit niemandem darüber zu reden. Aus irgendeinem Grund wollte er nicht, daß Außenstehende von dem Problem erfuhren. Er wußte nicht genau, weshalb. Aber ganz intuitiv war ihm klar, daß er nicht darüber sprechen sollte. Er schämte sich. Als ob er Läuse hätte oder eine Geschlechtskrankheit – Dinge, die die meisten, auch der Betroffene selbst, als rechtmäßige Strafe betrachteten, weil sie auf diffuse Art gegen die Gesetze der Hygiene, des Anstands oder der Moral verstoßen hatten. Idiotisch, warum sollte *er* sich schämen müssen?

»Du weißt, wovon ich rede, nicht wahr?« sagte Marlene.

»Ich glaube schon«, sagte er unsicher.

»Fabian hat das ganze Frühjahr über von ihm gesprochen. Es ist ja nichts Ungewöhnliches, daß Kinder in seinem Alter sich Phantasiegestalten ausdenken. Als Fabian zu uns kam, haben wir gerade Karlsson vom Dach gelesen, und dann spielten die Kinder eine Weile sehr intensiv Karlsson und Lillebror. Ich könnte mir vorstellen, daß der Mann unter der Treppe ungefähr wie Karlsson vom Dach ist. Nur umgekehrt, gewissermaßen.«

Fredrik wand sich. Er mußte es sagen. Fabian zuliebe.

»Leider ist es keine Phantasiegestalt. Der Mann unter der Treppe existiert tatsächlich.«

Marlene schaute ihn verblüfft an.

»Es ist ein obdachloser Mann, der in unser Haus eingezogen ist, während es leergestanden hat. Er hält sich in einer Kammer unter der Treppe auf und weigert sich, sie zu verlassen. Es ist wirklich ein Problem.«

»Aber ... Oh!«

Marlene lachte.

»Ich muß schon sagen. Und wir haben zu Fabian gesagt ...«

Dann wurde sie plötzlich ernst.

»Aber das muß ja schrecklich für euch sein! Ein fremder Mann im eigenen Haus!«

»Ja, also ... Eigentlich merken wir nicht viel von ihm. Tagsüber schläft er in seiner Kammer, spät nachts, wenn wir schlafen, geht er raus, und er kommt wieder zurück, bevor wir aufwachen.«

Marlene schaute ihn mitleidig an.

»Und er ist nicht gefährlich«, fügte Fredrik schnell hinzu. »Nur ein wenig seltsam.«

»Ja, Fabian scheint ihn zu mögen.«

»Fabian hat ihn noch nie gesehen. Der Mann kommt, wie gesagt, nur nachts raus. Aber er hört ihn deutlich. Er behauptet, der Mann würde klopfen. Tja, ich weiß nicht.«

»Hat er ihn noch nie *gesehen*?« sagte Marlene erstaunt. »Ich hatte den Eindruck, daß sie sich ziemlich oft sehen.«

»Wo denn?« fragte Fredrik.

Er versuchte ganz ruhig zu bleiben, konnte jedoch ein leichtes Keuchen nicht unterdrücken.

»Im Garten.«

»Im Garten? Hat Fabian das gesagt?«

»Ja. Zwischen den Johannisbeersträuchern, sagt er, glaube ich. Ich habe nicht so genau zugehört. Ich war ja überzeugt, daß es sich um eine Phantasiegestalt handelt. Aber jetzt mache ich mir doch Sorgen«, sagte Marlene schnell, als sie Fredriks entsetzten Blick sah. »Er hat aber nichts gesagt, was irgendwie beunruhigend wäre. Er hat fröhlich davon erzählt. Daß der Mann unter der Treppe lustig ist und so.«

»Aha. Aha«, sagte Fredrik steif. »Wie auch immer, das Problem wird bald gelöst sein. Ich habe mit dem Sozialamt gesprochen. Und der Justitiar kümmert sich darum. Wir wollen versuchen, eine einvernehmliche Lösung zu finden.«

Er beugte sich zu ihr, schaute ihr in die Augen und fuhr mit leiser, aber eindringlicher Stimme fort:

»Ich wäre dir sehr dankbar, wenn ihr bis dahin darüber nicht allzuviel reden würdet. Nicht mit den anderen Kindern oder Eltern oder sonst jemand.«

Ein säuerlicher Geruch von altem Yoghurt stieg

ihm in die Nase, und er wußte, daß auch Marlene es roch. Er warf einen Blick auf seine schmutzige Hose und sagte etwas strenger als beabsichtigt:

»Hast du verstanden?«

Marlene nickte rasch. Er sah, daß sie ein wenig zurückwich, was er ihr nicht übelnehmen konnte. Er roch wirklich eklig.

Der Riß

Die Fenster der Glasveranda waren sperrangelweit offen. Paula stand am Arbeitstisch und schnitt einen Bogen Buchzeichen auseinander. Sie arbeitete mit einem Skalpell, ihrem Lieblingswerkzeug, das sie benützte, wenn sie wie ein Doktor Frankenstein der Kunst ihre grotesken Werke schuf. Das Skalpell war scharf wie ein richtiges Chirurgeninstrument, sie bewahrte die hauchdünnen, auswechselbaren Klingen in Folien in einer Schublade auf.

Rosenwangige Engel mit pastellfarbenen Kleidern und schneeweißen Flügeln wurden einer nach dem anderen freigelegt. Mit unschuldsvoll blauen Augen blickten sie in die Ferne, glücklicherweise hatten sie keine Ahnung, daß Paula sie in einem alles andere als unschuldsvollen Szenario unterbringen würde.

Zu ihren Füßen saß Olivia in ihrem Babystuhl.

Fredrik bückte sich und küßte zuerst seine Tochter und dann seine Frau. Paula lächelte ihn an und fuhr mit dem Finger über seine Wange und Oberlippe. Dann hielt sie inne und lauschte.

»Ist der Fernseher an?«

»Ich habe ihn angemacht. Das Kinderprogramm fängt in einer Viertelstunde an. Fabian wollte raus, aber ich finde es besser, wenn er im Haus bleibt, bis das Essen fertig ist.«

Sie starrte ihn erstaunt an.

»Es ist ein wunderbarer Sommerabend, und du zwingst ihn, vor dem Fernseher zu sitzen, wenn er draußen spielen will!«

»Ich will nicht, daß er allein im Garten ist. Paula ...« Er räusperte sich und versuchte, ruhig und sachlich zu sprechen, damit er sie nicht verängstigte. »Er hat Kwådd getroffen.«

»Wen?«

»Kwådd. Den Mann unter der Treppe. Fabian hat ihn getroffen. Offenbar schon mehrmals. Er hat im Kindergarten davon erzählt. Ich hatte heute ein Gespräch mit Marlene. Er und dieser Mann verständigen sich durch Klopfen. Sie verabreden sich. Im Garten. Bei den Johannisbeersträuchern.«

Paula senkte den Blick und gab ein leichtes Schnauben von sich, es klang wie ein ... es klang wie ein ...

»*Lachst* du?«

»Nein, nein«, antwortete sie lächelnd. »Du klingst nur so schrecklich ernst.«

»Du findest also nicht, daß es ernst ist?«

»Daß er den Mann unter der Treppe bei den Johannisbeeren trifft? Nein, das finde ich nicht so schlimm. Fabian hat keine Freunde hier in der Nähe. Und wenn es ihm Spaß macht, mit dem Mann unter der Treppe zu reden, dann kann er das von mir aus tun.«

»Du glaubst also nicht, daß er gefährlich ist?«

»Nein, ich glaube überhaupt nicht, daß er gefährlich ist.«

Sie drehte sich um und schnitt weiter ihre Engel aus.

»Hast du davon gewußt? Daß sie sich treffen?« fragte Fredrik.

»Ja, Fabian hat davon erzählt.«

»Wirklich? Er hat den Kindern im Kindergarten davon erzählt und den Erzieherinnen und dir, aber zu *mir* hat er kein Wort gesagt. Als ich ihn auf dem Heimweg danach gefragt habe, schwieg er wie eine Mauer.«

»Vielleicht weil du so heftig auf alles reagierst, Fredrik. Du nagelst Spanplatten an und verlangst eine wahnsinnige Miete und so. Beruhige dich ein bißchen, dann wird der Mann unter der Treppe von ganz alleine ausziehen.«

»Glaubst du das?«

»Ich bin davon überzeugt. Du machst eine viel zu große Geschichte daraus.«

»Aber er hat mich gebissen, Paula!«

Fredrik hielt demonstrativ seinen Zeigefinger hoch, er hatte immer noch ein Pflaster über der noch nicht ganz verheilten Wunde.

»Du hast gesehen, wie es geblutet hat.«

»Ja«, sagte sie. »Ich habe gesehen, wie es geblutet hat.«

»Und du hattest recht mit deiner Vermutung, daß er stiehlt. Björn Valtersson ist neulich bestohlen worden. Jemand ist in sein nicht abgeschlossenes Büro gegangen und hat Geld genommen, das er dort aufbewahrte. Damit beschäftigt Kwådd sich nachts. Schleicht um die Häuser und stiehlt.«

»Dieses Geld kann irgend jemand gestohlen haben«, sagte Paula vorsichtig.

»Ich glaube, was ich glaube.«

Sie küßte ihn und rümpfte dann die Nase.

»Warst du beim Recyclinghof? Geh duschen und zieh dich um, ich fang mit dem Essen an.«

Sie aßen im Garten. Fabian redete fröhlich von allem möglichen, erwähnte aber mit keinem Wort den Mann unter der Treppe. Paula fragte nicht, und Fredrik fand es besser, das Thema ruhen zu lassen.

Paula brachte die Kinder ins Bett, dann machten sie eine Flasche Wein auf und setzten sich auf den Balkon und plauderten in der Abenddämmerung. Gegen elf gingen sie zu Bett und liebten sich sanft und liebevoll. Bevor sie einschliefen, flüsterte Fredrik:

»Du stehst doch auf meiner Seite, oder?«

»Wie meinst du das?«

Er wußte selbst nicht, wie er das meinte, die Worte kamen einfach aus ihm heraus. Aber er hatte das Gefühl, daß es zwei Seiten gab. Und dazwischen gab es einen Riß. Falls der Riß größer wurde, wollte er sicher sein, daß Paula auf seiner Seite war.

Es war ein merkwürdiger Gedanke. Ein Gedanke, der in die Stunden der Morgendämmerung gehörte.

»Ich meine: liebst du mich?«

»Ja, Fredrik. Ich liebe dich. Wirklich.«

Sie sagte es ernst und bedächtig, und er sah, daß ihre Augen im Dunkeln glänzten.

Sie legte ihre Arme um ihn, drückte ihn fest an sich und küßte ihn.

Sie lagen lange so. Nah beieinander, aber entspannt, sexuell erschöpft. Er hatte ihren Duft in der Nase, ihren Atem im Mund, ihren Schweiß auf seiner Haut. In jeder Zelle spürte er ihre Liebe zu ihm.

Und doch gab es da diesen feinen, noch unsichtbaren Riß, ihre physische Nähe konnte nicht verbergen, daß er genau zwischen ihnen verlief.

Messer

Fredrik saß bequem zurückgelehnt in einem der Teakstühle auf dem Balkon. Er riß Stücke von einer lauwarmen Pizza ab und spülte sie mit Bier hinunter. Um ihn herum breitete sich die wogende Sommerlandschaft aus.

Er war diese Woche allein im Haus. Paula war mit den Kindern ins Sommerhaus ihrer Eltern in Marstrand gefahren. Er arbeitete noch diese Woche, dann würde die ganze Familie Ferien machen.

Auf der Arbeit war es ruhig. Die meisten waren schon in Urlaub, das Telefon klingelte seltener, und auch die elektronische Post war mager. Er arbeitete Dinge weg, zu denen er sonst nie kam. Gegen Mittag hatte er auf seinem Telefon den Code für »arbeite zu Hause« gedrückt und mit einem Stapel Akten das Rathaus verlassen.

Er genoß die Zeit als Strohwitwer. Er konnte mitten am Tag auf dem Balkon sitzen, Fertiggerichte mit den Fingern essen und Bier aus der Dose trinken. Und diese Aussicht! Die hatte den Ausschlag gegeben, als er das erste Mal hier war. Die machte, daß er sich reich fühlte. »Meine Frau, meine Kinder, mein Haus, mein Garten«, dachte er manchmal. Und sogar – wenn das unbändige Gefühl von Reichtum sich nicht bremsen ließ: »Mein Boden, mein Land«. Obwohl die Felder und vielleicht auch der Eichenwald natürlich einem Bauern gehörten.

Es war, als würde er hier oben von einer Art Rausch ergriffen. Als würde er schweben.

Bis das übliche nagende Gefühl von Wertlosigkeit und Schuld ihn wieder einholte. Er wartete nur darauf, daß die Welt um ihn herum sich in Falten legen würde wie ein Vorhang, hinter dem sein alter Vorort mit den Mietshäusern und Ber-

beritzen zum Vorschein kam und Jungs aus seiner alten Gruppe, die höhnisch grinsten und sagten: »Du hast gedacht, du könntest uns hereinlegen. Aber *wir* haben *dich* hereingelegt.«

Fredrik stand schnell auf, ging ins Arbeitszimmer, holte seine Aktentasche und kehrte auf den Balkon zurück. Er schob den Pizzakarton weg und holte die Akten heraus. Mit ein bißchen Arbeit fühlte er sich gleich besser.

Er überflog ein Informationspapier zur bevorstehenden Umorganisation. Das Wirtschaftsdezernat sollte in eine Gesellschaft umgewandelt werden. Fredrik hatte schon einige solcher Umwandlungen miterlebt. Er wußte, wie es ablief. Die erste Zeit war tumultuös, eine Art Reise nach Jerusalem, alle liefen panisch herum, die Gerüchteküche kochte. Dann saß man auf seinem neuen Stuhl und versuchte herauszubekommen, ob man auf einem besseren oder schlechteren Stuhl gelandet war. Alle außer dem armen Kerl, der feststellen muß, daß er überhaupt keinen Stuhl abbekommen hat. Daß er aus dem Spiel war und abgeschoben würde, in Form einer Umschulung oder ähnlichem.

Fredrik machte sich keine Sorgen. Er hatte gute Voraussetzungen, seine Ausbildung und seine Erfahrung betreffend. Aber die Dinge änderten sich heutzutage schnell. Man konnte nie ganz sicher sein.

Er steckte das Informationsblatt zuunterst in den Stapel und ging zur Planung der IT-Messe für Kleinunternehmer über, die er im Herbst veranstalten wollte.

Ein Wind ließ die Papiere auf dem Tisch flattern. Eines machte sich los und fiel zu Boden. Fredrik bückte und streckte sich danach.

Im gleichen Moment spürte er, wie etwas über ihm wegzischte. Instinktiv duckte er sich noch tiefer. Ein dumpfes Knallen war zu hören, und als er sich vorsichtig umdrehte, sah er einen Gegenstand im Stuhlrücken stecken. Er starrte ihn erstaunt an. Der Gegenstand war aus Metall, elliptisch, vielleicht fünfzehn Zentimeter lang und ein paar Millimeter dick. Das eine spitze Ende steckte im Holz. Der Gegenstand vibrierte noch leicht vom Einstich.

Er schaute nach unten, um zu sehen, woher es gekommen war, sah jedoch nichts Besonderes.

Er beugte sich über den Gegenstand, um ihn näher zu untersuchen. Eine Art Messer. Aber so eine merkwürdige Form! Wie ein Vogelflügel.

Vorsichtig versuchte er es loszumachen, aber

ein brennender Schmerz ließ ihn die Hand zurückziehen. Dunkelrotes Blut floß aus einer Schnittwunde an der Daumenwurzel. Er fluchte, drückte die Wunde an den Mund und sah, daß das merkwürdige Messer rundum scharf geschliffen war.

Ein Geräusch – ein Grunzen oder vielleicht eine Art Lachen – war zu hören. Fredrik drehte sich um und schaute hinunter. Da, zwischen zwei verwachsenen Johannisbeerbüschen, stand Kwådd. Seine schmutzige Jogginghose war unter den Nabel gerutscht und sein Oberkörper war nackt, braungebrannt und behaart. Er blinzelte unter den Haaren hervor und grinste schuldbewußt und herausfordernd zu Fredrik hinauf. Um die Hüfte hatte er ein Seil gebunden, und von diesem baumelte eine Art Bündel gegen seine Hüfte.

»Du bist das also!« rief Fredrik. »Was machst du da für Teufelszeug?«

Anstatt zu antworten, hob der Mann einen Gegenstand hoch, den er hinter dem Rücken gehalten hatte, und Fredrik hörte das schwache, quietschende Geräusch, das entsteht, wenn man eine Feder spannt. Er verstand, daß der Mann im Begriff war eine Waffe zu bedienen, eine Art Armbrust oder etwas Ähnliches.

Mit einem kaum hörbaren Pfeifen rotierte etwas durch die Luft, wie ein Diskus, und im nächsten Moment steckte eine zitternde, scharf geschliffene Metallscheibe hinter ihm in der Hauswand, die aussah wie die erste, etwa zwei Meter über dem Boden des Balkons. Sie mußte genau über seinen Kopf weggeflogen sein.

»Mein Gott«, keuchte er.

Neue Geräusche kamen aus dem Garten: Schnauben, Glucksen, Grunzen. So muß das erste Lachen geklungen haben, als ein Homo sapiens seinen ersten practical joke machte, dachte Fredrik mit einem Schaudern.

»Du hättest mich töten können!« schrie er empört.

Kwådd trat von einem Fuß auf den anderen, lächelte und schüttelte den Kopf. Die Waffe hielt er wieder hinter dem Rücken versteckt.

»Nein«, sagte er, »ich habe über deinen Kopf geschossen.«

»Das erste Mal hast du nicht getroffen, weil ich mich gebückt habe. Wäre ich im Stuhl sitzen geblieben, hättest du mich in die Brust getroffen«, sagte Fredrik mit einem raschen Blick auf die Metallscheibe im Stuhlrücken.

»Aber du hast dich gebückt«, sagte der Mann.

»Du konntest doch nicht wissen, daß ich mich bücke! Als du diese Teufelswaffe abgefeuert hast, hatte ich mich noch nicht gebückt«, wandte Fredrik wütend ein.

»Ich wußte, daß du dich bücken würdest.«

Merkwürdig. Jetzt war die Stimme des Mannes ganz klar, ohne den nasalen, grunzenden Sprachfehler. Trotzdem verstand Fredrik nicht, was der Mann sagte.

»Was hast du gesagt?« fragte er und lehnte sich ein wenig über das Geländer.

»Ich wußte, daß du dich bücken würdest. Ich weiß immer, welche Bewegungen du machen wirst. Bevor du selbst es weißt.«

War das wirklich der kleine Mann, der da sprach? So kristallklar und artikuliert, so ... Aber was für ein Unsinn!

»Komm jetzt bitte herauf und mach diese Dinger wieder los. Ich fasse sie nicht an. Die sind ja lebensgefährlich«, sagte Fredrik bestimmt.

Kwådd lief los, und Fredrik bereute beinahe, was er gesagt hatte. Um auf den Balkon zu kommen, mußte Kwådd durch Paulas und sein Schlafzimmer gehen. Der Gedanke war Fredrik unangenehm. Er wartete eine Weile, und als er schließlich glaubte, Kwådd sei in seiner Kammer verschwunden und kümmere sich nicht um seine Geschosse, hörte er Schritte aus dem Schlafzimmer.

»Hallo?« rief er und schaute durch die Balkontür.

Es dauerte eine Weile, bis seine Augen sich vom Sonnenlicht auf dem Balkon umgestellt hatten, und er konnte niemand im Schlafzimmer sehen. Aber dann bemerkte er Kwådd, der aus einem unerfindlichen Grund drüben beim Doppelbett stand. Er stand an Fredriks Seite und starrte das Bett an. Langsam hob er seine Hand, hielt sie ein paar Sekunden über dem Bett, als würde er zögern, dann legte er sie schnell und entschlossen auf den elfenbeinweißen, glattgezogenen Bettüberwurf. Eine unverständliche Geste, die Fredrik in ihrer Einfachheit mit einem Entsetzen erfüllte, das er sich selbst nicht erklären konnte.

»Was zum Teufel machst du da?« schrie er und wollte hinlaufen und den Mann wegzerren, aber Kwådd hatte das Bett schon verlassen und lief so schnell in Richtung Balkon, daß sie in der Türöffnung beinahe zusammengestoßen wären.

»Warum hast du das gemacht?« fragte Fredrik, bekam jedoch keine Antwort.

Mit flinken Fingern machte der Mann das Messer los, das im Stuhlrücken steckte. Dann kletterte er auf den Tisch und zog das andere Messer aus der Wand. Er ließ die schrecklichen Dinger in seine Hosentasche gleiten – daß er es wagte, sie da zu tragen.

Durch die Bewegungen schaukelte das Bündel, das er am Gürtel trug, gegen seine Hüften, und jetzt sah Fredrik, was es war. Entsetzt sperrte er die Augen auf.

Das Bündel war nicht, wie er geglaubt hatte, ein Pullover, der ihm zu warm geworden war und den der Mann deshalb um den Bauch gebunden hatte. Es waren zwei Eichhörnchen, an den Schwänzen zusammengebunden, an der Stelle, wo die Köpfe waren, sah man geronnenes, schwarzes Blut.

Mit einem Sprung war der Mann vom Tisch herunter und lief schnell wie der Wind durch das Schlafzimmer, die Treppe hinunter und, wie Fredrik vermutete, in seine Kammer und seine Grube.

Polizeibesuch

Fredrik war so erregt, daß er Herzklopfen bekam. Mit zitternden Händen blätterte er im Telefonbuch, um die Nummer vom Sommerhaus der Eheleute Kreutz zu finden.

Aber dann besann er sich. Paula würde da, wo sie jetzt war, nichts machen können. Sie würde sich nur Sorgen machen. Es war wichtig, daß sie wußte, daß Kwådd bewaffnet war, Eichhörnchen tötete und nicht einmal davor zurückschreckte, auf Menschen zu schießen. Aber das konnte er auch erzählen, wenn sie wieder zu Hause war. Es war nicht nötig, ihr den Aufenthalt bei den Eltern zu verderben.

Statt dessen rief er Ulf Sjöfeldt an. Ulf antwortete auf seinem Handy, er war auf seinem Segelboot im Hafen von Grebbestad. Fredrik entschuldigte sich für die Störung und berichtete dann so sachlich wie möglich von der Geschichte mit den Wurfmessern. Die toten Eichhörnchen und daß Kwådd sein Bett berührt hatte, ließ er aus, obwohl ihn das aus irgendeinem Grund mehr erschreckt hatte als die Messer. Er erzählte ihm jetzt auch, daß Kwådd ihn gebissen hatte. Gab es wirklich keine juristische Möglichkeit, eine so gewalttätige Person des Hauses zu verweisen?

Ulf gab einen klaren Bescheid: »Nach dem, was du erzählt hast, geht es nicht ums Mietrecht oder Sozialrecht, inzwischen geht es um das Strafgesetzbuch. Es geht um tätliche Gewalt, Bedrohung, Sachbeschädigung und Hausfriedensbruch. Das ist ein Fall für die Polizei, Fredrik.«

Ja, natürlich, er mußte die Polizei anrufen. Das war das einzige, was den Mann vertreiben konnte. Er rief sofort an. Er versuchte gar nicht länger, gefaßt zu klingen, er zeigte, daß er Angst hatte.

»In einer Kammer unter meiner Treppe ist ein Mann. Er behauptet, dort zu wohnen, und weigert sich, die Kammer zu verlassen. Er hat mich gebissen und Messer nach mir geworfen«, sagte er mit leicht atemloser Stimme. Nach einer kurzen Besprechung auf dem Revier sagte die Frau, die am Telefon war, daß gleich jemand kommen würde.

Fredrik legte auf. Er hatte vom oberen Stock aus angerufen, weil er nicht wollte, daß Kwådd das Gespräch in seiner Kammer mithörte und gewarnt war. Als er die Treppe hinunterging, konnte er ihn da drinnen hören. Das Schlurfen und das dumpfe Poltern, wenn er sich im Gerümpel bewegte. Er trat aus dem Haus und ging zur Straße hinunter, um auf die Polizei zu warten.

Es waren drei Polizisten, zwei Männer und eine Frau. Die Frau hatte einen Schäferhund an der Leine.

»Danke, daß ihr so schnell kommt. Er ist in der Kammer. Ich zeige es euch. Wenn ihr schnell und leise seid, könnt ihr ihn festnehmen, bevor er noch weiter nach innen kriecht. Dort erwischt man ihn dann kaum mehr.«

Die Polizisten liefen durch den Garten ins Haus. Fredrik zeigte auf die Kammer. Einer der Polizisten riß die Tür auf und trat ein.

»Hallo? Ist da jemand?« rief er.

Fredrik wollte ihm seine Taschenlampe anbieten, aber er hatte selbst eine. Die anderen Polizisten gingen durch die Räume im unteren Stockwerk und suchten, aber Fredrik rief sie zurück.

»Das hat keinen Sinn. Hier ist er nicht. Er hat ein Versteck ganz hinten unter der Treppe. Eine Öffnung, in die er hineinkriecht. Ich zeig es euch.«

Er ging mit der Taschenlampe in die Kammer. Kwådd hatte eine schreckliche Unordnung gemacht und allen möglichen Müll hervorgeholt, um die Öffnung zu verbarrikadieren. Fredrik räumte ihn, so gut es ging, weg und ließ den Polizisten hineingehen.

»Dort, unter der untersten Treppenstufe. Das letzte Stück muß man kriechen«, sagte er mit leiser Stimme.

Der Polizist warf ihm einen fragenden Blick zu, ging dann geduckt weiter und kroch schließlich auf allen vieren. Fredrik sah, wie sich das Licht der Taschenlampe bewegte.

»Siehst du die Öffnung? Er ist da unten«, flüsterte Fredrik.

»Hier kommt niemand durch«, sagte der Polizist.

»Er ist klein. Kein Zwerg, aber in die Richtung. Und erstaunlich stark und gelenkig. Ich habe die Öffnung zugenagelt, aber er hat es wieder aufgebrochen, außerdem fand meine Frau, daß es grausam ist, einen Menschen so einzusperren.«

Der Polizist kroch rückwärts, stand vorsichtig auf und schüttelte den Kopf.

»Da unten kann er nicht sein.«

Jetzt wollte der Schäferhund in die Kammer hinein. Die Polizistin versuchte ihn zurückzuhalten, aber der Hund war sehr aufgeregt. Er drückte sich an Fredriks Beinen vorbei und versuchte, weiter hineinzukommen, am Polizisten vorbei.

»Laß ihn rein, ich nehme ihn«, sagte er und nahm der Frau, die den Hund fast nicht mehr halten konnte, die Leine ab.

Der Hund bellte und ging weiter in die Kammer hinein.

»Da, schaut, er hat Witterung aufgenommen!« rief Fredrik aus. »Dafür braucht man allerdings kein Hund zu sein. Der Mann riecht ausgesprochen scharf. Ich rieche es jetzt auch. Riecht ihr es nicht?«

»In solchen Kammern in alten Häusern riecht es nie besonders gut.«

»Aber der Hund! Schaut doch nur, wie er reagiert!«

Der Hund benahm sich wie verrückt. Er drückte die Schnauze in die Öffnung unter der Treppe, bellte, knurrte und kratzte mit den Pfoten. Der Polizist hatte Mühe, ihn festzuhalten.

»Da unten ist ganz offensichtlich etwas«, gab der Polizist zu. »Vielleicht ein Dachs. Die graben sich oft in Fundamente ein und riechen bestimmt scheußlich.«

Der Polizist zog den Hund aus der Kammer und schloß die Tür.

»Was werdet ihr jetzt machen?« fragte Fredrik.

»Da gibt es nicht viel zu machen«, sagte der Polizist und übergab den Hund wieder seiner Kollegin.

»Aber ihr könnt doch nicht einfach wieder wegfahren? Er kommt wieder heraus, ganz bestimmt. Könnt ihr nicht warten? Oder wenn ihr in der Morgendämmerung herkommt und hinter der Haustür wartet, dann könnt ihr ihn festnehmen.«

»Dazu fehlen uns leider die personellen Möglichkeiten«, sagte der Polizist. »Aber du kannst gerne wieder anrufen, wenn er dich bedroht.«

Der Hund schnüffelte und knurrte an der Tür zur Kammer. Die Polizistin zog fest an der Leine und rief ihn. Der Hund gehorchte widerwillig und setzte sich zu ihren Füßen, aber die Schnauze bebte, die Ohren waren aufgestellt, und die wachsamen Augen gingen immer wieder zur Kammer.

»Ein Dachs, ganz bestimmt ist es ein Dachs«, sagte der Polizist.

Irgend etwas an der Art, wie sie sich anschauten, sagte Fredrik, daß sie ihn nicht ernst nahmen.

Der Fleck

Die Sonne war untergegangen, aber die laue Luft schimmerte noch puderrosa. Die Kinder schliefen. Fredrik und Paula saßen auf dem Balkon und feierten Paulas Rückkehr mit einem Glas kühlen Weißwein.

Wie immer, wenn Paula bei ihren Eltern war, kam sie ihm ein bißchen fremd vor. Sie hatte immer noch ihre Eltern in sich, ihre Art sich zu bewegen und zu sprechen.

Fredrik fühlte sich wieder wie beim ersten Mal, als sie bei diesem Künstler im Atelier auf dem

Boden saßen und Paula eine unbekannte, schöne Frau war, unerreichbar für ihn.

Er schaute sie an, sie saß auf einem der Teakholzstühle, braungebrannt, in einer ärmellosen weißen Bluse, die er noch nie an ihr gesehen hatte. Er war richtig schüchtern ihr gegenüber. Als wären die Jahre als Ehepaar ausgelöscht und er müßte sie wieder aufs neue erobern, ein Gedanke, den er erschreckend und erotisch zugleich fand.

Fredrik spielte ein kindisches Spiel mit sich: Er schloß die Augen und tat so, als sei die blonde, braungebrannte Frau neben ihm eine Fremde, eine Frau, bei der er nicht die geringste Chance hatte, und er stellte sich vor, daß sie nur zufällig nebeneinandersaßen, in einem Wartezimmer oder so. Und dann stellte er sich vor, daß es seine Frau wäre und sie zusammen in einem großen Haus inmitten einer schönen Sommerlandschaft wohnten. Er machte die Augen auf und ja! – der Wunsch war in Erfüllung gegangen.

Er streckte die Hand aus und strich ihr ein wenig unbeholfen über den Arm, die blonden Härchen glänzten wie Gold gegen die braune Haut. Sie wandte sich zu ihm und flüsterte:

»Hast du mich vermißt?«

Er nickte. Er hatte einen Frosch im Hals und

war irgendwie merkwürdig nervös. Er wollte das Gefühl, daß sie eine Fremde war, noch ein bißchen behalten, es gefiel ihm. Und gleichzeitig wollte er, daß sie bald wieder seine normale Paula war.

»Hast du dich gelangweilt ohne uns?«

»Gelangweilt?« wiederholte er.

Er dachte an die Messer, die ihm über den Kopf gesaust waren, da wo sie jetzt saßen, und an den Besuch von der Polizei. Langweilig war das falsche Wort. Aber er wollte Paula nichts von diesen Ereignissen erzählen, es war nicht der richtige Moment.

»Oder hast du es ruhig und gemütlich gehabt?«

Sie schaute ihn schelmisch an, stand auf und begann wie nebenbei ihre Bluse aufzuknöpfen.

»Ich habe mich unglaublich nach dir gesehnt, Paula«, murmelte er mit belegter Stimme.

Sie zog sich weiter aus und lachte über seine ängstlichen Blicke in den Garten hinunter.

»Wer soll uns sehen? Wir sind allein.«

Sie setzte sich auf seinen Schoß, gab ihm einen langen heißen Kuß und zog ihn dann rückwärts ins Schlafzimmer. Sie ließ sich aufs Bett fallen, lag unter ihm auf dem Rücken, nur mit einem kleinen weißen Slip bekleidet, schaute ihn an und bewegte den Unterleib langsam auf und ab, was ihn an die

merkwürdigen Figuren auf seinem Bildschirmschoner denken ließ.

Wie konnte es passieren, daß sein Körper nicht
reagierte?

Das war natürlich schön früher vorgekommen.
Wenn er zuviel getrunken hatte. Und als er eine
Virusinfektion hatte und noch Wochen danach
schlapp und müde war. Und manchmal, wenn sie
sich allzu schnell versöhnen wollten nach einem
Streit, der aufwühlender gewesen war, als er zugeben wollte, und der ihm noch im Körper hing.

Aber jetzt hatte er nur ein halbes Glas Wein getrunken, er war gesund, und die Stimmung zwischen ihnen war warm und liebevoll. Es gab keine
Erklärung.

Er beugte sich über seine Frau, gab ihr einen
brüderlichen Kuß und sagte:

»Ich bin heute abend ein bißchen müde, Paula.
Wir heben es uns für morgen auf.«

Ihr erstaunter, fast erschrockener Blick verfolg-
te ihn bis in den Schlaf.

*

Als Paula am nächsten Morgen mit den Kindern
frühstückte, ging er ins Schlafzimmer hinauf. Er

betrachtete den elfenbeinfarbenen, italienischen Bettüberwurf mit dem diskreten Reliefmuster aus Rosen und Blattranken, das man nur bei einem bestimmten Licht erkennen konnte. Jetzt, in der einfallenden Morgensonne, trat es deutlich hervor. Und man sah auch – nicht ganz so deutlich – einen Fleck, schwach wie ein Schatten, der die Form einer Hand hatte.

Fredrik fiel plötzlich ein, daß Kwådd am Bett gestanden und seine schmutzige, breite Handfläche ein paar Sekunden auf den hellen Bettüberwurf gelegt hatte. Ernst und würdig, so wie man am Sarg eines Toten Abschied nimmt.

Der Fleck auf Fredriks Seite. Wo Kwådds Hand gelegen hatte. Und gestern abend Paulas kleiner Po.

Ein Wolkenschleier zog über die Sonne, und die Beleuchtung im Zimmer änderte sich.

Da war kein Fleck.

Da war nur ein Schatten. Jetzt konnte er es sehen.

Hundesitter

Fredrik stand an der Kasse und packte die Waren ein, die auf dem Band auf ihn zufuhren. Der Supermarkt war voller Menschen in Shorts, die Ferien hatten und ihre Vorräte in den Sommerhäusern und auf den Booten auffüllen mußten. Er bezahlte und ging zum Ausgang, in jeder Hand eine volle Tragetasche. Im Geschäft war es so kühl und angenehm, daß er fast vergessen hatte, wie heiß es draußen war, und in der stehenden Hitze auf dem Parkplatz fühlte er sich wie in den Tropen. Er stellte die Taschen ab und schob die Sonnenbrille hoch.

Über den dampfenden Asphalt kam Bodil Molin in raschem Tempo auf ihn zu. Sie trug ein bodenlanges, safrangelbes Kleid, und um den Kopf hatte sie einen rostroten Schal gebunden. Am Hals trug sie mehrere Reihen großer, geschnitzter Holzperlen. Eine exotische Erscheinung in exotischem Klima ... Zu ihren Füßen, bisweilen verborgen vom flatternden Kleid, ging ihr schwarzweißer Bullterrier.

»Fredrik!« rief sie fröhlich. »Wie geht es dir bei der Hitze!«

»Ausgezeichnet. Ich habe ein paar Koteletts und Salat gekauft. Wir wollen heute abend an den Strand fahren und grillen, die ganze Familie.«

»Das klingt wunderbar. Paula ist also wieder zurück aus Marstrand?«

»Seit vorgestern. Sie und die Kinder hatten eine wunderbare Woche bei ihren Eltern. Hast du auch Ferien?«

»Ich habe viel zuviel zu tun, um Ferien zu machen. Die Besucher strömen nur so in den Speicher. Paulas Ausstellung zieht die Leute an. Aber am Dienstag mache ich zu. Ich fahre für vier Tage nach Kassel.«

Fredrik schaute sie fragend an.

»Zur Documenta«, fügte Bodil erklärend hinzu. »Der großen, internationalen Kunstausstellung, weißt du.«

»Natürlich, ja«, sagte Fredrik.

Bodil plapperte drauflos, wie wunderbar es sein würde, die viele neue Kunst zu sehen, Künstler, Galeristen und Kuratoren aus der ganzen Welt zu treffen, und ihnen zu erzählen, wie unglaublich spannend die schwedische Kunstszene im Moment war. Sie freute sich darauf, rauszukommen und neue Menschen zu treffen. Bodil liebte alles, was neu war. Neue Menschen, neue Kunst, neue Orte. Als sei das Alte nach einer Zeit verdorben und unbrauchbar und müsse ständig durch etwas Neues ersetzt werden.

»Die Begegnungen bei solchen Gelegenheiten sind natürlich immer kurz. Aber nicht oberflächlich! Kurze, intensive Begegnungen. Menschen, die man vielleicht nur einmal im Leben trifft, und man weiß auch, daß man sie nie wieder sehen wird. Und diese dichte brodelnde Stimmung. Alles ist so *aufgeladen*.«

Etwas in ihrem Blick deutete an, daß sie auch an erotische Begegnungen dachte. Aber vielleicht hatte sie es auch nicht so gemeint. Sie hatte ihn auf jeden Fall auf diese Spur gebracht, und während sie über die faszinierenden Galerien sprach, die sie auf dem Heimweg besuchen wollte, nickte er zerstreut und fragte sich, wie Bodil es wohl mit der Erotik hielt. Eine temperamentvolle, keineswegs unattraktive Frau, die allein mit ihrem Hund in einem der Bootshäuser wohnte. Aber sie hatte ja auch noch eine Wohnung in Göteborg. Vielleicht gab es dort einen Liebhaber? Oder mehrere? Vielleicht mußten die Männer in ihrem Leben auch immer neu sein?

Jedes Mal, wenn er Bodil traf, hatte er das Gefühl, daß sie sich erotisch für ihn interessierte. Irgend etwas an ihrem Blick, ihrer Stimme, ihrer Angewohnheit, ihn immer wieder, scheinbar unbewußt, beim Reden am Arm zu berühren. Es war eine merkwürdige Geste, als wolle sie ihn gleichzeitig streicheln und wegstoßen.

Und jedes Mal stellte er im nachhinein fest, daß er sich getäuscht hatte, daß sie etwas anderes von ihm wollte: den Speicher als Galerie. Die Nutzung der geschützten Bootshäuser. Die Ausstellung mit Paulas Collagen.

Sie hatte alles bekommen, teils – natürlich nicht nur – mit seiner Hilfe. Ein Wort mit der richtigen Person zum richtigen Zeitpunkt – als Wirtschaftsdezernent hatte er doch einen gewissen Einfluß.

Es gab bestimmt viele Männer, die Bodil anziehend fanden, dachte Fredrik. Um die Vierzig, immer noch gutaussehend und sinnlich, mit großen, wohlgeformten Lippen und üppigen Formen.

Er war jedoch nicht interessiert. Aufdringliche, allzu offenherzige Frauen waren ihm schon immer zuwider. Er zog die geheimnisvollen, distanzierten Frauen vor, die ihm die Rolle als Verführer und Eroberer überließen.

Das alles hatte heute natürlich keinerlei Bedeutung mehr. Seit er Paula getroffen hatte, existierten andere Frauen nur noch als rein hypothetische Möglichkeiten.

Seine Gedanken waren allzuweit abgeschweift, und er hatte Bodil schon fast nicht mehr zugehört, als sie plötzlich sagte:

»Leonardo kann ich natürlich nicht mitnehmen.«

»Leonardo?«

Fredrik sah einen italienischen Gigolo vor sich, aber dann folgte er ihrem gesenkten Blick und verstand, daß Leonardo der schwarzweiße Bullterrier war, der sich auf den heißen Asphalt gelegt hatte und mit heraushängender Zunge hechelte.

»Das ist immer ein Riesenproblem. Anita Berntsson – du weißt schon, die Frau im Kulturrat –, sie liebt Leonardo und nimmt ihn immer, wenn ich verreise. Aber jetzt fährt sie für zwei Wochen mit ihrem Mann nach Sorrento. Diesen Sommer verreisen alle. Du und Paula auch, nehme ich an.«

»Nein, es sind unsere ersten Ferien im Haus, wir bleiben gerne daheim«, antwortete Fredrik ahnungslos.

»Ja, das verstehe ich. Mit so einem schönen Garten. Und die Jüngste ist ja noch so klein. Glaubst du, ihr könntet Leonardo ein paar Tage nehmen?«

Er sah die kunstgeschmiedeten Silberringe in der Sonne blitzen und spürte den leichten Stoß, als Bodil seinen Arm berührte. Sie lächelte ihn erwartungsvoll an.

»Ja, also ... Wir haben noch keine bestimmten Pläne«, korrigierte er sich.

»Fabian – euer Junge heißt doch Fabian –, Fabian hätte vielleicht gerne eine Weile einen Hund?«

Ja, bestimmt. Fabian redete ständig von einem Hund.

»Ich muß es mit Paula besprechen. Ich glaube nicht, daß sie Hunde besonders mag.«

»Hat sie Angst vor Hunden?« fragte Bodil, die sich nun gebückt hatte und den ermatteten und durstigen Bullterrier streichelte.

Angst vor Hunden? Fredrik hatte plötzlich eine Idee. Er erinnerte sich, wie der Polizeihund an der Öffnung zu Kwådds Grube geknurrt hatte. Danach war der Mann einige Tage verschwunden. Heute morgen hatte Fredrik ihn wieder gesehen, er schlich sehr vorsichtig aus der Kammer, schaute sich erschrocken nach allen Seiten um und ging dann zur Haustüre.

Es war offensichtlich, daß Hunde Kwådd nicht mochten. Und daß Kwådd Hunde nicht mochte. Ein Hund im Haus würde ihn vielleicht so erschrecken, daß er für immer verschwand. Fredrik könnte Leonardo in die Kammer schicken und ihn an der Öffnung knurren lassen, so wie der Polizeihund. Es war ein kräftiger Hund, der bestimmt bedrohlich knurren konnte.

Kwådd würde vielleicht glauben, daß die Familie sich einen eigenen Hund angeschafft hat, und vielleicht würde ihn das veranlassen auszuziehen.

Und auch wenn er nur vorübergehend verschwand und zurückkäme, wenn Leonardo wieder bei Bodil war, man könnte feststellen, ob ein Hund einen abschreckenden Effekt hat. Dann könnte man darüber nachdenken, sich einen eigenen Hund anzuschaffen.

»Nein. Paula hat, soviel ich weiß, keine Angst vor Hunden. Ihre Eltern hatten früher einen Hund. So ein kleines Wollknäuel, ich weiß nicht, wie die Rasse heißt. Sie ist also an Hunde gewöhnt.«

»Du bist so nett, Fredrik«, gurrte Bodil und umarmte ihn rasch, sie duftete schwer nach Moschus und Sandelholz.

*

Jetzt mußte nur noch Paula überzeugt werden. Er hatte ihr noch nichts vom Messerwerfen und dem Besuch der Polizei erzählt.

Paula und Fabian saßen unter dem Sonnenschirm am Gartentisch und tranken Saft. Olivia lag im Schatten in ihrem Wagen und schlief. Fredrik trug die Einkäufe ins Haus und setzte sich dann zur Familie an den Gartentisch.

Zu Beginn war Paula so abweisend wie befürchtet.

»Bodils Hund? Nie im Leben. Ich muß mich um zwei kleine Kinder kümmern. Und wir haben Ferien, wir wollen nicht als Hundesitter arbeiten.«

Aber Fredrik kannte Paula und wußte, wie er es anstellen mußte.

»Für uns muß es keine große Belastung sein, aber ihr würde es viel bedeuten. Sie kann sonst nicht nach Kassel fahren. Sie wäre überglücklich, wenn wir ja sagen würden. Und wenn sie dort auf einer Cocktailparty mit tonangebenden Kuratoren zusammensteht und sie fragen, was in Schweden in der Kunst Interessantes los ist, dann wird sie natürlich sagen, daß die schwedische Kunstszene wahnsinnig spannend ist. Und wenn sie Namen nennen soll und in ihrem Gedächtnis sucht, dann wird dein Name ganz vorne liegen, eingebettet in positive, dankbare Gefühle, und der erste Name, der ihr über die Lippen kommen wird, ist Paula Kreutz.«

Paula lächelte und schüttelte den Kopf.

»Mein Name fällt in das Fach für zuverlässige Hundesitter, die man in letzter Minute anrufen kann. Da liegt er dann, bis sie das nächste Mal in der Klemme ist und dieses Vieh loswerden muß, damit sie sich ein paar Tage lang auf etwas unglaublich Spannendes stürzen kann. Ich bleibe gerne in Bodil Molins Erinnerung, aber im richtigen Fach, bitte.«

»Nicht alle haben so ein gut sortiertes Gehirn wie du, Paula. Bei den meisten Leuten liegen die Sachen überhaupt nicht in Fächern, sondern wild durcheinander. Ich geb dir ein Beispiel. Ralf Enkvist von der Druckerei ist im Winter bei Glatteis in den Graben gefahren. Acht Autos sind vorbeigefahren und haben nicht angehalten, aber dann kam Einar Martinsson, der mit dem Malergeschäft, und hat ihn herausgezogen. Und wenn Enkvist jetzt umbaut und von drei Malern drei ziemlich gleichwertige Angebote bekommt, was glaubst du, wem wird er den Auftrag geben? Martinsson natürlich. So funktioniert eine kleine Gesellschaft. Eine Hand wäscht die andere. Und das läuft nicht immer über den Verstand, sondern sehr oft über das Gefühl. Man ist jemandem freundlich gesonnen, und dann redet man sich ein, daß das die richtige Person ist, auch geschäftlich.«

Paula trank ein wenig Saft mit ihrem Röhrchen.

»Bodil scheint ja eine sehr gefühlsgesteuerte Person zu sein«, sagte sie.

Fredrik nickte. Obwohl er sich auch fragte, ob sich bei Bodil hinter dem Gefühlsüberschwang nicht eine eiskalte Geschäftsfrau verbarg.

»Vier Tage sind ja nicht sehr lang«, fuhr Paula fort.

»Ich kann also Bodil anrufen und sagen, daß es in Ordnung geht?«

Paula nickte.

»Gut. Mein Gott, ist es heiß.«

»Trink ein bißchen Saft«, sagte Paula.

Aber der große Krug mit dem Saft war leer.

»Kwådd hat alles ausgetrunken«, sagte Fabian. »Und er hat auch die Vanillekekse aufgegessen.«

Fredrik hielt es für einen Scherz, aber dann sah er, daß drei Gläser und drei Teller mit Kekskrümeln auf dem Tisch standen. Er schaute zu Olivia, die in ihrem Wagen unter dem Apfelbaum mit einem Fläschchen neben sich schlief.

»Wir haben Kwådd zum Saft eingeladen«, sagte Paula lächelnd. »Aber mein Gott, war der gierig.«

»Ihr habt ihn *eingeladen*?«

»Fabian wollte es. Nicht wahr, Fabian?«

Sie warf Fabian einen einverständigen Blick zu. Unter dem roten Sonnenschirm sah ihre Haut so rosa aus wie Marzipan.

»Ja.« Fabian nickte eifrig. »Aber er lief weg, als er dich sah. Ich glaube, er mag dich nicht, Papa.«

»Das glaube ich nicht. Ich mache alles, um ihn dazu zu bringen, daß er auszieht, und dann lädst du ihn zu Saft und Keksen ein! Paula, du ermunterst ihn ja geradezu.«

»Er hatte Durst«, sagte Fabian.

»Ja, das kann ich glauben«, sagte Fredrik bitter und warf einen Blick auf den leeren Krug.

»In der Küche ist noch Saft. Es reicht auch für dich«, sagte Paula.

Er starrte sie an. Wie konnte sie da sitzen und einfach lächeln? Hatte sie ihre Einstellung total verändert? Und warum?

»Du weißt nicht, was du machst, Paula. Ich möchte später mit dir über Kwådd reden.«

»Ich weiß, was du denkst. Aber du machst eine zu große Geschichte aus ihm.«

»Er war total lieb.«

»Ja, ich fand, er hat sich gut benommen. Ein angenehmer Gast.«

»Wir reden nachher. Dann werden wir ja sehen, wie angenehm du das findest.«

Paula stand auf und stellte Gläser und Teller auf das Tablett. Er meinte zu hören, daß sie seufzte.

»Ist es nicht an der Zeit, die Koteletts zu marinieren? Und wenn es etwas kühler ist, fahren wir zum Strand hinunter«, sagte sie mit angestrengter Fröhlichkeit.

Fredrik folgte ihr ins Haus. Als sie allein in der Küche waren, sagte er:

»Ich möchte nicht, daß Fabian allein mit Kwådd zusammen ist.«

Paula stellte das Tablett mit einem Knall auf die Spüle. Sie drehte sich zu ihm um und sagte mit übertrieben ruhiger und klarer Stimme, als wollte sie etwas verbergen, das überhaupt nicht ruhig und klar war:

»Wenn hier etwas eine Gefahr darstellt, dann ist es deine krankhafte Angst und Nervosität. Wir sind in dieser Angelegenheit unterschiedlicher Meinung, und es hat keinen Sinn, darüber zu diskutieren. Und jetzt wünsche ich mir einen ruhigen Abend am Strand.«

»Aber Kwådd ...«

»Ich will kein Wort mehr über Kwådd hören! Kein einziges Wort!«

*

Zwei Tage später kam Leonardo.

»Ihr könnt ihn frei herumlaufen lassen, aber nehmt ihn an die Leine, wenn andere Hunde in der Nähe sind«, sagte Bodil. »Diese Rasse verstrickt sich gerne in spielerische Kämpfe. Da geht es dann immer gleich um Leben und Tod. Aber mit Menschen ist er wie ein Lamm.«

Leonardo war ein lebhafter und fröhlicher Hund, und Fabian und Fredrik spielten im Garten mit ihm. In der ersten Nacht ließen sie ihn in der Küche in seinem Korb schlafen. Der Hund, der es gewohnt war, im gleichen Zimmer wie sein Frauchen zu schlafen, jaulte unglücklich hinter der geschlossenen Küchentür, Paula und Fredrik konnten lange nicht schlafen.

Fredrik war überzeugt, daß Kwådd den Lärm auch hörte. Würde er sich trauen, seine Kammer für seinen nächtlichen Ausflug zu verlassen?

Gegen zwei Uhr gab der Hund Ruhe, und Fredrik schlief ein.

Als er am nächsten Morgen die Küchentür öffnete, wußte er, warum Leonardo im Lauf der Nacht Ruhe gegeben hatte. Der Hund hatte sich nicht etwa brav in sein Körbchen gelegt. Er hatte die Nacht damit zugebracht, systematisch ihre schöne Landhausküche zu zerlegen.

Die Tür zum Schrank unter der Spüle war offen, und der Müll lag verstreut herum. Die Beine des Eßtischs und der Stühle hatten deutliche Bißspuren. Die Stuhlkissen waren zerkaut, die Schaumgummifüllung lag überall auf dem Boden und vermischte sich mit den Scherben und der Erde der Kräutertöpfe. Die meerblauen, handgewebten Flickenteppiche, die aus dem Heimatmuseum stammten und ein Vermögen gekostet hatten, hatten sich in die Flicken aufgelöst, aus denen sie gemacht waren.

Wortlos schaute sich Fredrik die Zerstörung an. Was würde Paula sagen?

Hilflos fing er an aufzuräumen, Leonardo sprang an ihm hoch und leckte ihm die Hände, offensichtlich hatte er keine Ahnung, daß er etwas falsch gemacht hatte.

Neben der Tür stand ein kleiner Schreibtisch, den Paula auf einer Auktion gekauft hatte und der den altmodischen Charme der Küche unterstrich. Paula saß dort, wenn sie den Speiseplan für die Woche machte, Einkaufslisten schrieb oder in Kochbüchern blätterte. An der Rückwand war ein Aufbau mit einem Regal, das von einem hübschen Geländer umgeben war, wo sie die Post ablegten. Erleichtert stellte er fest, daß die schwarzen Beine des Schreibtischs Leonardos Zähnen entgangen waren.

Dann bemerkte er einen Berg zerkautes Papier auf dem Boden unter dem Schreibtisch, bückte sich und begriff. Auf dem Schreibtisch hatte er einen Stapel Bewerbungen abgelegt, vierzig Menschen hatten sich auf eine Stelle in seiner Abteilung beworben, die zum Herbst besetzt werden sollte. Übereifrig wie er war, hatte er die Bewerbungsunterlagen mit nach Hause genommen, um sie in den Ferien in Ruhe durchsehen zu können. Der Hund hatte den ganzen Stapel zerkaut, Zeugnisse, Lebensläufe, Empfehlungen, alles. Nur noch Papierreste waren übrig.

Wenn sie nach den Ferien zusammenkommen würden, um über die Anstellung zu entscheiden, würde Fredrik erklären müssen, daß diese zweiundvierzig Bewerbungen nicht mehr vorhanden waren, weil ein Hund sie aufgefressen hatte. Wie das wohl seine Glaubwürdigkeit im Büro beeinflussen würde?

Die Zerstörung des Tischs, der Stühle und der Teppiche hatte er noch mit mühsam erkämpfter Ruhe ertragen, aber die halb aufgefressenen Bewerbungen brachten ihn zum Explodieren.

»Du verfressenes Monster!« schrie er und stieß

den Hund weg, der immer noch an ihm hoch-sprang und ihm das Gesicht ablecken wollte. »Du gemeines, teuflisches Vieh!«

»Beruhige dich«, sagte Paula, die inzwischen in die Küche gekommen war. »Es ist doch nur Papier.«

»Das hier«, sagte Fredrik bitter und ließ ein paar Papierschnipsel fallen, »das sind die Hoffnungen von zweiundvierzig Menschen, die sich große Mühe gegeben haben, sich vorteilhaft darzustellen. Die andere Menschen um Referenzen und Zeugnisse gebeten haben, die Zahlen und Berichte herausgesucht haben und tagelang über einer Formulierung gebrütet haben. Ihre Bewerbung hätte vielleicht ihr Leben verändert. Sie hätten das Leben in unserer Gemeinde verändern können. Für die Unternehmer, die Bewohner, für dich und mich und unsere Kinder! Und dann kommt so ein verdammter, sabbernder Hund und macht alles kaputt!«

»Schrei nicht so«, sagte Paula. »Du erschreckst Fabian.«

*

Am nächsten Abend holten sie ein paar letzte wertvolle Dinge aus der Küche und schlossen Leonardo mit seinem Korb, der jetzt auf dem nackten Boden stand, ein. Paula schlief ein, obwohl der Hund jaulte und winselte, aber Fredrik war wach, und als er Paulas gleichmäßige Atemzüge hörte, stand er auf und ging hinunter. Er öffnete die Tür und ließ Leonardo heraus.

Dann öffnete er die Tür zur Kammer unter der Treppe. Kwådd war da oder war vor kurzem da gewesen, er konnte den scharfen Geruch riechen.

»Komm, komm zu mir, guter Wauwau«, flüsterte er.

Der Hund kam, nahm eine Fährte auf und verschwand in der Kammer. Fredrik hörte das Schlurfen, mit dem Kwådd sich in seine Höhle verzog. Leonardo stürzte sich weit in die Kammer hinein, bis zur Öffnung. Fredrik machte die Taschenlampe an, hängte sie an einen Nagel und beobachtete den Hund. Wie der Schäferhund der Polizei spielte er verrückt, steckte den Kopf in die Öffnung und knurrte.

»Jetzt ist gut, Leonardo, du hast ihn tüchtig erschreckt. Guter Wauwau«, flüsterte Fredrik. »Jetzt ist gut für heute. Gut gemacht, Schluß jetzt, habe ich gesagt.«

Aber Leonardo war nicht wie der Schäferhund in die Hundeschule der Polizei gegangen und dressiert worden. Er war unerzogen und folgte nur seinen Impulsen. Er drückte den Kopf immer weiter in die Öffnung und knurrte und gurgelte in den Gang. Sein muskulöser Körper zitterte vor Wut und Erregung. Man konnte da drinnen nichts sehen, und es dauerte eine Weile, bis Fredrik bemerkte, daß der Hund tatsächlich versuchte, in den Gang zu kriechen. Er warf sich auf den Boden, packte den Hund an den Hinterläufen und zog.

»Schluß! Bist du verrückt!« zischte er.

Aber der Hund war stärker als er, er drückte sich durch die Öffnung und war verschwunden.

»Leonardo!« rief Fredrik in den Gang hinunter. »Komm zurück!«

Er hörte den Hund keuchen. Und dann brach ein unglaublicher Lärm an. Knurren, Gurgeln, lautes Bellen, Keuchen und harte Schläge. Es klang, als ob zwei Hunde miteinander kämpften und nicht ein Mensch mit einem Hund.

Es dauerte ungefähr fünf Minuten. Dann war es still.

»Leonardo!« rief Fredrik. »Bist du da? Komm raus, sei brav!«

Kein Laut war zu hören.

Fredrik wartete in der Kammer und lockte den Hund immer wieder. Aber nichts.

Schließlich ging er schlafen und hoffte, der Hund würde herauskommen, wenn er Hunger hatte.

Beerdigung im Morgengrauen

Früh am nächsten Morgen schlich Fredrik mit schnellen ängstlichen Schritten die Treppe hinunter. Würde Leonardo da sein?

Er war da.

Der Hund lag in der Diele auf dem Boden, in einer Lache von Blut. Eine blutige Spur lief von der Kammer, aus der der Hund geschleppt worden war, über den Boden.

Fredrik beugte sich über ihn. Die Augen starrten leblos ins Leere. Der Hals war durchgeschnitten und am Körper hatte er mehrere Wunden. In einer steckte noch die Waffe, tief drin, die gebogene Kante stach aus dem schwarzen Fell wie eine scharfe Flosse.

Sachte berührte er das Metall und zog es vorsichtig heraus, als ob das dem armen Hund noch helfen könnte. Er erkannte sofort die scharf geschliffene Klinge in der merkwürdigen Flügelform. Er hielt sie mit Daumen und Zeigefinger an den flachen Seiten, achtete darauf, daß er sich nicht schnitt, und trug die Waffe hinaus und warf sie in die Mülltonne an der Garage.

Voller Schuldgefühle und Panik betrachtete er den Hund in der Diele. Das war seine Schuld. Was für eine wahnsinnige Idee, den Hund in die Kammer zu lassen!

Sein erster Impuls war, die Hundeleiche verschwinden zu lassen – sie wegzuschaffen, in den Wald zu werfen oder an den Straßenrand, egal wohin – und Paula zu sagen, er sei abgehauen.

Aber das mußte er mit ihr teilen. Sie mußte wissen, wie gefährlich Kwådd war, und sehen, wozu er fähig war.

Er wusch das Hundeblut von den Händen, ging hinauf und strich ihr sanft über die nackten Schultern.

»Liebling. Es ist etwas passiert.«

Ihr Körper zuckte zusammen, und sie blinzelte ihn verwirrt an.

»Da unten in der Diele ist etwas, das du sehen mußt«, fuhr er fort und streichelte weiter ihre Schulter. »Es sieht nicht sehr schön aus, aber du mußt es leider anschauen. Und dann müssen wir überlegen, was wir machen.«

Mit langsamen, schlaftrunkenen Bewegungen stand Paula auf. Er gab ihr den japanischen Morgenrock.

»Was ist es?« fragte sie.

»Der Hund«, flüsterte er.

»Hat er noch mehr kaputtgemacht?«

»Er ist tot, Paula.«

Jetzt war sie richtig wach, zog den Morgenrock an und lief erstaunlich schnell die Treppe hinunter.

»Es sieht widerlich aus«, warnte Fredrik.

Aber ihrem unterdrückten Schrei nach zu schließen, hatte sie den Hund schon gesehen. Er lief zu ihr, nahm sie in die Arme und drückte sie an sich.

»Psst. Weck die Kinder nicht.«

Paula drückte die Hand auf den Mund, als wolle sie sich selbst zum Schweigen bringen, und schüttelte heftig den Kopf.

»Das war Kwådd«, erklärte Fredrik leise.

Sie starrte ihn an, mißtrauisch und entsetzt, und wand sich aus seinem Griff. Fredrik nickte nachdrücklich.

»Das hat Kwådd gemacht. Seine merkwürdige Klinge steckte noch im Hund, als ich ihn fand.«

Er sagte nicht, daß er selbst den Hund in die Kammer gelassen hatte.

»Klinge?« wiederholte Paula verblüfft, und jetzt fiel Fredrik ein, daß er Paula nie von der Geschichte auf dem Balkon erzählt hatte.

»Er hat eine Art Waffe. Ich habe versucht, es dir zu erzählen, aber du wolltest es nicht hören. Er ist gefährlich, Paula. Kapierst du das jetzt?«

Das kapierte sie zweifellos. Die Tränen liefen ihr aus Augen und Nase, ihr Blick war glasig, und kleine Jammerlaute drangen zwischen ihren Fingern hervor.

Fredrik wollte tröstend die Arme um sie legen, aber sie stieß ihn weg.

»Ich möchte nicht, daß du mich anfaßt«, flüsterte sie.

Er nickte und wartete, sie stand mit geschlossenen Augen da und holte mehrmals tief Luft. Das Zittern ließ nach.

Dann zog sie ein paarmal die Nase hoch, schlug den Morgenrock fester um sich, band den Gürtel zu und sagte heiser:

»Wir müssen den Hund wegschaffen. Fabian darf das nicht sehen. Und wir müssen Bodil anrufen. Wir sagen, er ist überfahren worden. Er lief auf die Straße, und irgendein Raser hat ihn überfahren. Er war sofort tot. Und wir mußten ihn gleich begraben, wir konnten ihn nicht in der Hitze liegen lassen.«

Fredrik nickte.

Paula ging zum Hund und beugte sich über ihn.

»Wir heben ihn auf den Teppich. Das ist am einfachsten.«

Sie schaute zu ihm hoch.

»Worauf wartest du? Fabian kann jeden Moment aufwachen und herunterkommen.«

Fredrik zog den Hund in die Mitte des Dielenteppichs. Dann packten sie ihn an den Enden und trugen Leonardo hinaus. Er war kräftig und muskulös und sehr schwer.

Sie sprachen nicht darüber, wo sie ihn vergraben wollten, aber Fredrik war schnell klar, daß er ihn nicht auf dem eigenen Grundstück haben wollte. Paula schien es genauso zu gehen.

In Schlafanzügen und Morgenmänteln trugen sie den Teppich durch das Gartentor, über die Straße und etwa zwanzig Meter an dem grasbewachsenen Stück entlang, das die Straße vom Wald trennte. Wie immer lag der Morgennebel über der Erde, ein Vogel gab ein paar Laute von sich.

Sie legten ihre Last ins Gras, und Paula ging ins Haus zurück, um einen Spaten zu holen.

Fredrik wartete. Spinnweben voller Tautropfen hingen in den Wildrosensträuchern. Von irgendwoher kamen Fliegen und kreisten surrend um die offenen Wunden.

Paula kam mit dem Spaten zurück. Es war wie eine Szene aus einem surrealistischen Film: Die Frau im schwarzen Kimono, das blonde, zerzauste Haar hing ihr über die Schultern, marschierte mit einem Spaten in der Hand an einem nebligen Acker entlang. Die blutige Hundeleiche. Die Fliegen.

Sie reichte wortlos Fredrik den Spaten. Er nahm ihn und fing an zu graben. Nach dem ersten Widerstand durch die Grasbüschel war die Erde locker und leicht. Fredrik arbeitete sich mit entschlossenen, effektiven Spatenstichen in die Tiefe, Paula stand daneben und wartete. Mit vereinten Kräften schleppten sie den Teppich zur Grube und rollten den Hundekörper hinein. Fredrik nahm wieder den Spaten, füllte das Loch und ebnete mit der Rückseite des Spatens den Hügel ein.

Dann gingen sie zum Haus zurück. Sie hatten ihre Aufgabe erledigt, schweigend, effektiv und mit einer fast schaurigen Übereinstimmung. In praktischen Dingen arbeiteten Fredrik und Paula normalerweise nicht gut zusammen, Fredrik bemerkte zu seiner Überraschung, daß sie sich zum erstenmal bei jedem Schritt der auszuführenden Aufgabe einig waren, ohne ein Wort zu wechseln.

Während Fredrik den Spaten in den Schuppen zurückbrachte, machte Paula den Boden in der Diele sauber. Sie gingen zusammen die Treppe hinauf und wuschen sich im Badezimmer die Hände. Fredrik zog seinen Morgenrock aus und warf ihn in den Wäschekorb. Er hatte beim Graben Erdflecke bekommen, und am Ärmel war Hundeblut. Paula warf ihren Morgenrock hinterher, obwohl er völlig sauber zu sein schien.

Sie schauten ins Kinderzimmer. Beide Kinder schliefen tief und fest.

Schließlich gingen sie ins Bett zurück. Es war zehn nach fünf, und sie konnten wenigstens noch ein, zwei Stunden schlafen, bevor Olivia aufwachte. Paula lag mit dem Rücken zu Fredrik, und er hatte das Gefühl, daß er sie besser nicht anfaßte.

Er wartete auf die Atemzüge, die ihm zeigten, daß sie schlief, aber er hörte sie nicht. Wahrscheinlich dachte sie über den Hund nach.

Er war sehr müde. Er spürte seine Armmuskeln, als hätte er nicht nur zehn Minuten, sondern zehn Stunden gegraben. Er wollte etwas sagen. Etwas Tröstendes. Oder vielleicht ... eine Art Dank.

Für ihre Ruhe, ihre Entschlossenheit und ihre Solidarität in einer schwierigen Situation. Aber bevor er die richtigen Worte finden konnte, war er eingeschlafen.

*

Als nächstes mußten sie es Fabian erzählen.

Er war vor Frederik, Paula und Olivia aufgewacht, in die Küche gelaufen und hatte festgestellt, daß Leonardo nicht da war. Am Frühstückstisch erzählte Paula, was gestern abend passiert war:

Papa war spät noch einmal mit Leonardo Gassi gegangen und hatte ihn ohne Leine laufen lassen. Ein Auto kam viel zu schnell angefahren. Papa hat Leonardo am Halsband gehalten, aber er bekam Angst oder wurde böse und hat sich losgerissen, gerade als das Auto kam. Und das Auto hat ihn überfahren. Erst flog er hoch in die Luft, dann fiel er hart auf die Erde, er war sofort tot. Das Auto ist einfach weitergefahren. Vielleicht war der Fahrer betrunken. Dann haben Mama und Papa Leonardo begraben. Sie mußten es sofort machen, sie konnten nicht warten, bis Bodil wieder zu Hause war.

»Habt ihr ihn schon begraben? Wo denn?«

Paula und Fredrik warfen sich einen raschen

Blick zu, wortlos verständigten sie sich darüber, daß sie auf diese Frage wahrheitsgemäß antworten mußten.

»Am Rande des Ackers«, antwortete Fredrik.

»Wißt ihr denn, wie man ein Tier begräbt?« fragte Fabian ernsthaft.

Fredrik und Paula schauten sich wieder an.

»Wie meinst du das, Liebling?« fragte Paula.

»Im Kindergarten haben wir einen Vogel begraben, er war krank und ist gestorben. Wir haben ihn in eine Schachtel mit Watte gelegt, und dann haben wir ihn begraben. Das geht einfach. Man gräbt ein Loch und legt das Tier hinein, und dann legt man noch etwas hinein, was man dem Tier mitgeben will, eine Spiderfigur oder ein Lego oder so. Dann schaufelt man es zu und macht aus zwei Eisstielen ein Kreuz und steckt es aufs Grab. Und dann legt man Blumen drauf. Wenn es keine Blumen gibt, nimmt man eben Blätter. Eigentlich muß man auch singen, das haben wir in der Kinderstunde in der Kirche gemacht. Da haben wir eine Spitzmaus begraben, die die Katze des Pfarrers gefangen hatte und nicht fressen wollte. Habt ihr für Leonardo gesungen?«

»Ähm ... nein, das haben wir vergessen«, gab Fredrik zu.

»Habt ihr was ins Grab gelegt?«

»Das haben wir auch vergessen«, sagte Paula beschämt. »Wir waren so erschrocken und traurig, weißt du.«

»Ihr habt vielleicht noch nie ein Tier begraben?« sagte Fabian nachsichtig. »Aber wir können jetzt noch singen. Und im Garten sind jede Menge Blumen, die können wir aufs Grab legen.«

Er schaute so begeistert, daß sie lächeln mußten. Der Junge reagierte völlig anders, als sie dachten. Statt um den toten Hund zu trauern, war er vollauf mit den Beerdigungsritualen beschäftigt.

Fredrik ging zum Schuppen und suchte ein paar Bodenleisten. Er half Fabian, entsprechende Stücke zuzusägen und sie zu einem Kreuz zu nageln. Dann pflückten sie einen großen Strauß Gartenblumen, und die ganze Familie ging über die Straße zum Erdhügel am Rand des Ackers.

Auf dem Weg dorthin hatte Fredrik plötzlich das Gefühl, daß sie keinen Hügel finden würden. Er wußte sehr gut, wie trügerisch die Erlebnisse der Morgendämmerung sein konnten, und war nie ganz sicher, ob sie der Wirklichkeit oder der Traumwelt entsprangen. Aber Paula war ja dabei, und das war in gewisser Weise ein Garant für Realität.

Und der Hügel war da. Was konnte wirklicher sein als dieser Hügel von frisch aufgegrabenem, duftendem, immer noch dunklem und feuchtem Ackerboden?

Mit feierlicher Miene steckte Fabian sein selbstgemachtes Kreuz auf die Spitze des Hügels, und Paula legte die Blumen dazu. Fabian holte ein Plastikfigürchen aus der Tasche und steckte es zusammen mit einer Handvoll Hundekekse in die Erde. Dann trat er einen Schritt zurück, richtete sich auf und sang in schnellem Tempo »So nimm denn meine Hände«. Der letzte Ton war noch nicht verklungen, da fing er schon das nächste Lied an, ein kirchliches Kinderlied, das Fredrik noch nie gehört hatte. Und dann folgten noch viele Lieder, alle mit kirchlichem Inhalt, schnell und frisch und mit großer Konzentration vorgetragen. Fredrik hatte keine Ahnung, daß sein Sohn über ein so umfangreiches Repertoire an Kirchenliedern verfügte. Vermutlich hatte er sie bei den Kindernachmittagen im Gemeindehaus gelernt, die hatte er ein paar Wochen lang besucht, ehe er einen Platz im Kindergarten bekommen hatte.

Verwundert lauschte er der kräftigen, etwas gellenden Stimme und betrachtete die Szene, von der er ein Teil war:

Die blonde Ehefrau in einem hellblauen Sommerkleid mit dem rundlichen Baby auf dem Arm. Der singende Blondschopf. Er selbst, der Familienvater. Der blumengeschmückte Grabhügel mit dem ungeschickt zusammengenagelten Holzkreuz. Und um sie herum: die wogenden Äcker, der Wald und der wolkenlose Sommerhimmel. Schön und bewegend. So ganz anders als das stumme, panische Graben in der Morgendämmerung.

Dann hatte er plötzlich das eigenartige Gefühl, beobachtet zu werden, er drehte sich zum Wald um. Die Sonne blendete ihn, und er beschattete die Augen mit der Hand. Aber er konnte nichts entdecken.

*

Und noch eine Aufgabe war zu erledigen: Er mußte Bodil in Kassel anrufen und ihr von dem tragischen Ereignis berichten.

Fredrik erreichte sie in einer der großen Ausstellungshallen. Sie war so aufgedreht von den überwältigenden Kunsterlebnissen, daß es eine ganze Weile dauerte, bis Fredrik sein Anliegen vorbringen konnte. Er erzählte die gleiche Geschichte, die sie Fabian erzählt hatten: Ein Auto in rasender Fahrt, niemand aus der Gegend, sofort tot.

Bodil nahm die Nachricht erstaunlich gefaßt entgegen.

»Oh. Das ist wirklich traurig«, sagte sie in höflich bedauerndem Ton, als handele es sich um die alte Tante einer entfernten Bekannten, die friedlich eingeschlafen ist. »Das muß schrecklich für euch sein. Wie lieb, daß ihr ihn begraben habt.«

Vermutlich würde der Schock erst später eintreten, wenn sie die Ausstellung verlassen hatte, dachte Fredrik. In einer Welt aus eingemauerten Frauen, Chorknaben, die in ein Aquarium versenkt wurden, qualvollen Tierversuchen an Teddybären und Tüchern, die mit aidsverseuchtem Blut bestrichen waren, wirkte ein überfahrener Hund wohl ziemlich trivial.

Zwei Tage später kam Bodil in ihrem kleinen roten Golf. Fredrik ging mit ihr zum Waldrand jenseits der Straße und zeigte ihr Leonardos Grab.

Er bereute die Wahl des Ortes. Sie hätten ihn doch auf dem eigenen Grundstück begraben sollen. Es war schließlich der Grund und Boden eines Bauern, und welche Wirkung hatte ein Tierkadaver so nahe am Roggen, der schließlich zur menschlichen Ernährung gedacht war? Vielleicht hätten sie ihn gar nicht begraben sollen, sondern ihn ... wohin bringen? Zur Mülldeponie?

Als sie sich dem Erdhügel mit dem Kreuz und den inzwischen verwelkten Blumen näherten, brach Bodil in lautes Weinen aus. Fredrik legte ihr unbeholfen die Hand auf den Arm.

»Es tut mir so leid, Bodil«, murmelte er.

Den Arm um sie gelegt führte er sie zum Haus zurück.

»Es tut mir so leid«, wiederholte er. »Es war vielleicht nicht richtig, ihn hier zu begraben.«

»Nein, nein. Es ist so ein schönes Grab. Du hast alles richtig gemacht, Fredrik. Bald wird Gras darüber gewachsen sein. Und Wiesenblumen.«

Sie ging auf die Toilette und wusch sich die verlaufene Schminke aus dem Gesicht. Als sie wieder herauskam, lächelte sie angestrengt, nahm den Hundekorb und die Tasche mit dem restlichen Hundefutter und der Leine.

»Ich kann dir helfen, die Sachen zum Auto zu tragen«, sagte Fredrik schnell.

»Nein danke, ist schon gut so.«

In der Tür drehte sie sich noch einmal um und murmelte wie nebenbei, als würde sie laut denken:

»Ich habe achttausend für ihn bezahlt.«

»Oh.«

Fredrik hatte überhaupt nicht an den ökonomischen Aspekt gedacht. Aber natürlich stellte ein Rassehund einen bedeutenden Wert dar.

»Ich werde dir den Verlust natürlich ersetzen«, rief er aus, er war froh, daß er wenigstens ein bißchen für die Dummheit büßen konnte, die er begangen hatte, als er den Hund in die Kammer ließ. »Achttausend? War es so? Ich habe nicht so viel Bargeld im Haus, aber ...«

Dann fiel ihm das Geld ein, das er von Kwådd als Miete bekommen hatte. Er hatte es in den Blecheimer in der Kammer gelegt, und da war es liegengeblieben, weil Kwådd es offenbar nicht zurückhaben wollte. Fredrik wollte es auch nicht haben. Es war Kwådds Geld.

Fredrik ging in die Kammer. Das Geld war noch da. Es war doch nicht mehr als recht und billig, daß Kwådd hierfür bezahlte?

Er nahm achttausend und reichte sie Bodil, gleichzeitig dachte er, daß achttausend nicht für einen Eßtisch und vier Stühle von Norrgavel und für zwei handgewebte Flickenteppiche aus dem Heimatmuseum reichten.

Sie schüttelte heftig den Kopf.

»Nein, nein. Du mußt natürlich nichts bezahlen, Fredrik. Auf keinen Fall.«

Den Hundekorb im Arm und die Tasche über der Schulter öffnete sie mit dem Ellbogen die Tür und ging hinaus. Sie hatte sich wieder gefaßt.

Fredrik lief ihr zum Auto nach. Er wollte ihr die Heckklappe aufmachen, aber sie war schneller. Sie setzte sich ins Auto, startete und winkte ihm durch das heruntergekurbelte Fenster zu. Sie lachte breit, als ob sie die traurige Geschichte mit Leonardo längst vergessen hätte, fuhr auf die Straße hinaus und verschwand Richtung Stadt.

Fredrik stand immer noch mit den Scheinen in der Hand da und hatte das Gefühl, in Bodil Molins Schuld zu stehen. Er ging ins Haus und legte das Geld wieder in den Blecheimer.

*

Als er später an den merkwürdigen Morgen dachte, wie er und Paula Bodils blutigen Hund in einem Teppich hinausgetragen und am Waldrand vergraben hatten, kam ihm das alles so unwirklich und wie ein Traum vor. Am Abend nach Bodils Besuch hatte er versucht, die Sache mit Paula zu besprechen.

»Das, was mit dem Hund passiert ist«, sagte er.

Sie waren gerade ins Bett gegangen, die Nacht war warm, und die Balkontür stand weit offen.

»Bodil wollte kein Geld für ihn haben. Und es war ja auch nicht unsere Schuld. Wir konnten nichts dafür, daß er überfahren wurde.«

Paula lag schweigend da. Nach einer Weile sagte sie so leise, daß er sie kaum verstand:

»Was ist denn wirklich passiert?«

»Das habe ich doch erzählt. Kwådd war es.«

Sie schwieg. Er rückte näher an sie heran. Nach dem mißglückten Versuch nach Paulas Rückkehr aus Marstrand hatten sie noch zwei Mal vergeblich versucht, miteinander zu schlafen.

Er wollte sie küssen, aber sie drehte den Kopf weg.

»Okay, war vielleicht keine gute Idee«, sagte er verletzt.

»Fredrik, solltest du nicht zu ... jemandem gehen. Ja, einem Arzt oder Psychologen oder so.«

»Warum denn?«

»Es scheint dir nicht gutzugehen.«

»Ich bin ausgebrannt. Es wird bestimmt besser, jetzt, wo ich Ferien habe.«

»Das wollen wir hoffen«, sagte sie mit einem merkwürdigen Unterton.

Seit diesem Abend hatten sie die Geschichte

mit dem Hund mit keinem Wort mehr erwähnt. Sie hatten auch keine weiteren Versuche gemacht, sich zu lieben.

*

Kwådd zeigte sich nicht, aber morgens konnte Fredrik seine Spuren sehen: Tannennadeln, Gras und Krümel von trockenen Eichenblättern, die er nach seinen nächtlichen Streifzügen mit ins Haus brachte. Fredrik fegte sie weg.

Aber eines Morgens, als Fredrik, hellwach und ruhelos, in den Garten ging, sah er ihn.

Der kleine Mann stand vor den Kletterrosen an der Hauswand, breitbeinig, die Hosen hatte er bis zu den Knöcheln heruntergelassen, die muskulösen, dunkel behaarten Pobacken waren nackt.

Fredrik wurde so wütend, daß er nach Luft schnappen mußte.

»Was zum Teufel unterstehst du dich?« schrie er. »Pißt du auf unsere Rosen?«

Kwådd schaute ihn über die Schulter hinweg an. Dann drehte er sich langsam um und zog die Hosen halb hoch. Er lächelte geheimnisvoll, legte eine Hand unter sein Geschlechtsteil und hielt es, als wollte er damit angeben.

Und es war wirklich zum Angeben. Wie konnte ein so kleiner Mann so prachtvoll ausgestattet
sein? Ein dicker, rundlicher Penis lag auf zwei
prallen Hoden. Sie ruhten in seiner Handfläche
wie Früchte auf einem Teller, wie ein Stilleben aus
dem 17. Jahrhundert, ein Reichtum, den die Handfläche nicht fassen konnte. Mit leiser, sehr deutlicher Stimme sagte er:

»Sie *mögen* es vielleicht, wenn man auf sie
pißt.«

Und mit einem überlegenen Lachen ließ er das
Paket in die Hose fallen.

Das Eichhörnchen

Wie wunderbar. Zu entdecken, daß man etwas
kann, das man bisher nicht gekannt hatte. So stark
an seine Fähigkeiten zu glauben.

Fredrik saß auf einer Decke im Garten und
betrachtete fasziniert seine Tochter, die sich mit
einem originellen, aber tauglichen Krabbelstil vor-
wärtsbewegte, den sie in den letzten Tagen gelernt
hatte. Mit einem siegessicheren Lächeln stützte sie
sich auf die Unterarme, das rechte Bein war ange-
winkelt, das linke ausgestreckt, die Brust richtete

sie auf wie ein Seehund. Sie hatte die Decke verlassen, war jetzt auf dem Rasen und eroberte die Welt. Zum erstenmal aus eigener Kraft und in die Richtung, in die sie wollte.

Paula war mit dem Auto nach Malmö gefahren, um sich eine Fotoausstellung anzuschauen. Eine ihrer Freundinnen aus der Kunsthochschule stellte aus. Sie hatte vorgeschlagen, daß die ganze Familie fahren sollte, aber Fredrik hatte keine Lust. Er wußte ungefähr, was ihn erwartete. Die Fotografin hatte, wie aus der Einladungskarte hervorging, »eine Geschlechterperspektive«. So eine Perspektive hatte er im Herbst auf einer Ausstellung gesehen, eine Frau hatte Unmengen Bilder ihrer eigenen Brust gemacht, unscharfe und schlechte Bilder. Es hatte ihm nicht imponiert.

Seit Fredrik mit Paula zusammen war, war er als loyaler Ehemann zu vielen Kunst- und Fotoausstellungen mitgekommen, und es verblüffte ihn, wie sie sich ähnelten. Davor hatte er in der Vorstellung gelebt, ein Künstler sei ein eigensinniges Original, das diesen freien Beruf gewählt hat, um einen eigenen Weg gehen zu können. Ganz falsch, mußte er feststellen. Fredrik hatte bisher noch nie eine Berufsgruppe getroffen, deren Mitglieder so ängstlich darauf schielten, was die anderen machten, und sich so schnell an herrschende Normen anpaßten.

Unter dem Vorwand, daß die Reise zu lang für die Kinder sei, war er mit ihnen zu Hause geblieben. Paula war morgens um sechs losgefahren und würde erst spät in der Nacht zurückkommen.

Im Garten herrschte eine angenehme Nachmittagsstimmung. Die Sonne war nicht mehr so heiß. Unter den Bäumen und Büschen breitete sich Schatten aus, und die Düfte von Blumen, Beeren und Grün erfüllten die Luft mit einem süßsauren, angenehmen Aroma. Auf dem Gartentisch standen noch die Teller der einfachen Mittagsmahlzeit, die Fredrik mit den Kindern gegessen hatte – Spaghetti mit Soße aus dem Glas.

Olivia war jetzt bis zu den Johannisbeerbüschen gekommen. Unglaublich, wie beweglich sie geworden war. Sie streckte sich nach den Trauben mit den roten, halb durchsichtigen Beeren an den untersten Zweigen. Ja, die müssen die ganze Zeit ihr Ziel gewesen sein. Sie konnte sie nicht erreichen und weinte vor Enttäuschung.

Fredrik ging zu ihr, pflückte ein paar Beeren und nahm sie auf den Schoß. Er hielt ihr die Beeren in der offenen Hand hin. Sie hörte sofort auf zu weinen. Ganz konzentriert formte sie mit Daumen und Zeigefinger eine perfekte Pinzette und nahm vorsichtig eine Beere nach der anderen und stopfte sie mit einem zufriedenen Lachen in den Mund.

Aber wo war Fabian? Fredrik sah sich um. Gerade hatte er noch zwischen den Felsen hinter dem Haus gespielt, Fredrik hatte ihn vor sich hinreden hören, das machte er immer beim Spielen. Als müßte er, wie ein Sportkommentator im Radio, das unsichtbare Geschehen einem Außenstehenden vermitteln.

Mit Olivia auf dem Arm stieg Fredrik auf den nächsten Felsen und rief Fabian.

»Hier bin ich«, kam es von irgendwo.

Und dort, mitten im Gebüsch, stand er mit einem Strauß Gartenblumen im Arm, ein blondgelockter Knirps wie von einer Kitschpostkarte.

»Hast du Blumen gepflückt?« fragte Fredrik erstaunt. »Du solltest immer zuerst fragen.«

»Ich will sie aufs Hundegrab legen.«

»Aufs Hundegrab? Aber das ist doch auf der anderen Straßenseite.«

»Bitte, *darf* ich zum Hundegrab gehen?«

Fredrik wollte nicht zu ängstlich wirken. Als er in Fabians Alter war, hatte er befahrene Straßen überquert und im Wald und zwischen den Felsen weit weg von zu Hause gespielt.

»Ja«, sagte er. »Aber paß auf, wenn du über die Straße gehst. Horch genau, ob du ein Auto kommen hörst. Du weißt, wie es dem Hund ergangen ist.«

Fabian nickte ernst und verschwand dann um die Hausecke, wo Fredrik ihn nicht mehr sehen konnte.

Olivia hatte angefangen zu weinen, dieses quengelnde, langgezogene Weinen, das hieß, daß sie müde war. Fredrik ging hinein, wechselte ihr die Windel und legte sie ins Bett.

Als er nach einer halben Stunde wieder in den Garten kam, war Fabian immer noch weg. Er rief ein paar Mal. Dann ging er durch das Gartentor, über die Straße und am Rand des Ackers entlang bis zu dem kleinen Grabhügel. Fabian war nicht zu sehen.

Auf dem Grasstreifen am Acker lagen ein paar Löwenmäulchen, die Fabian in seinem Eifer verloren hatte. Und da, kurz darauf, ein paar Malven. Und dann die restlichen Löwenmäulchen. Fabian hatte offenbar den ganzen Strauß verloren, bevor er überhaupt bis zum Grab gekommen war.

Aber wo war er?

Fredrik stellte sich ans Hundegrab und schaute in alle Richtungen, über das Kornfeld, in den Wald, die Straße entlang. Er rief und wartete auf

Antwort. Man hörte nur das trockene Rascheln, wenn der Wind durch das reife Korn strich.

Er ging in den Wald hinein. Das Zweigwerk der Eichen bildete ein Dach über den bemoosten Steinen und Teppichen aus vorjährigem Laub.

»Fabian!«

Fredrik streifte kreuz und quer durch das raschelnde Laub und rief immer wieder. Sonne und Schatten erzeugten ein Lichtspiel, das den Blick verwirrte, und er wäre beinahe über die Reste eines alten Steinwalls gestolpert.

Und dann fiel ihm ein, daß Olivia allein zu Hause war. Er mußte zu ihr zurück, für den Fall, daß sie aufwachte. Er rief noch ein letztes Mal und lief dann zum Haus zurück.

Mit schnellen, ängstlichen Schritten rannte er die Treppe hinauf ins Kinderzimmer. Er seufzte erleichtert, als er den blondgelockten Kopf auf dem Kissen sah und den kleinen Bauch, der sich in den tiefen, regelmäßigen Atemzügen hob und senkte. Dann lief er wieder die Treppe hinunter und zurück zum Hundegrab und in den Wald.

So lief er noch mehrmals hin und her, außer sich vor Angst um seine beiden Kinder. Nach einiger Zeit, die ihm wie eine Ewigkeit vorkam, sah er, wie Fabian durch das Gartentor kam.

»Mein Gott, wo bist du gewesen?«

Fredrik lief zum Tor, um seinen Sohn in die Arme zu nehmen, blieb ein paar Meter vor ihm stehen und schaute ihn erstaunt an. Da baumelte etwas an der Hüfte des Jungen.

»Aber was ist denn das?«

Fabian lachte stolz und hob hoch, was er mit einer Schnur um seinen Bauch gebunden hatte.

»Ein Eichhörnchen! Was in aller Welt ... Wie hast du ...?«

Fredrik war so erstaunt und erschrocken, daß er keine Worte fand.

»Ich habe es geschossen«, sagte der Junge stolz.

»Geschossen? Womit?«

»Mit dem da.«

Fabian hielt eine Steinschleuder hoch. Sie bestand aus einer Astgabel und einem Stück Fahrradschlauch.

»Ich habe es selbst geschossen.«

»Aber warum?« keuchte Fredrik.

Fabian schaute ihn erstaunt an. Es war deutlich, daß er Lob erwartet hatte, und das Benehmen seines Vaters verwirrte ihn.

Widerwillig beugte Fredrik sich über das Eichhörnchen. Es hatte eine große Wunde am Kopf.

»Nein«, sagte er bestimmt. »Das hast nicht du gemacht, Fabian.«

»Doch, hab ich wohl!«

Fredrik nahm dem Jungen die Schleuder ab.

»Und woher hast du die?«

»Das ist meine. Gib sie her!«

»*Woher hast du die?*«

»Ich habe sie gemacht.«

»Das glaube ich nicht.«

»Ich habe es im Fernsehen gesehen. Im Fernsehen war ein Junge, der hat Eichhörnchen geschossen.«

»Und woher hast du den Fahrradschlauch?«

»Aus der Kammer unter der Treppe.«

»*Aus der Kammer!* Hat dir vielleicht jemand geholfen, die Schleuder zu machen? Und dir auch gezeigt, wie man schießt. Antworte mir jetzt ehrlich.«

Der Junge schwieg.

»Ich weiß, wer es ist, Fabian. Du kannst es mir ruhig sagen. Na, wer hat dir die Schleuder geschenkt.«

»Er«, murmelte Fabian.

»Wer er?«

»Das sage ich erst, wenn du mich losläßt.«

Fredrik bemerkte, daß er den Jungen fest am Arm gefaßt hatte. Er ließ ihn los.

»Wer er?«

»Der Mann unter der Treppe.«

Fredrik packte Fabian wieder am Arm, achtete jedoch darauf, daß er nicht zu fest zufaßte. Er ging in die Knie, schaute seinem Sohn ernst in die Augen und sagte sehr deutlich:

»Du darfst den Mann unter der Treppe nie mehr treffen. Verstehst du, was ich sage, Fabian? Nie mehr. Er ist böse. Es ist sehr böse, mit einer Schleuder auf Eichhörnchen zu schießen. Schau mal.«

Er knüpfte die Schnur auf, die der Junge um den Bauch hatte, und hielt das tote Eichhörnchen vor ihn hin.

»Du hast es getötet! Es war ein fröhliches, kleines Eichhörnchen, das in den Bäumen rauf- und runtergerannt ist und gespielt hat. Genau wie du rumrennst und spielst. Es hat dir nichts getan. Und du hast es getötet. Es kann nie mehr rennen und spielen.«

Der Junge betrachtete nachdenklich das Eichhörnchen.

»Bist du jetzt böse auf mich?« fragte er.

»Nein. Doch, ein bißchen. Aber ich bin vor allem traurig.«

Und ich habe Angst, dachte Fredrik. Schreckliche Angst!

Wie eine Schleuder drehte er das Eichhörnchen an der Schnur und ließ es im hohen Bogen über die Straße und in den Acker fliegen.

Fabian fing an zu weinen.

»Das war meins! Ich habe es geschossen. Hol es zurück!«

Fredrik ließ die Schleuder den gleichen Weg nehmen.

»So. Und jetzt gehst du ins Haus und badest. Komm.«

Er nahm Fabian an der Hand, aber der riß sich los und wollte auf die Straße laufen. Fredrik packte ihn am Arm.

»Laß mich los! Ich will mein Eichhörnchen haben! Ich will es begraben!«

Fredrik hob ihn hoch und trug das strampelnde und schreiende Kind ins Haus.

Drinnen war Olivia aufgewacht. Mit dem tretenden Fabian auf dem Arm lief er die Treppe hoch und fand Olivia in ihrem Bettchen kniend, sie hielt sich krampfhaft an den Gitterstäben fest, sie hatte einen Schluckauf vom Weinen, die Locken in der Stirn waren naß von Schweiß.

»Mein Schatz. So. Papa ist ja da«, rief er und versuchte sie mit einem Arm hochzuheben, während er mit dem anderen Fabian festhielt.

»Laß mich los, du Scheißkerl«, schrie Fabian. »Ich will mein Eichhörnchen!«

Vor Schreck ließ Fredrik ihn beinahe los.

»Wer hat dich solche Wörter gelehrt? Du gehst nirgendwohin, du böses Kind!«

Seine laute Stimme brachte Olivia erneut zum Weinen.

»So, so. Papa ist ja da. *Jetzt hältst du still!* Nein, nicht du, mein Herz. Nicht du, Papa hat nicht dich gemeint. Wie naß du bist. Du bekommst gleich eine frische ...«

Fabian stieß einen Schrei aus und taumelte, so daß Fredrik mit beiden Kindern fast gestürzt wäre. Er ließ Fabian los, der schrie noch lauter, weil er sich beim Fallen weh getan hatte, und zog Fredrik am Hosenbein.

»Du bist gemein! Der Mann unter der Treppe ist viel lieber als du!«

Klatsch! Mit Olivia auf der Hüfte beugte sich Fredrik über Fabian und schlug ihn in sein wütendes, rotes, schreiendes Gesicht. Er legte Olivia ins Bett zurück, die wieder laut zu schreien anfing, packte Fabian fest am Arm und schleppte das brüllende Kind zu seinem Bett und stieß ihn auf die Matratze.

»Hier bleibst du liegen, bis du dich beruhigt hast!«

Der Junge setzte sich auf, und Fredrik stieß ihn sofort wieder um. Beide Kinder brüllten aus vollen Lungen. Aus purer Angst, tierisch. Das Adrenalin pumpte durch seine Adern. Da war plötzlich eine böse Kraft in dem Zimmer, etwas Rohes und Unmenschliches.

»Still! Still, habe ich gesagt!«

Er hatte seine Kinder noch nie so schreien gehört – es war ein Schreien, das ihn auflöste, ihn in tausend Stücke zerbersten ließ, die in alle Richtungen flogen.

Er drückte Fabians Gesicht ins Kissen und dämpfte so das Schreien für einen Moment, er ließ jedoch los, als er hörte, wie Fabian nach Luft schnappte. Mein Gott, was war hier los?

Er stolperte aus dem Kinderzimmer, die Treppe hinunter, hinaus in den Garten, ins Grüne und in die Dämmerung.

Und hier fand Paula ihn, schlafend in einem Liegestuhl, als sie gegen elf nach Hause kam, die Reste des Mittagessens noch auf dem Tisch, mit Kratzspuren im Gesicht und zwei abgerissenen Hemdknöpfen. Er wirkte verwirrt, als sie ihn weckte, und fragte ängstlich nach den Kindern.

»Wo sind sie? Wo sind sie, Paula?«

Sie starrte ihn an, lief dann ins Kinderzimmer

und fand sie schlafend, dicht beieinander in naß-
gepinkelten Laken in Olivias Gitterbettchen. Fabian hatte offenbar Angst bekommen und bei seiner
kleinen Schwester Trost gesucht.

Paula schaute in ihre Gesichter. Sie waren glü-
hend rot! Und völlig verschwitzt. Olivias Atem
zitterte immer wieder in kleinen Schluchzern, und
Fabians Mund war schmerzverzerrt. Sie müssen
geweint haben! Lange und verzweifelt.

»Geht es ihnen gut?«

Fredrik stand in der Tür.

»Hast du nicht gehört, daß sie geweint haben?«
fragte Paula und strich mit der Hand über Fabians
Stirn.

»Ich weiß nicht. Doch. Aber ich dachte, ich
träume. Ich muß eingeschlafen sein.«

»Ich schlafe heute nacht im Kinderzimmer«,
sagte Paula. »Ich lege mich in Fabians Bett. Ich will
in der Nähe sein, wenn sie aufwachen.«

»Ja, natürlich«, sagte Fredrik. »Gute Nacht.«

Schmutz

Merkwürdigerweise schlief er in dieser Nacht sehr
gut. Allein in dem großen Bett, schlief er sofort

ein, und in der schützenden Kapsel des Schlafs wurde er durch die Nacht und die Stunden der Dämmerung geleitet. Gegen acht wurde er vom Geräusch der sich öffnenden und wieder schließenden Haustüre geweckt.

»Kwådd!« war sein erster Gedanke.

Nur mit Unterhosen bekleidet lief er die Treppe hinunter, um den Eindringling zur Rede zu stellen.

Aber es war nicht Kwådd, sondern Paula, die vom Joggen zurückkam und atemlos und verschwitzt in der Diele stand.

»Schlafen die Kinder?« fragte sie keuchend.

Er nickte, denn es war still im Haus. Dann wurde er plötzlich unruhig, lief die Treppe hoch und schaute ins Kinderzimmer. Ja, sie schliefen, in ihren eigenen Betten, in frischer, trockener Bettwäsche. Er ging wieder zu Paula hinunter, die sich gerade die Schuhe auszog.

»Ja, sie schlafen«, sagte er und fügte hinzu: »Ich würde gerne mit dir reden. Über das, was gestern passiert ist.«

»Ich weiß, was passiert ist. Fabian hat es mir heute nacht erzählt.«

»Heute nacht?«

»Ja, er ist aufgewacht, hat geweint, und wir haben miteinander gesprochen. Du bist offenbar sehr böse auf ihn gewesen.«

»Er schießt auf Eichhörnchen mit einer Steinschleuder. Hast du das gewußt?«

Sie nickte.

»Natürlich bin ich böse auf ihn geworden. Das ist doch Tierquälerei«, sagte Fredrik.

»Aber du hättest ihn nicht schlagen dürfen.«

Sie sah ihm in die Augen, ernst und vorwurfsvoll.

»Natürlich nicht. Ich habe mich so aufgeregt. Er schrie, Olivia schrie. Es war ein einziges Durcheinander. Und das mit dem Eichhörnchen hat mich geschockt.«

»Jungens haben schon immer Eichhörnchen geschossen, Fredrik.«

»Er ist *fünf*!«

»Ja. Sein Empathiegefühl ist noch nicht voll entwickelt. Es muß trainiert werden. Und das tut man nicht, indem man ihn ins Gesicht schlägt. Ich will jetzt duschen, wir können später weiterreden.«

»Warte, Paula. Hat er dir erzählt, wer ihm beigebracht hat, wie man schießt? Wer ihm die Schleuder gebastelt hat? Denn du glaubst doch wohl nicht, daß ein Fünfjähriger allein eine Schleuder basteln kann?«

»Er hat gesagt, er hätte es im Fernsehen gesehen. Es ist nicht sehr kompliziert, ein Stück Fahrradschlauch an einer Astgabel festzubinden, wenn man gezeigt bekommt, wie es geht.«

»Kwådd hat ihm geholfen.«

Paula seufzte. Sie versuchte an ihm vorbei die Treppe hinaufzugehen, aber er stellte sich ihr in den Weg.

»Hast du gehört, was ich gesagt habe? Kwådd bringt ihm bei, wie man Eichhörnchen tötet!«

»Du hast dich an dieser Geschichte mit Kwådd festgebissen. Wenn du ein bißchen weniger über ihn reden würdest, dann hätte Fabian auch weniger Interesse an ihm. Würdest du so freundlich sein und zur Seite treten, damit ich duschen gehen kann?«

Er trat einen Schritt zur Seite und ließ sie vorbei. Während sie die Treppe hochging, hob er ihre Joggingschuhe hoch, die sie einfach vor der Tür hatte stehenlassen, und stellte sie ordentlich aufs Schuhregal. Tannennadeln und Reste von trockenem Laub lösten sich, als er sie abstellte.

»Bringst du den Schmutz herein?« rief er ihr erstaunt hinterher.

»Wie Schmutz?« antwortete sie von oben.

»Du hast Nadeln und Laub unter den Schuhen«,

sagte er und untersuchte die Schuhsohlen. »Läufst du im Wald? Ich dachte, du läufst auf der Straße.«

»Ich laufe in den Wald hinein, der Weg führt den Hügel zum Kiefernwald hinauf. Der Boden federt so gut. Es ist die ideale Unterlage zum Laufen.«

Er ging zu ihr hinauf.

»Jeden Morgen liegt Schmutz auf dem Boden«, bemerkte er.

Sie verdrehte die Augen.

»Okay, ich werde ihn in Zukunft aufkehren. War sonst noch etwas? Kann ich jetzt duschen?«

»Nein, sonst war nichts mehr.«

Sie ging ins Badezimmer. Jetzt sah er, daß auch an ihrem Rücken Tannennadeln klebten.

Er muß ein Junge sein dürfen

Fredriks Ferien waren vorbei, und er hatte wieder angefangen zu arbeiten.

Sein erster Arbeitstag begann mit einer Besprechung, bei der auch über die ausgeschriebene Stelle geredet werden sollte. Voller Unbehagen fiel ihm wieder ein, daß Bodils Hund die Bewerbungsunterlagen aufgefressen hatte. Aber er hatte keine

Originale mit nach Hause genommen. (Das hatte er im ersten Moment geglaubt, als er im Chaos in der Küche stand.) Es waren natürlich Kopien, die anderen Teilnehmer der Besprechung hatten auch Kopien bekommen, die sie jetzt aus ihren Aktentaschen holten.

Fredrik schwieg und versuchte sich so wenig wie möglich einzumischen, als die Bewerbungen besprochen wurden. Aber dann war es ihm plötzlich unangenehm, so ausgeschlossen zu sein, und nur um am Gespräch teilzunehmen, unterstützte er jetzt eine der Bewerberinnen – eine Frau, deren Qualifikationen die letzte Viertelstunde eifrig diskutiert worden waren und die Fredrik zu kennen glaubte, obwohl er ihre Bewerbung nicht gesehen hatte.

»Eine außerordentlich starke Bewerberin. Ich glaube, sie ist genau die Richtige«, sagte er mit lauter Stimme.

Alle Gesichter wandten sich ihm zu, Fredrik lehnte sich zurück. Er war froh, wieder Teil der Gemeinschaft zu sein. Langes Schweigen bereitete ihm Unbehagen, aber wenn er dann etwas sagte und ein wenig Aufmerksamkeit bekam, fühlte er sich besser.

Aber dieses Mal war es anders. Seine Kollegen

schauten ihn immer noch an. Es entstand eine lange und peinliche Pause, bevor der Gemeindevertreter, der die Sitzung leitete, hüstelte und fragte, ob jemand noch etwas sagen wollte. Alle schwiegen. Die Diskussion, die bis jetzt so lebhaft gewesen war, erstarb, und einige Kollegen steckten ihre Unterlagen ein.

Fredrik war sehr verwirrt. Als sie das Besprechungszimmer verließen, kam Märta, eine ältere, mütterliche Frau, die für den Firmenkatalog zuständig war, zu ihm und streichelte ihm den Arm.

»Entschuldige, wir hätten diesen Punkt in deiner Anwesenheit nicht besprechen sollen. Ich glaube, den Leuten war nicht bewußt, daß du da warst. Du warst so still.«

Fredrik zuckte lachend mit den Schultern. Er begriff nicht, was sie meinte.

In einer halben Stunde würde er seinen Chef zu einem Gespräch treffen. Da würde er vielleicht eine Erklärung bekommen. Oder eine verlangen. Vielleicht auch nicht. Es war vielleicht nur eine Bagatelle. Besser, sich nicht darum zu kümmern.

In der Sitzecke am Kaffeeautomat saß Ulf Sjöfeldt, braungebrannt, seine Nase schälte sich nach den Ferien auf dem Segelboot. Ulf plauderte scherzhaft über die Mühen des Seglerlebens, während Fredrik nervös seinen Kaffeebecher drehte.

»Wie waren deine Ferien?« fragte Ulf. »Bist du diesen Verrückten losgeworden?«

»Hm, nein. Aber wir sehen ihn im Moment kaum. Du, vielleicht können wir später miteinander sprechen. Wir könnten vielleicht zusammen zu Mittag essen? Ich muß jetzt gleich zu Sture.«

»Geht es um die Stelle?«

»Wieso die Stelle?« fragte Fredrik nervös.

»Ich habe gesehen, daß deine Stelle extern ausgeschrieben worden ist.«

»Meine Stelle?«

»Ja, vermutlich sieht es besser aus. Man kann ja nach der Umorganisation nicht nur intern ausschreiben.«

»Das mußt du mißverstanden haben. Die Stelle als Wirtschaftssekretär ist nicht ausgeschrieben worden.«

»Nein, sie heißt ja auch nicht mehr so. Sie heißt ja irgendwie anders, wenn wir ein Unternehmen werden. Entwicklungsstratege oder so ähnlich.«

»Entwicklungsstratege? Meinst du die Annonce, die im Juni veröffentlicht wurde?«

»Genau. Es gab wohl jede Menge Bewerbungen.«

Fredrik starrte ihn an.

»Willst du damit sagen, daß *meine Stelle* ausgeschrieben wurde?« sagte er.

Ulf lachte über sein Erstaunen.

»Ja, aber mein Gott, Fredrik. Das ist doch nur ein Spiel fürs Publikum. Heutzutage muß doch alles der Konkurrenz ausgesetzt werden. Alles kriegt irgendwie einen neuen Namen. Aber du weißt doch selber, daß das nur Show ist. In der Praxis bleibt alles beim alten. Jetzt schau nicht so erschrocken, alter Junge. Das ist die Gemeinde. Wenn bei so einem alten Dampfer das Ruder umgelegt wird, dauert es zehn Jahre, bis er den Kurs ändert.«

Ulf knüllte seinen Kaffeebecher zusammen und warf ihn in den Abfallkorb.

»Ich muß jetzt los. Wir sehen uns um zwölf bei Marcos. Okay?«

Er klopfte Fredrik leicht auf die Schulter und ging zum Aufzug. Fredrik blieb stehen und starrte vor sich hin.

Seine Stelle war eigentlich eine Vertretung. Formell war er als Assistent im Wirtschaftsdezernat angestellt, aber er war sofort Wirtschaftssekretär geworden, weil der eigentliche Sekretär sich für eine Stelle als Projektleiter in Brüssel hatte freistellen lassen. Er hatte da eine steile Karriere gemacht, die Familie fühlte sich pudelwohl, die Kinder sprachen fließend Französisch, er würde also auf absehbare Zeit nicht auf seine bescheidene Stelle in Kungsvik zurückkommen. Aber er hatte die Stelle nicht gekündigt, und Fredrik war nach drei Jahren immer noch die Vertretung, obwohl alle ihn als festangestellt betrachteten. Was er auch war, allerdings für eine andere Stelle. Diese Art von Vereinbarungen war in der Kommunalverwaltung von Kungsvik ziemlich üblich, und niemand dachte darüber nach, solange alles normal lief. Aber das leichte Erdbeben, das eine Umorganisation auslöste, brachte die Brüchigkeit solcher provisorischer Konstruktionen zutage.

Was war er nur für ein Idiot! Er hatte einen externen Bewerber für seine eigene Stelle unterstützt! Kein Wunder, daß die anderen ihn komisch angeschaut hatten.

*

Sture Persson, der Chef des Wirtschaftsdezernats, forderte Fredrik auf, in einem der ausladenden, aber unverschämt bequemen Ledersessel Platz zu nehmen. (Er hatte sie von einem Möbelhändler in der Stadt zu seinem 50. Geburtstag geschenkt bekommen, und es handelte sich dabei zweifelsfrei um eine Bestechung.) Der Sessel hatte eine hypnotisch beruhigende Wirkung, und er brachte auch die nervösesten Angestellten dazu, ganz offen über ihre Karriereträume und ihre Enttäuschungen zu sprechen und ohne Bedenken Geheimnisse auszuplaudern, über sich selbst und andere in der Verwaltung. Wenn dieser Sessel zu Freuds Zeiten schon erfunden worden wäre, hätte er ihn zweifellos anstelle der berühmten Couch verwendet, dachte Fredrik.

Aber heute war er auf der Hut und verlangte sofort eine klare Antwort von Sture.

»Das kann wohl kaum überraschend für dich kommen. Die Umorganisation ist seit langem geplant«, sagte Sture.

Ja, Fredrik war mit Informationen überschüttet worden, aber alles war so verschwommen formuliert und voller nichtssagender Floskeln, daß er es nur zum Teil gelesen hatte. Vielleicht hatte er etwas verpaßt.

»Was die neue Stelle als Entwicklungsstratege betrifft, so wiegt dein Name natürlich schwer, besonders wenn man deine Erfahrung als Wirtschaftssekretär bedenkt. Wie du weißt, verschwindet diese Stelle im Zusammenhang mit der Umwandlung in eine Aktiengesellschaft«, fuhr Sture fort.

»Aber ist das nicht die gleiche Stelle, nur mit einem anderen Namen?«

»Nicht ganz. Der Tourismus wird ganz in Saras Bereich übergehen, das fällt also schon mal weg. Und Patrick wird viele der praktischen Aufgaben übernehmen. Die Stelle des Entwicklungsstrategen wird sich also mit den schwierigeren Problemen befassen, Neuansiedlung, Ausweitungen und ... ja, Entwicklung. Und da hat dein Name einen guten Klang, Fredrik, du kennst dich in der Gegend aus und verfügst über ein weitverzweigtes Kontaktnetz.«

»Stand in der Anzeige nicht ausdrücklich, daß eine Frau gesucht wird?« fiel es Fredrik plötzlich ein.

»Doch, wir haben viel zuwenig Frauen auf den gehobenen Posten in der Gemeindeverwaltung. Deshalb muß das mit den weiblichen Bewerbern immer in der Anzeige stehen. Aber die Frauen, die sich bewerben, sind selten qualifiziert genug. Aber dieses Mal gab es einige starke Kandidatinnen. Unter anderen diejenige, die du selbst befürwortet hast.«

Fredrik wurde rot, als er an seinen Fauxpas erinnert wurde.

»Was willst du damit sagen? Werde ich rausgeworfen?« rief er aus.

»Natürlich nicht. Dein Name wiegt schwer, wie gesagt. Aber wir haben zwei weibliche Bewerber, die wir interviewen möchten. Und außerdem wollen wir dich interviewen, Fredrik.«

»Mich?« Fredrik lachte schrill. »Warum denn? Du weißt doch, was ich kann und wie ich bin. Wenn du etwas wissen willst, kannst du mich gleich jetzt fragen.«

Sture lächelte und schüttelte den Kopf.

»Nicht ich werde dich interviewen. Wir haben eine Beratungsfirma damit beauftragt. Sie haben sich auf Tauglichkeitsinterviews spezialisiert. Es ist besser, wenn ein Außenstehender das macht.«

»Ich soll also auf die Tauglichkeit für einen Job interviewt werden, den ich seit drei Jahren tadellos mache? Oder gibt es irgendwelche Beschwerden?« fragte Fredrik empört.

»Überhaupt nicht. Aber es ist, wie gesagt, nicht der gleiche Job.«

»Und worin genau besteht der Unterschied? Außer daß man den Tourismus los ist und den ganzen praktischen Mist?«

»Das ist noch nicht ganz klar. Das muß sich entwickeln, das kommt auch ein bißchen auf denjenigen an, der die Stelle bekommt. Aber ich habe keinerlei Kritik an der Art, wie du deine Arbeit bisher gemacht hast, Fredrik. Wir wollen nur, daß ein Außenstehender sich ein Bild vom Ganzen macht, ein professioneller Interviewer. Man wird so leicht betriebsblind. Sie kommt am Donnerstag nachmittag.«

»Wer? Die Frau, die meine Stelle bekommen soll?«

»Jetzt reg dich nicht auf. Die Interviewerin natürlich. Sie will dich um drei Uhr treffen. Paßt das?«

*

Fabian hatte in den Ferien öfter gesagt, daß er nicht wieder in den Kindergarten gehen wolle. Fredrik hatte nicht viel auf sein Gerede gegeben. In den ersten Tagen müßten sie vielleicht mit etwas Widerstand und Streit rechnen. Dann wäre alles wieder wie bisher.

Aber Paula nahm seine Abneigung gegen den Kindergarten ernst. Zu Fredriks großem Erstaunen hatte Fabian ihre volle Unterstützung, und sie entschied, daß er nicht mehr hinzugehen brauchte, zumindest vorübergehend.

Fredrik glaubte, nicht richtig gehört zu haben. Der Kindergarten war immer Paulas Steckenpferd. Sie habe nicht vor, Hausfrau und Mutter zu sein, nur weil sie einem »freien« Beruf nachging. Jetzt schien sie plötzlich ihre Meinung geändert zu haben.

»Er soll nicht mehr in den Kindergarten gehen? Wo soll er denn sonst bleiben?«

»Hier. Zu Hause.«

»Und wer soll sich um ihn kümmern? Du arbeitest doch.«

»Ich werde in der nächsten Zeit nicht so viel arbeiten«, erklärte Paula. »Jetzt, wo Olivia sich mehr bewegt, braucht sie mich auch mehr. Außerdem habe ich das Gefühl, mich im Moment nicht so recht ausdrücken zu können. Künstlerisch, meine ich. Dieser Teil von mir muß sich ein bißchen regenerieren.«

Fredrik fand ziemlich vernünftig, was sie sagte. Paula hatte, solange er sie kannte, intensiv künstlerisch gearbeitet, fast zu intensiv, hatte er manchmal gefunden. Er konnte verstehen, wenn sie eine Zeitlang nur Hausfrau und Mutter sein wollte. Aber er kannte Paula gut genug, um zu wissen, daß sie sich mit diesem Leben nicht lange begnügen würde, und er fürchtete, daß Fabian seinen Kindergartenplatz nicht zurückbekäme, wenn sie ihn erst einmal aufgegeben hatten.

Außerdem gab es auch einen ökonomischen Aspekt. Paulas Elterngeld war nicht der Rede wert, und sie brauchten alle Einkünfte, die sie bekommen konnten. Paulas letzte Ausstellung war zwar erfolgreich, aber der Gewinn würde am Ende lächerlich klein sein, wenn Bodil erst einmal ihre fünfzig Prozent abzog. Ja, wenn er bedachte, wieviel Zeit Paula investierte, und wenn man all die Kosten für Material und Reisen zusammenrechnete, dann war ihre Arbeit eigentlich ein reines Verlustgeschäft, und sie war auf Fredriks Gehalt angewiesen. Eine Tatsache, die natürlich noch nie mit einem Wort erwähnt worden war.

Manchmal fragte Fredrik sich, wie Paula über Geld dachte. Sie sprach meistens in einem sarkastischen Ton darüber. Und doch war es selbstverständlich für sie, daß sie in einem geräumigen Haus wohnten, und im Supermarkt schaute sie nie auf den Preis, wenn sie eine Ware in ihren Wagen legte. Sie war es schon immer gewöhnt, das zu kaufen, was sie haben wollte, sogar während des Studiums an der Kunsthochschule. Sie hatte sehr bescheiden gelebt, aber sie konnte immer ihre Eltern um Unterstützung bitten, wenn sie etwas brauchte. Geld war für sie so selbstverständlich wie die Luft, die sie atmete.

»Fabian kommt nächsten Herbst in die Schule. Ich möchte, daß er seine Freiheit so lange wie möglich genießen kann«, sagte Paula.

»Aber was soll er den ganzen Tag machen?«

Paula schaute Fredrik mit Erstaunen, beinahe mit Verachtung an.

»Machen? Er hat die Natur, den Garten, die Wiesen, den Wald. Er hat seine Phantasie.«

Als sie »Wald« sagte, mußte er natürlich sofort an Kwådd und das getötete Eichhörnchen denken, aber er wollte nicht darüber sprechen, weil Paula sich weigerte, mit ihm über Kwådd zu reden. Er hatte versucht ihr zu erklären, wie widerwärtig die Geschichte mit dem Eichhörnchen war, aber sie hatte keinerlei Verständnis gezeigt.

»Er muß ein *Junge* sein dürfen«, hatte sie mit einem merkwürdigen, fast schicksalsschwangeren Tonfall gesagt. Als hätte das Wort auf einmal eine ganz andere Bedeutung für sie.

»Das mit dem Junge-Sein beschäftigt ihn sehr, wie du vielleicht gemerkt hast. Er sagt oft ›Olivia ist ein Mädchen und ich bin ein Junge‹.«

Fredrik verstand nicht, warum Fabian nicht auch im Kindergarten ein Junge sein konnte. Aber er sah Paula an, daß er mit diesem Hinweis das Ganze auf die Spitze treiben würde, und er hatte das Gefühl, daß ihre Beziehung im Moment zu zerbrechlich dafür war.

Als er also am ersten Tag nach den Ferien zur Arbeit fuhr, war der Kindersitz leer, und er mußte nicht den Umweg über den Kindergarten machen.

Beim Mittagessen beschwerte er sich bei Ulf Sjöfeldt, er war der einzige, dem er sich in bezug auf Kwådd anvertraut hatte. Er erzählte, daß sein ungebetener Mieter seinen Sohn mit auf Eichhörnchenjagd genommen hätte, daß Fabian sagte, »der Mann unter der Treppe ist viel netter als du«, von dem unverzeihlichen Schlag in Fabians Gesicht und dem Konflikt mit Paula.

Ulf hörte zu und nickte verständnisvoll, während er den Rand seiner Capricciosa durchsägte.

»Das kommt ziemlich häufig vor, glaube ich. Daß man sich als Vater von einem anderen Mann verdrängt fühlt. Ich erinnere mich, wie es war, als mein Tobias Fußball spielte. Da gab es einen Trainer, der hieß Nicke oder Micke oder so ähnlich. So ein Muskelkerl, der irgendwie machomäßig drauf war, und das hat den kleinen Jungs imponiert. Tobias bewunderte ihn enorm. Früher hatten er und ich abends so ein bißchen zum Spaß trainiert. Es war mehr ein Herumbolzen, wir haben mit dem Ball getrickst und so. Aber jetzt konnte ich ihm überhaupt nichts mehr beibringen, Nicke oder Micke konnte ja alles so viel besser. Es war hart, so vom Thron gestürzt zu werden. Aber Anna, meine Frau, sie hat ein bißchen Kinderpsychologie studiert – sie ist ja Erzieherin –, hat gesagt, daß es ganz normal ist, wenn Jungen irgendwann den Vater durch ein anderes männliches Vorbild ersetzen. Darüber muß man sich keine Sorgen machen, Der andere kann einen als Vater nie ersetzen. Das ist nur eine Art Befreiung. Dein Sohn liebt dich genauso wie zuvor, Fredrik. Diesen Mieter braucht er im Moment nur, um seine Rolle als Mann auszuprobieren.«

»Das gleiche sagt Paula auch. Aber muß er denn auf Eichhörnchen schießen! Wir leben doch verdammt noch mal nicht mehr in einer primitiven Jägergesellschaft!« rief Fredrik.

Ulf beugte sich vor.

»Du, ich gebe es zu, ich habe als Kind auch auf Eichhörnchen geschossen. Mit einem Luftgewehr. Schrecklich, aber ich habe es getan.« Er seufzte.

»Gibt er ansonsten Ruhe, dieser Kwådd? Keine Messerwerfereien mehr?«

Fredrik hatte ihm vom mißglückten Einsatz der Polizei erzählt. Seinen eigenen Versuch mit Bodils Hund erwähnte er jedoch nicht.

»Nein, aber er pißt auf unsere Rosen«, murmelte er.

Ulf lachte.

»Merkwürdiger Typ. Seit wann wohnt er eigentlich im Haus?«

»Ich habe keine Ahnung.«

»Kannst du nicht die Vorbesitzer fragen, ob sie ihn kennen?«

»Die wohnen in Kanada, und ich habe keine Adresse.«

»Und die vor ihnen im Haus gewohnt haben?«

Fredrik schüttelte den Kopf.

»Ich weiß nicht, wer das war.«

Ulf wechselte das Gesprächsthema:

»Wie ist eigentlich das Entwicklungsgespräch verlaufen?«

»Ach so. War nichts Besonderes. Du hattest recht mit meiner Stelle. Das ist nur ein Spiel für die Zuschauer, ich mache weiter wie bisher, man nennt es jetzt nur Entwicklungsstratege. Ich bin den Tourismus los und den praktischen Kleinkram und kann mich auf die wichtigen Sachen konzentrieren, Neuansiedlungen und Ausbau. Ich glaube, das wird gut«, sagte Fredrik in leichtem Ton.

Er erwähnte nicht, daß er von einer Beraterin interviewt werden würde. Das war zu erniedrigend.

»Na also, was habe ich gesagt?« sagte Ulf lachend und fuhr sich mit der Hand durch seine Nackenlocken. »Soll ich uns einen Kaffee holen?«

*

Am nächsten Tag, als Fredrik den traditionellen Freitagswein kaufte, traf er seinen Nachbarn Björn Valtersson, der sich gerade mit einem Karton Dosenbier eindeckte.

»Hast du das Geld für das Balkongeländer bekommen? Ich habe es überwiesen«, sagte Fredrik.

»Ja, sicher, vielen Dank.«

»Gut. Etwas anderes: Weißt du, wer früher in unserem Haus gewohnt hat? Vor Jonfelts, meine ich.«

»Ja«, sagte Björn und zurrte den Griff um den Bierkarton fest. »Das war Elsa Stening. Eine nette alte Dame. Sie ist immer mit dem Fahrrad in den Ort gefahren und hat ihre Einkäufe in einem Anhänger transportiert. Ich habe ihr angeboten, sie zu fahren, aber sie wollte allein zurechtkommen. Sie war früher Lehrerin, glaube ich. Im Sommer saß sie mit einem Strohhut auf dem Kopf im Garten und malte an einer Staffelei. Sie war sehr vital. Ich habe nie verstanden, wie sie dieses große Haus allein versorgen konnte. Aber dann wurde sie zu alt, sie mußte es verkaufen und ins Altenheim Klövergården ziehen.«

»Lebt sie noch?« fragte Fredrik. »Ich würde gerne mal mit ihr reden. Über die Geschichte des Hauses und so.«

Björn zuckte mit den Schultern.

»Es ist erst ein paar Jahre her, daß sie ausgezogen ist, es kann gut sein, daß sie noch lebt. Aber vielleicht ist sie ein bißchen senil. Sie muß an die Neunzig sein, wenn sie noch lebt. Du kannst ja im Klövergården anrufen und nachfragen.«

Der kleine Karl

Der Klövergården war ein einstöckiges Gebäude, aber so verwinkelt, daß man die Anlage nicht gleich verstand. Vom Eingangsgebäude gingen Flügel mit den Zimmern der Bewohner ab, wie die Zähne eines Kamms, dazwischen lagen hübsche kleine Gärten, in denen die Alten sich mit ihren Rollstühlen oder Gehhilfen auf asphaltierten Wegen bewegen oder an einem der plätschernden Brunnen unter einer Weide auf einer Bank sitzen konnten.

In dieser Anlage fand er Elsa Stening: Sie ruhte sich nicht auf einer Bank aus und tapste nicht hinter einer Gehhilfe her, sie kniete in einem Beet mit Kräutern.

»Das ist Fredrik Wennéus, der dich gerne besuchen möchte, Elsa«, sagte die junge Frau, die ihn hierhergebracht hatte.

Mit Hilfe ihren Stocks kam Elsa rasch auf die Füße. Sie war klein und schmal, trug lange Hosen und ein Hemd, um die weißen Haare hatte sie ein kleines Tuch gebunden. Sie zog die Gartenhandschuhe aus und reichte Fredrik die Hand. In ihren blauen Augen war ein neugieriges, freundliches und zugleich scharfes Blitzen, und Fredrik machte beinahe reflexartig einen kurzen Diener, wie ein kleiner Junge.

»Du übertreibst es nicht mit der Gartenarbeit, nicht wahr, Elsa. Denk an dein Herz«, ermahnte die junge Frau. »Ich lasse euch jetzt allein.«

»Ich jäte ein bißchen im Kräutergarten. Man

muß immer hinterher sein«, erklärte Elsa, als die junge Frau gegangen war.

Sie bückte sich und knipste ein paar Blätter ab.

»Zitronenmelisse. Das ist gut im Tee. Sollen wir zu mir ins Zimmer gehen?«

Sie ging auf eine Terrassentür zu, die zu den Zimmern der Bewohner führte.

Fredrik hatte alte Möbel und gedämpfte Farben erwartet, Fotos von Kindern und Enkeln, Kreuzstichstickereien. Aber Elsas Zimmer war mit modernen hellen Möbeln eingerichtet. An den Wänden hingen schwarzweiße Fotoposter mit einfachen Naturmotiven: Zweigen, Berglandschaften, eine Seerose auf dem Wasser.

»Einen Tee?«

Sie hielt schon die Thermoskanne über zwei Keramikbecher, die auf dem Tisch standen.

»Ja, gerne«, sagte Fredrik, und zu seinem Ärger verbeugte er sich schon wieder.

Wie kam es, daß er sich in Gegenwart dieser kleinen alten Frau wie ein Schuljunge fühlte? Dann fiel ihm ein, daß Björn Valtersson gesagt hatte, daß Elsa Stening Lehrerin war.

Er hatte beim Klövergården angerufen und erfahren, daß Elsa Stening noch lebte und immer noch hier wohnte, er hatte auch vorsichtig gefragt, ob sie noch klar im Kopf sei. Björn hatte ja so was angedeutet. »An manchen Tagen ist sie klar, an manchen verwirrt«, hatte die Leiterin geantwortet.

Fredrik war offenbar an einem der klaren Tage gekommen. Höflich und interessiert erkundigte Elsa Stening sich nach seiner Arbeit. Aus irgendeinem Grund wußte sie, was er machte. Sie wußte auch, daß Paula Künstlerin war, und zu seiner Verblüffung (und Scham) hatte sie sogar die Ausstellung im Speicher gesehen. Sie wußte, daß sie im letzten Winter in das Haus gezogen waren, und sie war erstaunlich gut informiert über die aktuellen Projekte der Gemeinde, auch über Projekte, die nicht in der Zeitung standen.

Für eine neunzigjährige, leicht senile Dame im Altersheim war Elsa Stening erschreckend gut informiert. Sie hatte offensichtlich viele Kontakte, sowohl zu Politikern als auch zu Unternehmern in der Gemeinde, nannte manche ihre Freunde und bat Fredrik, ihnen Grüße auszurichten, wenn er sie sah.

Nach diesem einleitenden Smalltalk, der Fredrik ein wenig verwirrte, fragte Elsa Stening nach seinem Anliegen.

»Ja, ich wohne also in dem Haus, in dem Sie

früher gewohnt haben, Frau Stening«, begann er zögernd.

»Ich war nie Frau, sag doch bitte du«, schob sie freundlich ein.

»Danke. Ja, ich wüßte gern ein bißchen mehr über das Haus. Haben Sie ... hast du ... lange dort gewohnt?«

Er brachte das Du fast nicht über die Lippen. Fredrik wäre es lieber gewesen, sie hätte ihn gebeten, »Fräulein Stening« zu sagen, so wie ihre Schüler sie vermutlich früher genannt hatten.

»Ja, ich habe fast zwanzig Jahre dort gewohnt«, sagte sie und schenkte, ohne zu fragen, Tee nach. »Das ist schon eine lange Zeit, kann man sagen. Genau wie deine Frau male ich gerne – natürlich ganz laienhaft. Ich male Aquarelle. Als ich noch Lehrerin war, hatte ich nur selten Zeit dazu, aber ich habe immer von einem Haus auf dem Land geträumt, wo ich Zeit zum Malen hätte.

Ich habe das Haus gekauft, als ich pensioniert wurde. Eigentlich war es ja viel zu groß für mich, ich dachte auch eher an etwas Kleineres. Aber es war nicht teurer als ein kleines Haus. Es war natürlich nicht im besten Zustand. Es hatte lange leergestanden. Ich ließ es so weit renovieren, daß man darin wohnen konnte, aber die eigentliche Renovierung wurde von den Leuten gemacht, von denen ihr das Haus gekauft habt, der Familie Jonfelt. Es ist ja sehr schön geworden, habe ich gehört.«

»Hast du gerne dort gewohnt?«

»Oh ja, ich habe das Haus geliebt. Und den wunderbaren Garten. Die Aussicht, wenn man auf dem Balkon steht – die ist doch phantastisch, nicht wahr? Aber ich bekam Probleme mit dem Herz und konnte nicht mehr allein wohnen. Ich mußte es verkaufen und hierher ziehen.«

»Hattest du nie irgendwelche Probleme mit ... Mietern? Eindringlingen?« fragte Fredrik vorsichtig.

Elsa Stening schaute ihn erstaunt an.

»Unter der Treppe«, sagte er beinahe flüsternd.

Ein Lächeln breitete sich auf Elsas Gesicht aus.

»Aha. Ihr habt also Karl getroffen, ich verstehe.«

»Karl?«

»Ja, den kleinen Mann unter der Treppe.«

Fredrik setzte sich kerzengerade im Sessel auf.

»Karl? Heißt er Karl?«

Elsa zuckte mit den Schultern.

»Ich habe ihn so genannt. Ich hatte einmal einen Schüler, der Karl hieß, ich mochte den Jungen sehr gern. Er war hilfsbereit und freundlich, aber sehr still und schüchtern, fast unsichtbar. Ungefähr wie der kleine Mann unter der Treppe. Ja, deshalb habe ich ihn Karl genannt. Ich glaube, in Wirklichkeit heißt er Gad.«

»Gad?«

»Ja, der biblische Name. Einer von Jakobs Söhnen. Ruben, Simon, Levi, Juda, Dan, Naftali, Gad«, ratterte Elsa die Namen herunter. »Weißt du die anderen fünf noch?«

Sie sah ihn streng an, und Fredrik errötete schamhaft.

»Leider nicht.«

»Nein, du hattest bestimmt eine jüngere Lehrerin. Das gehörte nicht mehr zum Religionsunterricht.«

Sie tätschelte ihm tröstend die Hand.

»Also, wenn ich mich recht erinnere, sagte er Gad. Er spricht ja ein bißchen undeutlich, das hast du sicher bemerkt. Ist ja auch egal, wie wir ihn nennen. Wir wissen, wen wir meinen. Die Familie, die vor euch dort gewohnt hat, hat ihn, glaube ich, Kurt genannt.«

»Kurt!«

»Ja, wenn ich es richtig verstanden habe. Aber um auf deine Frage zurückzukommen: Nein, ich hatte nie Probleme mit Karl. Er war der beste Mieter, den man sich wünschen kann. So freundlich und umsichtig, sehr schüchtern, fast scheu, könnte man sagen. Ich habe ihn nicht oft gesehen. Er verließ das Haus spät am Abend, wenn ich im Bett war, und kam früh am Morgen zurück. Manchmal war ich schon auf, wenn er sich hereinschlich, ich bin eine Frühaufsteherin. Aber ich tat so, als würde ich ihn nicht bemerken. Ich spürte, daß er Begegnungen nicht mochte, ich hielt mich also zurück.«

»Und er machte nichts kaputt?«

»Karl? Absolut nicht. Im Gegenteil. Er war sehr hilfsbereit. Ich hatte es ja am Herz, und er trug mir die schweren Einkaufstüten vom Fahrradanhänger ins Haus, ohne daß ich ihn darum bat.

Er reparierte tropfende Wasserhähne, reinigte Abflüsse, entlüftete die Heizkörper und wechselte morsche Bretter an der Eingangstreppe aus. Ich mußte ihn nicht bitten. Er war mein kleiner Hausmeister. Und Gärtner. Er schnitt die Hecken und die Obstbäume. Er jätete Unkraut und mähte den Rasen. Er wußte genau, was wann zu machen war. Unter seiner Pflege gediehen die Kletterrosen besonders gut. Ich habe noch nie so schöne Rosen gesehen. Ich weiß nicht, was er mit ihnen gemacht hat.«

Das willst du auch nicht wissen, dachte Fredrik.

»Du hast ganz andere Erfahrungen mit … Karl gemacht als wir«, murmelte er.

»So? Kommt ihr nicht miteinander aus?«

Elsa Stening schaute besorgt drein.

»Nein, das kann man so sagen.«

»Weißt du, ich glaube, man muß ein gewisses Alter haben, um mit Karl zurechtzukommen. Man muß zur Ruhe gekommen sein. Dann kann man ihn kommen und gehen lassen, ohne sich zu ängstigen. Verstehst du? Am Anfang war ich auch ein bißchen unruhig, wenn ich ihn nachts hörte, das muß ich zugeben. Und auch, daß er nicht immer so ordentlich und sauber war, machte mir zu schaffen. Aber dann dachte ich: »Was reg ich mich auf? Es muß auch solche wie ihn geben.« Ich beschloß, mich nicht um ihn zu scheren. Nicht mit ihm zu streiten, ihn nicht vertreiben zu wollen oder ihn mit Fragen und Gesprächen aufzuhalten. Und das klappte ausgezeichnet. Noch ein bißchen Tee?«

Fredrik schüttelte den Kopf.

»Nein danke. Noch etwas. Hat er eine Waffe gehabt?«

»Eine Waffe?«

»Ich denke da an eine Art Wurfmesser.«

Elsa Stening sah nachdenklich aus und schenkte sich Tee nach. Sie trank vorsichtig und sagte dann:

»Er war ja viel im Wald und jagte. Vor allem Kleinwild. Ja, ich glaube, er hat sich eigene Waffen gemacht, Pfeil und Bogen und so. Ja, vielleicht auch Messer. Er war ja so erfindungsreich. Fast ein technisches Genie.«

»Aber er hat seine Waffen nicht zu Hause benutzt. Im Haus oder im Garten?«

Elsa Stening schüttelte nachdrücklich den Kopf.

»Wenn er Messer verwendete, dann als Werkzeug, nicht als Waffe. Du scheinst dich wirklich mit ihm überworfen zu haben. Darf ich fragen, was du gemacht hast?«

»Ich habe ihm gesagt, daß es unser Haus ist, daß ich keine Mieter haben will und daß er ausziehen muß. Sonst nichts.«

Sie betrachtete ihn erstaunt.

»Aber es ist doch ein so großes Haus. Es liegt schön. Und ihr habt es billig bekommen, habe ich gehört. Es kann nicht alles perfekt sein. Haltet ihr einen kleinen Mann unter der Treppe nicht aus? Er nimmt doch nicht viel Platz ein?«

»Nein, wir wollen auf keinen Fall jemanden

unter der Treppe wohnen haben. Das können wir nicht akzeptieren«, sagte Fredrik scharf.

»Tja, dann fürchte ich, daß ihr weiter Probleme haben werdet. Ich hoffe, es geht euch nicht wie der Familie vor euch.«

»Jonfelts? Was war denn mit denen?«

»Sie haben sich richtig mit Karl überworfen. Sie haben überhaupt nicht verstanden, wie man ihn behandeln muß. Sie hatten große Probleme mit ihrer pubertierenden Tochter. Du weißt, das kann eine schwierige Zeit für Eltern und Kinder sein.«

»Was ist passiert?«

»Das Mädchen fühlte sich von den Eltern nicht verstanden und schloß sich Karl an, der hat sie getröstet und sich um sie gekümmert. Sie war oft bei ihm unter der Treppe. Je öfter die Eltern ihr verboten, zu ihm zu gehen, desto öfter ... du weißt ja, wie es ist. Sie haben behauptet, daß er Sachen mit ihr gemacht hat.«

»Gütiger Gott!«

»Ich glaube nicht, daß es einen Grund für die Verdächtigungen gab. Eins weiß ich, das Mädchen hatte schon große Probleme, bevor sie eingezogen sind. Wie heißt das gleich wieder, wenn sie nichts essen?«

»Anorexie?«

»Genau. Sie hatte Anorexie. Jemand behauptete, daß sie auch schon einen Selbstmordversuch hinter sich hatte. Deswegen sind sie aufs Land gezogen, sie haben gedacht, es würde ihr da besser gehen. Und Karl hat es geschafft, daß es ihr besser ging. Sie hat wieder gegessen und wurde fröhlicher und runder. Ein bißchen zu rund, um ehrlich zu sein. Sie hat abgetrieben.«

Fredrik schnappte nach Luft.

»Er hat sie also ...«

»Nein, das kann irgend jemand gewesen sein. Wirklich irgend jemand. Es gab viele Kandidaten, glaub mir. Aber es ist immer bequem, einen kleinen Kerl unter einer Treppe zu haben, den man beschuldigen kann. Nicht wahr? Wenn der beste Kuli verschwindet – der Mann unter der Treppe hat ihn gestohlen. Wie kann so wenig Geld im Portemonnaie sein, ich habe nicht so viel ausgegeben. Natürlich der Mann unter der Treppe! Wieso ist der Boden in der Diele so schmutzig, ich habe doch erst vor ein paar Tagen geputzt? Der Mann unter der Treppe. Hast du mal darüber nachgedacht?«

Fredrik errötete. Er räusperte sich und sagte:

»Kannst du mir einen Rat geben, Elsa? Was soll ich mit diesem Kerl machen?«

»Nichts. Denk einfach nicht an ihn.«

»Aber ich kann doch nicht so tun, als gäbe es ihn nicht!«

»Nein, das kannst du nicht. Es gibt ihn, und es muß ihn geben. Dagegen kannst du nichts machen, und deshalb solltest du nicht mehr an ihn denken. Denk an dich und an deine Frau und deine Kinder. Du hast eine unglaublich schöne Frau, die außerdem noch sehr begabt ist. Freu dich an ihr. Und an euren kleinen Kindern. Kinder sind das größte Geschenk, das man bekommen kann. Ich habe ja nie eigene gehabt, aber ich hatte all meine Schulkinder. Ich habe mich an ihnen erfreut, an jedem einzelnen. Da gab es begabte und unbegabte, lebhafte und ruhige, vorlaute und schweigsame. Du hast so viel bekommen. Du bist wirklich ein reicher Mann. Freu dich. Das ist mein Rat. Freu dich.«

Dann sah sie plötzlich sehr müde aus. Sie ging zum Bett und legte sich auf den Bettüberwurf.

»Und jetzt muß ich dich bitten zu gehen, es ist Zeit für mein Mittagsschläfchen. Und du mußt wohl auch wieder in deine Praxis. Bist du so gut und breitest diese Decke über mich? Vielen Dank. Warst du nicht Arzt? Nein, wie dumm von mir, du bist ja Zahnarzt. Ich muß zugeben, das hat mich überrascht. Du hast nicht zu den begabten Schülern gehört. Aber du warst ein lieber Bub, Sven, und dein Bruder auch.«

Elsa Stening lächelte zur Decke, und Fredrik merkte, daß sie im Begriff war, die klare Phase zu verlassen und in eine weniger klare einzutreten.

»Ich danke recht herzlich, daß ich kommen durfte«, sagte er. »Auf Wiedersehen.«

»Auf Wiedersehen, kleiner Sven.«

Auf dem Nachhauseweg dachte Fredrik an das, was Elsa Stening gesagt hatte: »Es gibt ihn, und es muß ihn geben.«

»Sicher«, murmelte er vor sich hin. »Aber nicht in meinem Haus!«

Er schlug leicht mit der Faust auf das Armaturenbrett.

»*Nicht in meinem Haus!*«

Kwådd war also schon da gewesen, als sie einzogen. Er war schon zur Zeit der Familie Jonfelt da gewesen und auch bei Elsa Stening. Und davor? Wie lange wohnte er schon da? Wie alt war er eigentlich? War er vielleicht alterslos, unsterblich? Hatte er da gewohnt, seit das Haus gebaut wurde, um die Jahrhundertwende? Oder noch länger? Wohnte er vielleicht schon seit Jahrtausenden in seiner unterirdischen Höhle?

Die Phantasie ging mit ihm durch, und er mußte lachen über die Bilder, die sie hervorbrachte.

Die Sonne schien noch über die grüne Landschaft. Er hatte das Gemeindehaus um halb drei
verlassen, und jetzt war es viertel nach fünf. Er
versuchte sich zu erinnern, ob Paula ihn gebeten
hatte, etwas auf dem Heimweg zu erledigen. Nein,
nichts. Keine Einkäufe im Supermarkt. Nicht zum
Kindergarten. Keine leeren Flaschen wegbringen.
Er konnte direkt heimfahren in Erwartung eines
gemütlichen Donnerstagabends.

Donnerstag! Meine Güte, das Interview! Er
hatte das Eignungsinterview mit der Einstellungsberaterin vergessen.

Der Test

Fredrik mochte die Einstellungsberaterin nicht,
vom ersten Moment an. Ein spitznasiges, hoch-
mütiges Mädel im Kostüm und weißen Nylon-
strümpfen, dazu trug sie einen albernen Schal um
den Hals – eine Rotznase, die sich als Oberschicht-
dame verkleidet hatte.

Als Fredrik bewußt geworden war, daß er das
Interview vergessen hatte, rief er seinen Chef an,

der einen neuen Termin für ihn ausmachte. Sie konnte leider nicht noch einmal nach Kungsvik kommen, deshalb trafen sie sich in ihrem Büro in einer sparsam eingerichteten Dachwohnung im Zentrum von Göteborg.

Zuerst mußte er einen schriftlichen Test machen. Fredrik beantwortete die Fragen schnell und routiniert – er hatte in seinem Leben schon viele solcher Tests gemacht –, während die Beraterin so tat, als sei sie an ihrem Computer beschäftigt.

»So!« rief er und schob die Blätter beiseite.

Sie schien überrascht zu sein, daß er so schnell war, aber sie nahm die Blätter mit glcichgültigem Gesichtsausdruck und stellte ein Notebook vor ihn auf die Tischplatte. Sie klappte es auf und schaltete den Computer für einen Bildtest an.

»Folge einfach den Anweisungen auf dem Bildschirm. Du wählst aus, indem du auf den Bildschirm zeigst. Nichts Besonderes. Du hast für jede Frage drei Sekunden. Du siehst auf der Digitaluhr rechts unten, wie die Zeit läuft. Wenn du spät oder gar nicht antwortest, bekommst du für diese Frage null Punkte. Scher dich nicht drum, wenn die Frage dir merkwürdig vorkommt. Antworte ganz spontan. Alles klar? Dann geht's los.«

Sie startete das Programm und zog sich hinter ihren Computer am Schreibtisch zurück.

Fragen und Bilder tauchten auf dem Bildschirm auf. Fredrik wurde ständig aufgefordert, Entscheidungen zu treffen. Die Fragen waren idiotisch und hatten nichts mit seiner Arbeit zu tun. Er zeigte folgsam auf die Bilder auf dem Display. Er hatte keine Ahnung, ob seine Antworten richtig oder falsch waren. Hin und wieder warf er der Beraterin einen Blick zu, aber sie war mit ihren Dingen beschäftigt.

Am Anfang war er zu langsam und bekam durch das Klingelzeichen signalisiert, daß die drei Sekunden vorbei waren.

»Nicht denken. Nur antworten«, sagte die Beraterin leise, ohne den Blick von ihrem eigenen Bildschirm zu nehmen.

Fredrik nickte verkniffen und versuchte ihrem Rat zu folgen. Am Ende – zu spät? – hatte er eine Technik gefunden. Er hielt den Finger vor dem Display bereit und zeigte, schon bevor das Bild auftauchte und ohne nachzudenken, irgendwohin. Er wußte selbst nicht, ob er vom Zufall oder der Intuition gesteuert wurde – oder war das möglicherweise das gleiche?

»Du wirst einen Monat auf einer einsamen Insel verbringen«, stand auf dem Display. »Welche Gegenstände nimmst du mit?«

Im nächsten Moment war die Fläche voll mit Bildern von allen möglichen Sachen: eine Kamera, eine Bibel, ein Seil, ein Teddy, ein Gewehr, ein Handy, eine Holzschale, eine Axt, eine Mundharmonika, eine Machete ...

Die Zeit auf der digitalen Uhr begann zu laufen, und Fredrik tippte dreimal mit dem Finger. Axt, Gewehr, Machete – mein Gott, das waren ja alles Waffen! Was das wohl über seine Persönlichkeit sagte?

Aber jetzt war es zu spät, schon war die nächste Frage da, und er mußte wieder wählen. Er kam aus dem Takt, antwortete wieder zu langsam und wurde mit dem nervigen Signal des Klingelzeichens bestraft.

Dann war es vorbei, und der Computer dankte ihm für seine Mitwirkung.

Ich bin durchgefallen, dachte er.

»Dann kommen wir zum nächsten Programmpunkt«, sagte die Beraterin, die nun in einer Ecke des Raums stand. Unter der schrägen Decke standen zwei Regiestühle, vor einem war eine Videokamera auf einem Stativ aufgebaut. Die Beraterin bat Fredrik, Platz zu nehmen.

»Was zum Teufel ...«, sagte er. »Ich meine ... Muß ich wirklich ...?«

»Wir möchten alle deine Ausdrucksmöglichkeiten in den Test mit einbeziehen. Dazu gehört auch die Körpersprache«, erklärte sie und schaute durch die Kamera, um den Bildausschnitt zu justieren. »Der Film wird natürlich völlig vertraulich behandelt und sofort nach der Auswertung gelöscht. Hast du noch nie an einem Videointerview teilgenommen?«

»Doch, natürlich«, sagte Fredrik und setzte sich auf den ihm zugewiesenen Stuhl.

Das hatte er wirklich. Bei irgendeinem albernen Kurs. Sich hinterher anschauen zu müssen, war höchst unangenehm. Er sah im Profil aus wie ein Schimpanse.

»So, jetzt.«

Sie war mit der Kamera fertig, wandte sich ihm zu und betrachtete ihn besorgt.

Fredrik spürte, wie es feucht unter den Armen wurde, und ohne hinzuschauen, wußte er, daß sich zwei große Flecken unter den Ärmeln des hellblauen Hemdes ausbreiteten, das er am Abend zuvor so sorgfältig gebügelt hatte.

»Willst du vielleicht eine kleine Pause machen? Eine Tasse Kaffee?« schlug die Beraterin vor.

»Danke, das wäre schön.«

Sie verließ den Raum und kam mit einem Becher Automatenkaffee zurück. Als er aufstand, um ihn entgegenzunehmen, schlug er sich den Kopf an der niedrigen Decke an. Der Kaffee schwappte über seine Brust. Er verzog das Gesicht vor Schmerz.

Er schlürfte ein wenig heißen Kaffee, stellte den Becher auf den Boden und überlegte, wie er sitzen mußte, damit man den Kaffeefleck nicht sah.

Die Beraterin setzte sich in den anderen Regiestuhl und blätterte in ihren Papieren.

Fredrik verschränkte die Arme über der Brust, legte dann den rechten Arm auf die Schulter und den linken auf den Schoß, am Ende kehrte er jedoch zu den verschränkten Armen zurück.

»Sitzt du bequem?« fragte sie.

Er nickte.

»Bist du nervös? Das brauchst du nicht zu sein. Sei ganz du selbst und antworte spontan.«

»Ich bin nicht nervös«, log Fredrik.

»Ich werde dir Fragen stellen, und du antwortest. Es gibt keine Alternativen und auch keine zeitliche Begrenzung. Du antwortest mit deinen eigenen Worten und nimmst dir die Zeit, die du brauchst. Bist du bereit?«

»Shoot, Baby«, sagte Fredrik scherzhaft.

Sie lächelte nicht.

Die ersten Fragen waren leicht: »Nenne eine positive Eigenschaft an dir. Wie drückt sie sich in deiner Arbeit aus?« und »Beschreibe eine Situation, in der du deine Sichtweise deutlich ändern mußtest.«

Diese Art von Fragen hatte Fredrik schon oft gestellt bekommen, und sein Selbstvertrauen nahm wieder zu.

Aber dann änderte sich der Charakter der Fragen. Sie verließen langsam das vertraute Gebiet des Arbeitslebens, und die beschriebenen Szenarien hatten überhaupt nichts mehr mit seinem normalen Leben zu tun.

Fredrik starrte in die Kamera und antwortete, so gut er konnte, dabei war er sich die ganze Zeit bewußt, daß die Art, wie er sich ausdrückte, und seine Körpersprache nicht stimmten. Er wußte nicht, was schlimmer war: seine verschränkten Arme (die, soviel wußte er, Distanziertheit und Angst vor Nähe ausdrückten) oder ein zerknittertes Hemd mit Kaffeeflecken (ein deutliches Zeichen für Unsicherheit und Streß). Sein Brustkorb brannte, der heiße Kaffee hatte die Haut verbrüht, sein Kopf schmerzte nach der Kollision mit der Decke.

»Du fährst durch einen langen Tunnel«, sagte die Beraterin mit ihrer kühlen, monotonen Stimme. »Du kommst in einen Stau, es geht nicht weiter. Du weißt nicht, was passiert ist. Nach einer Stunde bewegt sich noch immer nichts. Was machst du?«

Er dachte über die Frage nach. Er wußte überhaupt nicht, was er darauf antworten sollte, und plötzlich verlor er die Beherrschung.

»Du, es ist mir scheißegal, was in diesem Tunnel passiert. Das ist völlig irrelevant, weil es in Kungsvik keinen Tunnel gibt. Es hat überhaupt nichts mit meiner Arbeit zu tun.«

Sie nickte und sagte ruhig:

»Ich versuche nur, mir ein Bild von deiner Persönlichkeit zu machen. Nimm es nicht so ernst, antworte einfach spontan, was dir einfällt.«

Er schluckte seinen Ärger hinunter, räusperte sich und schaute mit festem Blick in die Kamera. »Okay, ich werde versuchen zu antworten. Ein Tunnel, hast du gesagt?«

»Diese Frage hast du bereits beantwortet. Wir machen weiter«, sagte die Beraterin und warf einen Blick auf ihre Papiere.

»Ich habe nicht geantwortet«, protestierte Fredrik, »ich habe nur gesagt ...«

»... daß es dir scheißegal ist, was in dem Tunnel passiert«, zitierte sie ihn.

»Das war keine Antwort.«

»Alles ist eine Antwort. Wir machen mit der nächsten Frage weiter.«

Und dann machten sie weiter. Ohne weitere Proteste ließ er zu, daß diese kleine, ahnungslose Rotznase seine Eignung für eine Arbeit testete, die er seit drei Jahren tadellos ausführte. Er mußte einfach ihren wahnsinnigen Spielregeln folgen. Und er hatte vermutlich bereits verloren.

Wie merkwürdig. Etwas zu verlieren, das man für selbstverständlich hielt. Einen Teil des Daseins. Ein Stück von sich selbst. Wie wenn der eigene Vater plötzlich sagt: »Ich bin nicht dein Vater.«

Stromkabel

Der Sommer ging in den Herbst über. Der wogende gelbe Teppich aus Roggen war abgeerntet worden, und nur die Stoppeln blieben zurück. Die Kletterrosen an der Hauswand waren verblüht – sehr schnell und, wie Fredrik fand, viel zu früh: In anderen Gärten blühten die Rosen noch. Vielleicht hatten Fredrik und Paula Rosen, die nicht so lange blühten. Oder Kwådd war seiner Aufforderung nachgekommen und hatte nicht mehr an die Rosen gepinkelt.

Paula arbeitete weniger und war nun vorrangig damit beschäftigt, »Mutter sein zu dürfen«, wie sie es nannte. Fabian verbrachte seine Tage im Wald und »durfte Junge sein«. (Fredrik fragte sich, was sie vorher gewesen waren.)

Fredriks Arbeitstage wurden immer länger. Bisher wurde der Tag durch das Abholen vom Kindergarten auf natürliche Weise begrenzt. Jetzt, wo es diese Grenze nicht mehr gab, dehnte die Arbeit sich nach allen Seiten aus. Er ging zu abendlichen Besprechungen, besuchte Unternehmen und Messen in anderen Gemeinden, und manchmal saß er bis zehn Uhr in seinem Arbeitszimmer, um »etwas wegzuschaffen«.

Das Ergebnis des schrecklichen Eignungstests lag vor. Fredrik war angeboten worden, ihn mit der Beraterin durchzugehen, aber er hatte abgelehnt. Er wußte, daß es eine Katastrophe war, und wollte nichts mehr davon wissen.

Statt dessen versuchte er zu beweisen, wie irreführend solche Tests waren. Einsame Inseln und Tunnels! Was für ein Quatsch. Er war jemand, der etwas tat. Das allein zählte.

Obwohl er so viel arbeitete, hatte er nicht das Gefühl, bei der Arbeit besonders geschätzt zu werden. Sein Engagement auf neuen Gebieten brachte neue Aufgaben und Anforderungen mit sich. Er schaffte unmöglich alles, und wenn er einmal ein Versprechen nicht hielt, gab es sofort Ärger. Aber ich *mache* doch so viel, dachte Fredrik. Ich erledige neun von zehn Aufgaben, und das einzige, was ich zu hören bekomme, ist, daß ich die zehnte nicht gemacht habe.

Die Septembernummer der Zeitschrift für Inneneinrichtung mit der Reportage »So wohnt Paula Kreutz« erschien. Da stand Paula in ihrem Atelier, im milden Licht der vielen Fenster der Veranda. Da war das wunderbare große Wohnzimmer, Neues und Altes in einer spannenden Mischung. Und die ganze Familie im Garten, Fredrik, Paula und die Kinder im Bollerwagen.

Wie lange das her war. Das frühsommerliche Grün war frisch und luftig, der Garten war wie in einen hellgrünen Schleier gehüllt. Fredrik und Paula waren noch ein Paar mit einem funktionierenden Liebesleben. Ein Paar, das miteinander sprach. Fabian war ein kleiner Flachskopf, der liebevoll seine kleine Schwester auf dem Schoß hielt, er hatte noch nie mit einer Schleuder auf Eichhörnchen geschossen und war noch nie von seinem Vater ins Gesicht geschlagen worden. Ach, was für eine unschuldige Zeit.

Aber was war *denn das?* Im Dunkel unter den Johannisbeerbüschen glänzten zwei Punkte. Wie die Augen eines Raubtiers, die das Licht reflektieren. Eine Katze?

Fredrik schaute das Bild ganz genau an. Der Fokus lag auf der Familie, nicht auf den Johannisbeerbüschen, der Bereich um die beiden Punkte war sehr dunkel, und doch: wenn man sich anstrengte, konnte man zwischen dem dichten Laubwerk einen zusammengekauerten Körper ausmachen.

Er reichte Paula die Zeitung und beobachtete sie, ohne etwas zu sagen, während sie die Bilder anschaute. Sie schien sehr zufrieden zu sein und hatte offenbar nichts Besonderes bemerkt.

*

Die Morgen waren klar und kühl. Fredrik fragte sich, wie es werden würde, wenn es richtig kalt wurde. Da konnte Kwådd sich wohl kaum mehr in seiner Höhle unter dem Fundament aufhalten, das mußte zu kalt werden, auch für einen Mann wie ihn. Vermutlich würde er die Tage schlafend in der

Kammer verbringen. Wenn die Polizei sich ganz leise näherte, würde sie ihn im Schlaf überraschen und festnehmen können.

Dieser Gedanke ließ ihn hoffen, bis er an einem frühen, schlaflosen Morgen etwas sah, das ihn überraschte. Er saß in der Küche und trank seinen Kaffee, als sein Blick auf eine runde Dose an der Wand fiel, die er bisher nicht bemerkt hatte. Vermutlich war es eine Verteilerdose, denn von hier ging eine Leitung nach unten zur Steckdose, und ein Kabel führte weiter an der Fußbodenleiste entlang zur nächsten Steckdose. Soweit nichts Merkwürdiges.

Wenn nicht außerdem noch ein Kabel direkt in den Boden geführt hätte! Warum? Es gab ja keinen Keller. Das Kabel sah auch anders aus als die anderen Leitungen.

Er ging näher, kniete sich hin und untersuchte es genau. Die Dose und die Leitungen zu den Steckdosen waren weiß gestrichen, mit der gleichen Farbe wie die Wand. Aber das Kabel, das in den Boden ging, war dunkelbraun. Warum war ihm das bisher entgangen? Jetzt, wo er es bemerkte, fand er, daß es richtig hervorstach.

Fredrik erinnerte sich, daß Elsa Stening Kwådd als eine »Art technisches Genie« beschrieben hatte. Könnte es sein, daß er sich Strom in seine Höhle gelegt hatte?

Fredrik legte die Handfläche auf den Fußboden. Er kroch umher und fühlte an verschiedenen Stellen. War es da, wo das Kabel verschwand, nicht ungewöhnlich warm?

Er hatte sich Kwådds Versteck als kaltes, feuchtes Rattenloch vorgestellt. Jetzt sah er etwas anderes vor sich: eine heiße Höhle.

Er beschloß, im Winter die Stromrechnung im Auge zu behalten.

Installation

Als er die Autotür öffnete, riß der Wind vom Meer sie ihm beinahe aus der Hand. Er stieg aus und stand auf dem fast leeren Parkplatz.

Die Boote im kleinen Hafen waren weniger geworden, seit er zum letztenmal hier war, der Eiskiosk war geschlossen. Ein paar Möwen segelten im Wind und riefen sich mit langgezogenen, klagenden Schreien etwas zu.

Fredrik öffnete die Tür zur Galerie. Er blieb auf der Schwelle stehen, rief »Hallo«, um sein Kommen anzukündigen, und ging dann in den Ausstellungsraum. Paulas Ausstellung war jetzt zu Ende, und er hatte versprochen, auf dem Heimweg am Speicher vorbeizufahren und die Kunstwerke abzuholen, die nicht verkauft worden waren.

Bodil war damit beschäftigt, letzte Hand an eine Ausstellung zu legen, die am Samstag eröffnet werden sollte. Es schien eine Art Installation zu sein. Als Fredrik den Raum betrat, stand sie an Bildschirmen und drehte an Knöpfen. Sie trug etwas lose Sitzendes, das intensive Kobaltblau ließ Fredrik an fluoreszierende Tiefseefische denken. Sie drehte sich zu ihm um und lächelte.

»Wie schön, daß du kommst. Es gibt zwar nicht viel abzuholen – es sind nur noch vier Bilder übrig. Alles andere ist verkauft«, sagte sie, umarmte ihn und strich ihm mit der Hand über den Rücken. Dann stieß sie ihn mit einem leichten Schubser und klirrenden Armringen von sich, als hätte er und nicht sie die Initiative zu dieser Intimität ergriffen, und fuhr fort: »Phantastisch, nicht wahr?«

Er nickte, wie immer in Bodils Gegenwart war er ein bißchen verwirrt. Sein Blick wanderte durch den Raum.

»Was ist das für eine Ausstellung?«

»Sie handelt vom Mann. Ein junger Hochschüler hat sie gemacht. Er ist sehr vielversprechend.

Ich bin durch einen seiner Lehrer auf ihn aufmerksam geworden. Spannend, nicht?«

An den Wänden waren Vergrößerungen von alten Fotografien, die afrikanische Eingeborene in Kriegsbemalung vorstellten, Bärenjäger mit ihrer getöteten Beute, Gleisarbeiter, Sackträger und Waldarbeiter bei ihrer harten physischen Arbeit. Zwischen den Fotos hingen altertümliche Speere, Hacken und Spaten, daneben moderne Krawatten und Handys. Auf dem Boden lag ein Bärenfell samt Kopf.

Fredrik ging langsam an den Wänden entlang und blieb dann vor den Monitoren stehen, auf denen jeweils ein Film lief. Auf dem einen sah man einen Mann in Hemd und Schlips, der an einem Schreibtisch in einem sterilen Büro saß und an einem Computer arbeitete. Auf dem anderen sah man einen schleichenden Buschmann mit Lendenschurz und Speer. Die Leben des Büromanns und des Buschmanns liefen synchron auf den Monitoren, und da gab es, fand Fredrik, gewisse Parallelen: Während der Büromann einen beherrschten, für den Zuschauer lautlosen Wortwechsel mit seinem Chef hatte, raste der Buschmann in voller Kriegsbemalung mit erhobenem Speer auf seinen Feind zu. Wenn der Büromann seinen Einkaufs-

wagen zwischen den Supermarktregalen durch-
schob, schleuderte der Buschmann seinen Speer
auf eine Antilope.

Mitten im Raum stand ein Trainingsgerät aus einem Fitness-Studio. Auf dem Sitz saß eine männliche Schaufensterpuppe, sie trug Shorts und ein
Ringerhemd, die erhobenen Arme umfaßten zwei
Griffe.

»Einen Moment«, sagte Bodil und bückte sich
hinter dem Gerät.

Ein schwaches Motorengeräusch war zu hören,
und im nächsten Moment zog die Schaufensterpuppe die Griffe nach unten – vielleicht drückte auch die Mechanik die Griffe nach unten und
zog die Arme mit. Auf jeden Fall sah es so aus, als
würde der Schaufenstermann seine Armmuskeln
trainieren.

Bodil lachte über Fredriks Erstaunen und verließ schnell den Raum. Um irgendwo einen Plattenspieler anzustellen, wie er sogleich merkte,
denn kurz darauf kam ein dumpfes Trommeln aus
den Lautsprechern.

»Wie findest du es?« fragte Bodil.

Dunk, dunk, dunk-dunk-dunk machten die
Trommeln, der Schaufenstermann zog an seinen
Gewichten, der Büromann lief in einen Aufzug,

der Buschmann versuchte ein Feuer zu machen.

»Ja. Doch. Ausgesprochen ...«, murmelte Fredrik verwirrt.

»Ausgesprochen stark, nicht wahr? Es ist noch nicht ganz fertig. Pontus – also der Künstler – kommt morgen her und macht noch ein paar Kleinigkeiten. Du kommst doch zur Vernissage am Samstag?«

»Ich weiß nicht. Paula kommt bestimmt, aber ich werde wohl mit den Kindern zu Hause bleiben.«

»Aber könnt ihr denn die Kinder nicht mitbringen? Es gibt hinterher Wein und Krabben.«

»Danke, das klingt nett. Aber ohne Kinder hat man mehr davon. Olivia ist sehr lebhaft.«

»Dann versucht doch einen Babysitter zu bekommen. Aber du hast schon ein bißchen was gesehen. Vielleicht sollten wir auch den Vernissage-Wein ein bißchen probieren – ich habe ihn schon kalt gestellt.«

»Tut mir leid, Bodil, du weißt, ich muß noch fahren.«

»Nur ein winziges kleines Glas? Es ist ein südafrikanischer Wein. Richtig gut. Komm.«

Die Hand, die auf seinem Oberarm geruht hatte, glitt zu seinem Handgelenk hinunter und zog ihn mit. Und wie ein widerspenstiges, aber wohlerzogenes Kind, das zum Zähneputzen geschleppt wird, folgte er ihr die steile Treppe hinauf, die ins Dachgeschoß führte, wobei er halbherzig protestierte:

»Ich muß wirklich gleich fahren. Paula wartet auf mich.«

»So eilig hast du es wohl nicht. Du hast den ganzen Tag gearbeitet. Jetzt trinkst du ein Glas Wein mit mir, schaust aufs Meer und entspannst dich ein Weilchen«, entschied Bodil.

Sie saßen am einen Ende des großen Tischs mit grau gewordenen, unbehandelten Brettern und tranken Bodils Wein aus hohen Einweggläsern. Die vier nicht verkauften Kunstwerke von Paula lehnten an der Wand. Vom Plattenspieler da unten hörte man immer noch den Rhythmus der Trommeln.

Sie plauderten zunächst über dies und das, dann beugte Bodil sich vor, schaute ihn forschend an und sagte leise, fast flüsternd:

»Wie steht es denn um dich, Fredrik?«

»Wie meinst du das?«

»Du wirkst so ... ich weiß nicht. Du hast doch keine Schuldgefühle wegen Leonardo? Das hätte mir auch passieren können.«

Fredrik verzog das Gesicht. Er hatte den Hund total vergessen, und ihm wäre lieber gewesen, sie hätte ihn nicht erwähnt, denn jetzt bekam er tatsächlich Schuldgefühle.

»Oder ist es etwas anderes?«

»Nein, was soll sein?«

»Wie geht es euch, dir und Paula? Als ich neulich mit ihr zusammen war, hatte ich das Gefühl, daß es euch nicht so gut geht.«

Er drückte das Glas, das er in der Hand hatte. Was hatte Paula erzählt? Daß er impotent war? War es möglich, daß sie so etwas ihren Freundinnen anvertraute? Nein, nicht Paula. Und Bodil war auch kaum zu den Freundinnen zu zählen. Aber Frauen konnten manchmal sehr offenherzig miteinander sein, sie redeten auch über die intimsten Dinge, hatte er gehört. Sie konnten über ihr Geschlecht und ihr Sexleben auf eine Art reden, wie Männer es sich nie gestatten würden.

»Es geht mal so und mal so, wie in jeder Ehe«, murmelte er und schenkte sich noch ein wenig Wein nach.

»Wie lange seid ihr jetzt verheiratet?«

»Sieben Jahre.«

»Das verflixte siebte Jahr. Man behauptet, daß da was Wahres dran ist. Tja, ich weiß es nicht, ich habe ja noch nie so lange mit einem Mann zusammengelebt.«

Sie lachte ein wenig gekünstelt.

»Was weiß ich überhaupt? Ich habe nie so gelebt wie du, Fredrik. Ich weiß zum Beispiel nicht, was es bedeutet, Kinder zu haben. Aber ich kann mir denken, daß es eine Beziehung auf die Probe stellt.«

»Im Gegenteil. Es schweißt zusammen. Kinder sind ja, trotz allem, der Sinn der Liebe«, sagte er beinahe trotzig.

Bodil kniff die Lippen zu einem bitteren Lächeln zusammen, und ihm wurde plötzlich bewußt, daß die ausgebliebene Mutterschaft vielleicht ihr wunder Punkt war, und er fügte rasch hinzu:

»Auf jeden Fall biologisch gesehen.«

»Ja, ich dachte mehr an die romantische Seite.«

»Aha. Ja«, sagte Fredrik und schaute zu den Deckenbalken hinauf.

Sie tranken schweigend ihren Wein. Vor der verglasten Giebelwand war die klare Septemberluft dunkelblau geworden. Die kleinen Inselchen verschmolzen zu einer kompakten Masse, die sich gegen den Himmel abzeichnete.

Der Plattenspieler da unten schien eine Nonstop-Funktion zu haben, denn die Eingeborenentrommeln dröhnten immer noch herauf.

Wieviel hatte er getrunken? War das sein zweites Glas oder schon sein drittes? Er warf einen Blick auf den Pappkanister mit dem Wein. Wieviel einfacher war es mit Glasflaschen, wo man sehen konnte, wieviel verschwand. Er mußte gehen, bevor er so betrunken war, daß er nicht mehr fahren konnte. Er stand auf.

»Danke für den Wein. Gleich ruft Paula auf dem Handy an und fragt, wo ich bleibe.«

»Kontrolliert sie dich so?«

Ohne zu antworten, nahm er zwei Bilder und trug sie zum Auto hinunter. Als er zurückkam, hatte Bodil die anderen zwei schon zum Fuß der Treppe gebracht. Sie rief ihm aus dem Ausstellungsraum zu:

»Warte einen Moment, Fredrik. Du hast noch nicht alles gesehen. Komm.«

Er ging zu ihr. Sie hatte die schwarzen Vorhänge zugezogen und das blaue Abendlicht ausgesperrt. Der Raum war jetzt dunkel, und Gegenstände und Bilder wurden von Spots angestrahlt. Die Trommeln dröhnten, die Filme liefen, und der Schaufenstermann kämpfte mit seiner Maschine.

Gerade noch fand er die Installation übertrieben und blöd. In dieser Beleuchtung war die Wirkung eine ganz andere. Einfach. Rauh. Lockend. Beängstigend.

»Na?«

Bodil stand schräg unter einem Spot, das Gesicht und eine Körperhälfte waren im Schatten, was die andere Hälfte um so deutlicher hervortreten ließ. Die Haut im Ausschnitt war glatt und weiß wie Wachs, der Kleiderstoff leuchtete mit dem durchdringenden Blau einer Schweißflamme.

Er ging zu ihr.

»Phantastisch. Sehr eindrucksvoll. Vielen Dank, Bodil.«

Er legte seine Arme um sie, umarmte sie zum Abschied und fand es ausnahmsweise einmal angenehm, Bodil in die Arme zu nehmen. Vermutlich, weil er selbst die Initiative ergriffen hatte und sich nicht überrumpelt und bedrängt fühlte.

Er wartete auf eine Reaktion von ihr – ein hartes Festhalten, einen kleinen, abweisenden Schubser, ein Griff um sein Handgelenk – und er wußte, es würde ihm unangenehm sein, er würde sich aus der Umarmung ziehen und mit einer Entschuldigung davonlaufen.

Aber Bodil blieb ganz still stehen. Ihr Körper war fest und weich zugleich, er roch ihr Moschusparfüm, vermischt mit etwas anderem, das mußte ihr eigener Geruch sein. Seine Nase zog ihn in einem tiefen, neugierigen Atemzug ein, und als er ausatmete, spürte er wegen der Nähe zu ihrem Hals seinen Atem wieder im Gesicht. Sie schauderte, und als er merkte, wie das leichte, fast unmerkliche Zittern sich durch ihren Körper fortpflanzte, schwappte eine Welle durch seinen Bauch und füllte seinen Unterleib mit Blut und machte ihn ganz schwer. Verblüfft nahm er wahr, was mit ihm geschah.

Wie merkwürdig das alles war. Sein Körper dröhnte, als wären die Trommeln unter seine Haut gedrungen, und als er die Augen schloß, drehte sich alles in seinem Kopf, offenbar war er ein bißchen betrunken.

Seine Lippen berührten Bodils Wange, und dann, ganz vorsichtig, ihren Mund, der sich öffnete, überraschend weich und feucht, wie eine überreife Pflaume, die durch seine Berührung aufplatzte.

Im gleichen Moment schlugen die Türen der Vernunft hinter ihm zu. (Er glaubte beinahe, das hallende, unbarmherzige Krachen zu hören, das die Tonkünstler von amerikanischen Actionfilmen so lieben). Jetzt gab es nur noch einen Weg, gerade und begrenzt wie ein Tunnel, und niemand konnte ihn bremsen.

Sie schien zu verstehen, daß er nicht zu bremsen war, er war nicht aufzuhalten. Diese wunderbare, weiche Unterwürfigkeit! Als hätte sie das ganze Getue mit der gespielten Abwehr aufgegeben und verstanden, wer das Sagen hatte. Was gemacht wurde und wann und wie. Es hatte keinen Sinn, sich zu zieren.

Er drückte sie auf den Boden. Mit harten brutalen Bewegungen, überhaupt nicht der sanfte Liebhaber, der er sonst war, riß er ihr Kleid auf, zog ihren Slip aus und entblößte einen Haarbüschel, wildgewachsen und doppelt so groß wie bei anderen Frauen, kam es ihm vor, ein Büschel Seegras, das von einer abgelegenen Ecke des Meeresgrunds heraufgeschwommen war. Er pflügte sich in sie hinein, pumpte sie voll mit seiner rohen Kraft, unbarmherzig und mechanisch wie ein Tier.

Es war zu dunkel, er konnte ihr Gesicht nicht richtig sehen. Sie grunzte – vor Genuß, Angst oder vielleicht Schmerz? Er hatte keine Ahnung. Es war ihm egal.

Die Trommeln dröhnten, die Bildschirme flimmerten, der Schaufenstermann kämpfte ungerührt lächelnd auf seiner Maschine – was für ein Wahnsinn das alles war!

»Ich wußte, es würde wunderbar sein mit dir«, seufzte Bodil, als er von ihr herunterrollte.

Er lag mit geschlossenen Augen auf dem Rükken und keuchte.

Als er die Augen öffnete, schaute er direkt in das Gesicht eines wilden Tiers. Die Oberlippe war aggressiv hochgezogen und entblößte scharfe Zähne.

Das Bärenfell.

Er kam auf die Füße, zog die Hosen hoch, erinnerte sich erstaunlicherweise daran, daß er die Bilder am Fuß der Treppe mitnehmen mußte, und lief hinaus zu seinem Auto.

In lebensgefährlicher Geschwindigkeit fuhr er auf schmalen Straßen nach Hause. Die Kurven schnitt er ganz links, obwohl er nichts sah, und an einer Stelle wäre er fast ins Schleudern geraten. Zum Glück begegnete er keinem einzigen Auto.

Paula lag auf dem Sofa vor dem Fernseher und sah sich einen englischen Krimi an.

»Wieso kommst du so spät«, sagte sie schläfrig. »Wir haben schon längst gegessen, und die Kinder schlafen.«

»Gut«, sagte er, setzte sich auf den Rand des Sofas und zog den Reißverschluß ihrer Hose herunter. »Denn ich werde jetzt mit dir schlafen.«

»Aber ...«

Sie blinzelte erstaunt.

»Kein Aber«, sagte Fredrik.

Männliches Dilemma

»Wie findest du das, Schatz?«

Fredrik verschluckte sich fast an seinem Müsli, als er am nächsten Morgen aufschaute und direkt in das grinsende Bärengesicht auf der Einladung zur Vernissage sah, mit der Paula wedelte.

»Das ist vielleicht eine sehenswerte Ausstellung«, sagte sie.

»Ganz bestimmt«, sagte Fredrik. »Ich habe sie gesehen.«

»Schon?«

»Ja, gestern abend. Ich werde also nicht mitkommen. Aber geh du nur.«

Er aß weiter und schaute vorsichtig die Karte an, die Paula neben ihn gelegt hatte. Bei der Erinnerung an den gestrigen Besuch in der Galerie war ihm nicht wohl. Er mußte ziemlich viel von diesem südafrikanischen Wein getrunken haben, denn er hatte Kopfschmerzen und einen trockenen Mund. Oder war es das schlechte Gewissen?

Er drehte die Karte um und las: »Männliches Dilemma. Pontus Hillert.« Trotz allem war Fredrik diesem Jüngling mit rasierter Glatze und Spitzbart ein wenig dankbar (ein briefmarkengroßes Bild von ihm war auf der Rückseite zu sehen). Mit seiner albernen Installation hatte er Fredriks sexuelles Ich erreicht, das irgendwo tief in ihm gefangen war, er hatte es aufgespürt und befreit, so wie ein alberner Schlager unter bestimmten Umständen einen tief ins Herz treffen und lange vergessene Gefühle hervorholen kann.

Während der folgenden Tage grübelte er oft über das Geschehene nach. Er war Paula noch nie untreu gewesen, war noch nie in Versuchung gekommen und hatte nie mit dem Gedanken gespielt. Jetzt war es passiert, es war moralisch verwerflich und durfte nie wieder geschehen.

Aber das Ereignis hatte immerhin dazu geführt, daß Paula und er wieder ein funktionierendes Sexleben hatten. Nicht nur funktionierend, sondern gut, richtig gut. Vielleicht besser als je zuvor. Paula war bisher eher kühl und zurückhaltend, jetzt war sie heißer, kühner, hungriger. Und er selbst war so potent wie ein Teenager. Vielleicht hatte die Enthaltsamkeit ihnen beiden gut getan.

*

Eines Nachmittags, als Fredrik durch die Flure der Gemeindeverwaltung zu seinem Arbeitszimmer lief, schaute Märta, die den Firmenkatalog betreute, aus ihrer Tür.

»Gut, daß du kommst. Eine Besucherin wartet auf dich«, sagte sie und zeigte auf sein Zimmer am Ende des Flurs.

Fredrik wurde nervös. Hatte er eine Verabredung? Er konnte sich nicht erinnern.

Ein paar Meter von der offenen Tür entfernt blieb er wie angewurzelt stehen, ein wohlbekanntes Geräusch hielt ihn zurück: das Klirren von einem Dutzend Armreifen, die an einem weiblichen Arm ständig miteinander kollidierten.

Er machte auf dem Absatz kehrt und lief den Flur entlang zurück zu Märta, die immer noch in ihrer Tür stand. Er packte sie am Handgelenk, beugte sich zu ihren blaugrauen, dauergewellten Locken vor und zischte ihr ins Ohr:

»Wer ist das denn?«

»Es ist die Frau von der Galerie unten am Hafen«, antwortete Märta und wand sich vorsichtig aus seinem Griff. »Sie wartet seit einer dreiviertel Stunde auf dich. Ich dachte, du würdest um zwei kommen.«

»Jemand anderes muß mit ihr reden. Ich habe keine Zeit«, sagte Fredrik und ging Richtung Aufzug.

»Aber Fredrik.« Märta lief neben ihm her. »Das kannst du wirklich nicht machen.«

»Sie will nur die Unterlagen für einen EU-Antrag. Die kann ihr auch jemand anderes geben«, zischte Fredrik und drückte auf den Knopf am Aufzug.

»Aber sie will mit dir persönlich reden, das hat sie ausdrücklich gesagt.«

»Sie muß mit jemand anderes reden, mir ist gerade eingefallen, ich habe einen Termin in der Handelskammer. Ich muß nach Göteborg«, sagte Fredrik und betrat den Aufzug.

»Aber du bist doch gerade erst gekommen«, sagte Märta.

Er drückte auf den Knopf. Die Tür zwischen ihnen glitt zu, und der Aufzug bewegte sich. Aber nicht nach unten ins Erdgeschoß, sondern nach oben in den fünften Stock, wo es am Ende des Flurs des Sozialamts eine geräumige Behindertentoilette gab, die immer frei war. Fredrik schlüpfte hinein, schloß ab und setzte sich auf die Toilette. Da vertiefte er sich die nächsten beiden Stunden in die Papiere, die er zufällig in seiner Aktentasche hatte – »Ziele und Richtlinien für den Tourismus an der Küste«.

Als er schließlich wieder in sein Arbeitszimmer

schlich, waren sowohl Bodil als auch Märta nach Hause gegangen.

Fruchtlose Bemühungen

Es wurde immer herbstlicher, die Morgen waren frisch, die Abende dunkel und fast ein bißchen schaurig, aber sie waren auch gemütlich, wenn man ein schönes Haus auf dem Land hatte mit einem Kachelofen und Decken aus feinster Lammwolle, in die man sich einwickeln konnte.

Fabian verbrachte die Tage im Wald oder oben bei den Felsspalten, wenn er zum Essen nach Hause kam, war sein Gesicht verschmutzt, die Kleider waren zerrissen, und er hatte etwas Listiges und Geheimnisvolles im Blick.

Olivia lernte laufen, sie hielt sich an den Möbeln fest und kam so überallhin.

Paula hatte ein künstlerisches Tief, sie blätterte alle möglichen Zeitschriften durch, lieh sich Videos aus und surfte im Internet, um sich inspirieren zu lassen.

Kwådd zeigte sich nicht. Und doch war er auf eine merkwürdige Weise präsenter als vorher. Sein Waldschmutz lag überall im Haus, und Fredrik glaubte oft, den kleinen Mann zu riechen, als hätte er gerade erst das Zimmer verlassen.

Wenn er allein in der Küche war, betastete er die Stelle auf dem Fußboden, an der das braune Kabel im Boden verschwand. Wie er vermutet hatte, wurde es da wärmer, je kälter es draußen wurde. Er studierte die Stromrechnung, aber da es ihr erster Winter im Haus war, hatte er keinen Vergleich.

*

In den Fluren seiner Behörde brodelte die Gerüchteküche. Das Wort »Entwicklungsstratege« fiel häufig. Wer würde es werden?

Ab und zu, wenn Fredrik sich der Sitzgruppe am Kaffeeautomat näherte, fiel sein Name, aber wenn er sich dann zu den anderen setzte, schwiegen sie plötzlich und sprachen über etwas anderes.

Über den Obstkorb wurde viel gescherzt. Die Gemeindeverwaltung hatte nämlich ein Unternehmen beauftragt, jeden Montag einen Korb mit Obst für jedes Stockwerk zu liefern. Der Korb stand in der Sitzecke neben den Kaffeeautomaten, und die Angestellten konnten sich eine Banane oder einen Apfel nehmen, wenn der Blutzuckerspiegel am Nachmittag absank. Eine großzügige

Geste der Verwaltung, ausgesprochen beliebt, ja, für die meisten Angestellten war es die erste Vergünstigung, seit sie bei der Kommune angestellt waren. Der Obstkorb hatte deshalb einen hohen symbolischen Wert, und da er so zentral in der Sitzecke stand, war er auch Anlaß für viele Diskussionen. Die Bananen waren am beliebtesten und verschwanden immer zuerst (die Orangen, die schwer zu schälen und klebrig waren, blieben am längsten liegen), und wie Kinder stritten sie sich halb im Scherz, halb im Ernst darüber, wie viele Bananen jeder nehmen durfte.

Als die Zeiten schlechter wurden und überall gespart werden mußte, wurde als erstes der Obstkorb gestrichen. Daraufhin verbreiteten sich ängstliche Gerüchte in den Fluren.

Als die Lage sich wieder besserte, kam auch der Obstkorb zurück. Die Früchte sahen jetzt saftiger und nahrhafter aus als zuvor.

Der Obstkorb wurde zum hochsensiblen Konjunkturbarometer.

Nun war der Tisch in der Sitzecke seit Wochen leer. Am Anfang nahm man es gelassen. Aber dann erfuhr man von der Sekretärin des Kommunalchefs, daß der Obstkorb auf unbestimmte Zeit abbestellt war.

Die Umorganisation des Wirtschaftsdezernats im Zusammenhang mit der Umwandlung in einen Eigenbetrieb hatte begonnen, und Fredrik machte sich Sorgen. Umorganisation und eine schlechte Finanzlage waren keine gute Kombination, und als er eines Morgens telefonisch und mit knappen Worten zu Sture Persson gerufen wurde, befürchtete er das Schlimmste.

»Hm, hm, hm«, hatte Fredrik gemurmelt, mit diesem sorgenvollen, beschäftigten Tonfall, den er immer an den Tag legte, wenn er im Kalender blätterte. »Wie wär's mit ...«

»Sofort. Wenn es geht«, hatte Sture gesagt und aufgelegt, ehe Fredrik ihm antworten konnte.

Ein Gespräch beim Chef, sofort und ungeplant. So früh am Morgen. Kein gutes Zeichen. Fredrik wußte aus Erfahrung, daß Sture zu den wenigen Menschen gehörte, die unangenehme Aufgaben so schnell wie möglich erledigten. (Fredrik selbst hatte die Angewohnheit, sie so lange wie möglich hinauszuschieben.)

»Ja, natürlich, ich komme«, hatte er in den tauben Hörer gesprochen, auf die magische Welt des Bildschirmschoners mit den sich umschlingenden abstrakten Figuren gestarrt und sich in dem künstlichen Meer verloren.

Das Klingeln des Telefons weckte ihn. Wie lange hatte er so gesessen? Eine Stunde? Er schaute auf die Uhr. Nein, gottlob nur eine Viertelstunde.

»Wo bleibst du denn?« sagte Sture ärgerlich.

»Ich mußte noch ein Telefongespräch führen. Tut mir leid, daß du warten mußtest. Ich bin sofort bei dir.«

Sture erwartete ihn in seinem geräumigen Zimmer am anderen Ende des Flurs. Fredrik setzte sich.

Sture Persson kam sofort zur Sache:

»Die Besetzung der Stelle als Entwicklungsstratege hat sich hingezogen, wie du weißt. Wir haben uns schwergetan, eine Entscheidung zu treffen, aber jetzt müssen wir endlich Nägel mit Köpfen machen, und – ich sage es lieber gleich – wir haben uns für einen der externen Bewerber entschieden.«

Fredrik sank immer tiefer in den weichen, kalbsledernen Schoß des Sessels. Er schloß die Augen. Wie weich es war. Wie entspannend. Er wollte nie wieder aufstehen. So muß es sein, wenn man in einer Schneewehe einschläft.

»Es war keine leichte Entscheidung, das solltest du wissen, aber in der neuen Situation, die auf uns zukommt, braucht es jemanden mit Qualifikationen auf den verschiedensten Gebieten, auch in bezug auf die Persönlichkeit.«

»Der Test!« flüsterte Fredrik. »Das Interview. Das war ein Fiasko, nicht wahr?«

»Na ja ... hm. Deine Eignung wurde als nicht sehr hoch bewertet, wenn ich mich recht erinnere«, murmelte Sture und blätterte in seinen Papieren. »Hier habe ich das Ergebnis: »Geringe Flexibilität. Unfähig zur Zusammenarbeit. Schlechte Konzentration. Geringe Entscheidungsfähigkeit. Niedriges Streßniveau. Aufbrausend. Sehr impulsgesteuert mit leichten Tendenzen zu Gewalt.« Er sah hoch und in Fredriks erschrockenes Gesicht. »Klingt nicht nach einem geeigneten Entwicklungsstrategen, nicht wahr? Aber du hast eine hohe Punktzahl bei Kreativität und Originalität. Das ist ja auch was.«

»Nimmst du solche Interviews wirklich ernst? Meiner Meinung nach ist das Kinderkram«, sagte Fredrik, der jetzt wieder aufrecht im Sessel saß.

»Es ist mir bewußt, daß man solche Tests mit Vorsicht genießen muß, und ich hätte es auch nicht so ernst genommen, wenn das Ergebnis nicht das bestätigt hätte, was mir selbst in letzter Zeit aufgefallen ist. Und nicht nur mir. Viele in der Verwaltung haben den Eindruck, daß ... ja, daß du dich verändert hast, Fredrik.«

»Inwiefern?«

»Du hältst Verabredungen nicht ein. Du rufst Leute nicht zurück. Du gibst Informationen nicht weiter.«

»Ich arbeite, soviel ich kann. Ich habe sehr viel zu tun. Ich bleibe jeden Abend länger.«

»Das weiß ich, Fredrik. Aber man muß Prioritäten setzen. Du widmest den ganzen Vormittag zwei Schulpraktikanten, wenn du eigentlich bei der Informationsveranstaltung der Gemeindeverwaltung sein solltest. Du läufst vor einer wartenden Kleinunternehmerin weg, um zur Handelskammer zu fahren, obwohl an diesem Tag überhaupt keine Besprechung ist. Du schnauzt Märta und andere Angestellte in der Verwaltung an. Du bist nicht anzutreffen, und wenn man dich endlich erwischt, dann hörst du nicht zu. Ich brauche keinen Eignungstest, um zu sehen, daß du für die Stelle als Entwicklungsstratege nicht geeignet bist, und deshalb haben wir uns für einen anderen Bewerber entschieden. Es tut mir leid, Fredrik.«

»Du schmeißt mich also raus?«

»Red keinen Unsinn. Wir werden natürlich eine andere Stelle für dich finden.«

»Was für eine Stelle?«

»Das werden wir sehen. Märta braucht vielleicht Hilfe beim Firmenkatalog«, sagte Sture vorsichtig.

»Märta will ganz bestimmt keine Hilfe haben. Der Firmenkatalog ist ihr Kind, und sie wird wahnsinnig, wenn jemand in ihrer Kartei stöbert, das weißt du.«

»Märta geht nächstes Jahr in Rente, und dann ist es nur gut, wenn jemand anderes sich auskennt ...«

»Ich habe nicht vier Jahre an der Handelshochschule studiert, um Adressen für einen Firmenkatalog zu tippen.«

»Okay, wir werden schon etwas finden. Es gibt auch andere Verwaltungen. Aber ich glaube, du brauchst ein bißchen Ruhe, Fredrik. Und du kannst ja über den Firmenkatalog nachdenken. Du kannst es ja mit anderen Aufgaben kombinieren.«

»Leck mich«, sagte Fredrik.

Er verließ das Zimmer und schlug die Tür hinter sich zu, daß die billig gebauten Wände wackelten und die Fenster klirrten.

Die böse Fee

Es war ein Abend im November. Fredrik war mit den Kindern allein zu Hause, als es an der Tür klingelte. Paula war in Göteborg, um Einkäufe zu machen und Freunde zu treffen.

Vor der Tür stand Bodil Molin, sie trug einen Regenmantel aus schwarzem Lack. Sie hatte sich einen Turban um den Kopf gebunden, und die Ringe in ihren Ohren waren so groß wie ihre Armreifen. Seit diesem wahnsinnigen Abend in der Galerie hatte Fredrik alles getan, um ein Zusammentreffen zu verhindern.

»Paula ist nicht zu Hause. Sie ist in Göteborg und kommt erst morgen wieder«, sagte er kühl.

»Ich weiß. Deswegen nehme ich die Gelegenheit wahr. Ich möchte dich alleine sprechen, Fredrik.«

»Das geht nicht. Das mußt du verstehen.«

Aber Bodil hatte sich schon an ihm vorbei in die Diele gedrängt. Ihre Dreistigkeit machte ihm angst. Ja, ihre ganze Erscheinung erschreckte ihn: Der schwarze, glänzende Mantel, der eher wie die Hülle für eine Maschine aussah, der kräftig rote Mund – als ob er gerade Blut geschmeckt hätte und mehr wollte – und der Ausdruck in ihren Augen. Ja, der Ausdruck in ihren Augen erschreckte ihn mehr als alles andere, obwohl er nicht wußte, was er bedeutete. Auf jeden Fall nichts Gutes. Absolut nichts Gutes.

»Ich muß mit dir reden«, sagte sie.

»Wir haben nichts zu bereden.«

»Nicht? Ich glaube, es gibt etwas sehr Wichtiges, worüber wir reden müssen, du und ich.«

»Und was könnte das sein?«

Sie schaute ihn aus den Augenwinkeln an, mit einem listigen Glitzern, das ihm den kalten Schweiß auf die Stirn trieb.

»Kannst du es dir nicht denken?«

»Nein.«

Der rote Mund formte sich zu einem Flüstern.

»Wir bekommen ein Kind, Fredrik.«

Er schnappte nach Luft.

»*Was hast du gesagt?*«

»Du hast es genau verstanden. Ich sehe es deinem Gesicht an, daß du es verstanden hast. Du kannst deine Gefühle schlecht verbergen, Fredrik. Kein Pokerface.«

»Das ist nicht möglich!«

»Warum sollte es nicht möglich sein. Wir hatten einen ungeschützten Verkehr. Da kann man schwanger werden. Das wirst sogar du wissen.«

»Aber ...«

Sie ist zu alt, dachte er. Nicht einmal in seinen wildesten Phantasien konnte er sich Bodil Molin schwanger vorstellen.

»Was aber?«

»Bist du sicher, daß ich der Vater bin?«

Sie lachte kalt. Ihr Lippenstift glänzte wie eine fette Salbe.

»Ihr Männer seid so vorhersehbar, daß es schon lächerlich ist. Erst: ›Das kann nicht sein!‹ Und dann: ›Das kann nicht ich gewesen sein!‹«

Er starrte sie an. Der schwarze Lackmantel, der Turban, die giftroten Lippen ließen sie aussehen wie eine Hexe. So sah keine schwangere Frau aus. Dies war eine böse Fee.

»Hast du einen Schwangerschaftstest gemacht?«

»Natürlich.«

»Mein Gott«, sagte er.

Sie standen immer noch in der Diele. Er wollte sie nicht weiter in sein Haus lassen.

»Ich nehme an, daß du dich für eine Abtreibung entscheidest.«

»Nie im Leben. Ich bin zweiundvierzig. Dies ist meine letzte Chance, ein Kind zu bekommen. Ich werde es bekommen«, sagte sie trotzig.

Er fühlte sich unwirklich, irgendwie abgetrennt

von den sienaroten Wänden, dem weißlasierten Holzboden, der Kommode mit der Marmorplatte und dem Hocker mit dem rotweiß-gestreiften Leinenstoff. Als ob seine Konturen perforiert wären und man ihn jeden Moment aus dem Bild herausdrücken könnte. Wie eine Anziehpuppe aus dem Papierbogen.

»Ist das dein Ernst?« flüsterte er.

Die Frage war so überflüssig, daß Bodil sich gar nicht erst herabließ, sie zu beantworten.

Er warf einen Blick durch die Tür zum Wohnzimmer. Es war, als blickte er durch einen Guckkasten in eine kleine glückliche Welt: Fabian lag auf dem Sofa vor dem Fernseher. Olivia saß auf dem Boden und riß langsam und konzentriert die Tageszeitung in kleine Stücke. Sie schienen den Gast in der Diele nicht bemerkt zu haben.

»Das geht nicht«, sagte er. »Ich habe schon eine Familie. Ich kann mit dir kein Kind haben, das mußt du verstehen.«

»Man kann zwei Familien haben. Das kommt in anderen Kulturen auch vor. Für einen Muslim ist es das Natürlichste von der Welt.«

»Ich bin kein Muslim, Bodil. Und ich will kein Kind mit dir haben. Das wäre eine Katastrophe für unsere Ehe, Paulas und meine.«

»Das ist nicht mein Problem.«

Sie zuckte mit den Achseln und betrachtete eine Ecke des Bodens.

Der Ton vom Fernseher war unnatürlich laut, als würden Steine einen Berg herunterrutschen. Er fühlte sich ganz schwach.

»Aber dann denk wenigstens an dich«, sagte er zögernd. »Du wärst eine alleinerziehende Mutter, das ist auch nicht leicht. Und entschuldige, Bodil, du bist auch nicht mehr die Jüngste. Es besteht das Risiko, daß mit dem Kind etwas nicht in Ordnung ist.«

»Du glaubst also, ich würde ein behindertes Kind nicht lieben können? Und ich werde ja nicht allein sein. Das Kind hat schließlich einen Vater.«

Die Panik ließ sein Herz galoppieren. Diese Frau war für vernünftige Überlegungen nicht zugänglich! Sie würde ihre Meinung nicht ändern. Sie hatte eine Rakete abgeschossen, die eine unfaßbare Zerstörung in seinem Leben anrichten würde, und auch wenn es dauerte, bis sie ihr Ziel erreichte, so war sie auf ihrer unabänderlichen Bahn und nicht zu stoppen.

Nein, nein, das durfte nicht geschehen. Noch konnte Bodil ihre Meinung ändern. Sie war schließlich nicht dumm.

Er versuchte ganz ruhig zu klingen und sagte:

»Ich fände es besser, wenn du jetzt nach Hause fahren und noch einmal nachdenken würdest. Und wie immer du dich entscheidest, so mußt du wissen, ich werde niemals der Vater dieses Kindes werden.«

»Werden?« Sie lachte. »Werden! Lieber Fredrik: Du bist es bereits!«

Sie drehte sich auf dem Absatz, ging hinaus und schlug die Haustüre so heftig zu, daß die Tür zur Kammer sich durch den Luftzug öffnete.

Oder war sie die ganze Zeit nur angelehnt gewesen?

Unterirdischer Geruch

Hinterher fragte er sich, ob es überhaupt passiert war.

War sie wirklich da, diese dunkle, böse Fee? In seinem schönen Haus, mit seinen kleinen Kindern im Zimmer nebenan? Hatte sie die schrecklichen Worte wirklich gesagt?

Nein, es kann nicht passiert sein. Genausowenig wie das andere passiert ist, das Fremde, Gewalttätige auf dem Bärenfell im Ausstellungsraum der Galerie. Alpträume, alles nur Alpträume.

Und doch. Seit diese böse Fee ihren Fluch über ihn geschleudert hatte, im Traum, in der Phantasie oder – kaum glaubhaft – in der Wirklichkeit, seit diesem Abend hatte sich etwas in Fredriks Haus verändert.

Ein kalter Wind war hereingeweht und durch die Zimmer gefegt, das Haus wurde nicht mehr richtig warm. Er fror, sobald er morgens aus dem Bett stieg. Vielleicht waren die Fenster undicht – nachts glaubte er den Wind durch die Ritzen pfeifen zu hören, aber wenn er am nächsten Morgen die Fenster kontrollierte, fand er keine Ritzen. Vielleicht war die elektrische Heizung nicht in Ordnung. Ja, das ganze elektrische System schien in Mitleidenschaft gezogen, denn das Licht wurde manchmal ganz unerklärlich dunkler, so dunkel, daß man meinte, alle 40- und 60-Watt-Lampen wären gegen 20-Watt-Lampen ausgetauscht worden, im ganzen Haus wurde es dunkel. Und dann drehte das Licht plötzlich wieder zu normaler Helligkeit hoch.

Nur eine Stelle im Haus war unverändert warm und angenehm: Die Fläche am Boden in der Küche, von der die braune Leitung nach unten ging. Fredrik hatte Paula gefragt, ob der Makler etwas von einer Fußbodenheizung in der Küche gesagt hatte, aber sie hatte nur gelacht und den Kopf geschüttelt, als hätte er einen Scherz gemacht. Sie wollte sich nicht hinknien und mit der Hand fühlen, wie warm es war, sie verließ die Küche, als Fredrik die Sache zur Sprache brachte.

Paula zog es vor, sich in ihr Atelier einzuschließen und den Kachelofen einzuheizen – so hatte wenigstens sie es warm. Ihre künstlerische Inspiration war offenbar zurückgekehrt, und sie verbrachte da drinnen sehr viel Zeit.

Die Kinder gingen beide nicht in den Kindergarten, und wenn Fredrik von der Arbeit nach Hause kam, war Olivia oft allein auf Entdeckungsreise im Haus. An der Treppe hatte er Geländer installiert, da konnte sie nicht hinauf, aber es gab tausend andere Gefahren, und er fand, Paula sollte besser auf sie aufpassen.

Über Fabian hatte sie offenbar jegliche Kontrolle verloren. Er verbrachte die Tage außer Haus und kam auch nicht nach Hause, wenn Fredrik ihn zum Essen rief. Oft tauchte er erst auf, wenn es dunkel wurde. Wenn Fredrik ihn fragte, wo er war, bekam er ein schweigendes Grinsen zur Antwort. Der Junge roch nach Wald und Feuerrauch, Fredrik vermutete, daß er mit Kwådd umherzog und ein wildes Leben führte. Was Paula überhaupt nicht zu stören schien. Wenn er darauf hinwies, wie falsch er es fand, zuckte sie nur mit den Schultern und sagte müde:

»Ich kann nicht mehr darüber diskutieren, Fredrik.«

War das ein normales Verhalten für eine Mutter?

*

Eines Abends, als er Olivia badete, entdeckte er blaue Flecke auf ihrem mollig runden Oberarm. Er fragte Paula, was passiert sei, aber sie konnte sich an nichts erinnern. »Sie stoßen sich oft in diesem Alter«, hatte sie nur gesagt.

Fredrik fand nicht, daß es aussah, als hätte Olivia sich irgendwo gestoßen. Es sah eher so aus, als hätte jemand sie fest am Arm gepackt oder gekniffen. Er hatte bemerkt, daß Fabian nicht immer besonders lieb zu seiner kleinen Schwester war, aber als er ihm Olivias blaue Flecke zeigte, stritt er alles ab. Ein bißchen *zu* heftig? Fredrik meinte, einen schuldbewußten Ausdruck auf seinem Gesicht gesehen zu haben, und setzte ihn so lange unter Druck, bis er zu weinen anfing.

»Er hat doch gesagt, er hat nichts getan. Willst du behaupten, daß er lügt?« zischte Paula, tröstete Fabian und nahm ihn in die Arme.

»Aber wer ist es dann?« sagte Fredrik. »Sie hat doch nicht ohne Grund solche Flecke am Arm?«

Paula antwortete nicht. Sie streichelte Fabian, der aufgehört hatte zu weinen und jetzt Fredrik vorwurfsvoll anschaute.

»Geh raus spielen, mein Kleiner. Papa ist müde«, sagte sie und half ihm die Jacke anzuziehen.

»*Wer ist es dann?*« wiederholte Fredrik, als die Tür hinter Fabian zuschlug.

Paula drehte sich zu ihm um und sagte in einem merkwürdigen Tonfall:

»Vielleicht bist du es?«

*

Ja, Paula war in letzter Zeit wirklich merkwürdig geworden. Gleichgültig ihren Kindern gegenüber. Gleichgültig ihrem Mann gegenüber. Sie wollte nicht mehr mit ihm reden, die Zukunft planen, seine Ansichten hören.

Sexuell war sie jedoch nicht gleichgültig. Im Gegenteil. Von der kühlen, wohlerzogenen Oberschichtstochter, die er so gerne verführt und erobert hatte, war nichts mehr übrig. Jetzt ergriff sie die Initiative, stachelte ihn an und forderte, gierig und egoistisch. Und hinterher, wenn er erschöpft war und schlafen wollte, spürte er, wie sie sich an ihm rieb, als wäre sie immer noch nicht befriedigt. Sie schien unersättlich zu sein.

Die physisch anstrengenden Nächte und der wenige Schlaf zehrten an ihm. Das war ungerecht. Er mußte schließlich jeden Morgen in der Gemeindeverwaltung antreten, während Paula ausschlafen konnte, wenn sie wollte, eine Möglichkeit, die sie immer öfter nutzte.

Außerdem wachte Fredrik immer wieder zur Wolfsstunde auf. Als würde eine innere Neonröhre angeschaltet, wenn er am tiefsten schlief, und ihn in diesen Dritten Zustand, wie er es nannte, versetzen. Er lag im Dunkeln, Bilder und Stimmen durchkreuzten sein Gehirn, und er versuchte den Atemzügen der schlafenden Paula zu lauschen. Er folgte ihnen mit seinen Gedanken, wie man den ruhigen Schritten eines Wanderführers folgt. Er wußte, daß diese Atemzüge das einzige waren, was ihn in diesem Moment mit dem wirklichen Leben verband.

Und dann, eines Morgens, hörte er sie nicht. Es war stockdunkel im Schlafzimmer. Er lag in diesem Schraubstock zwischen Traum und Wachen und konnte sich nicht bewegen, nicht die Hand ausstrecken auf die Bettseite seiner Frau. Aber er spürte die Leere. Die Wärme von ihrem Körper fehlte.

Er wartete und lauschte. Er glaubte aus dem unteren Stockwerk Geräusche zu hören, unterdrückte, sehr schwache Geräusche.

Dann ein Knarren, wie von einer Tür, jemand kam vorsichtig und barfuß die Treppe hoch.

Sie war im Zimmer. Sie kroch neben ihm ins Bett, er spürte ihre Körperwärme wie einen heißen Wind. Sie legte sich mit dem Kopf gegen seine Schulter, ihre Haare berührten seine Wange.

Wie heiß sie war! Ihr Nachthemd war klebrig vom Schweiß.

Und der Geruch! Modrig, nach Keller. Der Geruch von Gruben, Höhlen und U-Bahn-Stationen. Ein unterirdischer Geruch.

Es ekelte ihn, und er wollte sie wegstoßen. Aber er blieb unbeweglich liegen, war gefangen in der Unbeweglichkeit und Stummheit des Dritten Zustands, dabei spürte er, wie ihre Hand über seinen nackten Körper glitt.

Als der Wecker klingelte und ihn in den normalen Zustand brachte, schob er sie weg und ging schnell ins Bad. Als er zurückkam, um sich anzuziehen, schlief sie immer noch. Das frühe Aufstehen und Joggen hatte sie ganz aufgegeben.

Mit einer Tasse Kaffee, die jetzt sein einziges Frühstück war, ging er in Paulas Atelier und machte Licht. Er schaute sich Paulas Arbeiten nur an, wenn sie ihn ausdrücklich darum bat. Aber der Arbeitseifer, den sie in den letzten Wochen an den Tag gelegt hatte, weckte seine Neugier.

Überall an den Wänden standen kleine Bilder, ungefähr dreißig mal dreißig groß, in warmen roten und orangefarbenen Tönen gemalt. Sie rochen noch stark nach Farbe.

Er ging in die Hocke und schaute die Bilder genau an. Was stellten sie dar? Sie waren nicht gegenständlich, aber er meinte Motive erkennen zu können.

Er glaubte, Körper ausmachen zu können. Rükken unter niedrigen Decken. Verschwitzte Haut. Bei näherem Betrachten sah er Brustwarzen, geöffnete Schöße und männliche Glieder. Alles wirkte irgendwie gedrängt, klaustrophobisch. Eine explosive, erotische Kraft, die auf viel zu kleinem Raum eingesperrt war.

Er starrte die Bilder an, und sein Puls schlug schneller. Was für Erlebnisse verbargen sich dahinter? Was hatte Paula dazu gebracht, sich stunden- und tagelang einzuschließen und diese grotesken, intimen Bilder zu malen, während ihre Kinder machten, was sie wollten?

Er kannte die Antwort nur allzugut. Der unterirdische Geruch hatte sie entlarvt. Sie roch nach IHM!

Wütend nahm er das Skalpell, das auf dem Arbeitstisch lag (wie unvorsichtig von Paula, es so offen herumliegen zu lassen. Die Kinder könnten drankommen.)

»Hure!« schrie er und schnitt mit raschen Bewegungen die Leinwände kaputt. »Hure! Hure!«

Das Skalpell schlug zu wie die Klauen eines Raubtiers, ritzte Wunden in die gedrängten Körper, schnitt die gelbrote, erregte Haut in Streifen.

Er machte weiter, bis kein einziger Körperteil mehr zu erkennen war, nur noch Fäden und Farbschuppen übrig waren. Dann ließ er das Skalpell los. Es fiel zu Boden. Er holte tief Luft und drehte den zerschnittenen Bildern den Rücken zu. Auf dem Weg nach draußen hielt er inne.

In der Tür stand Fabian in seinem Schlafanzug und starrte ihn an. Als Fredrik sich näherte, hob er wie zum Schutz die Arme und rief angstvoll:

»Mama! Mama!«

Blutspuren

Fredrik und Paula waren kurz nach Neujahr in das Haus eingezogen, da leuchteten noch Adventssterne und elektrische Kerzenhalter in allen Fenstern, im nächsten Jahr würden sie hier Weihnachten feiern, in ihrem Haus. Sie würden einen großen Weihnachtsbaum im Wohnzimmer haben und richtige Kerzen, keine elektrischen. Sie würden Wasser in Eimern frieren lassen und Eisleuchten machen, die würden den Gartenweg erleuchten und die vielen Gäste willkommen heißen, die sie zu ihrem Weihnachtsfest auf dem Lande einladen würden.

Aber als Weihnachten näher rückte, hatte niemand Lust auf Bastelarbeiten und Vorbereitungen, und sie nahmen dankbar die Einladung von Paulas Eltern an, Weihnachten wie die Jahre zuvor mit ihnen zusammen zu feiern.

Die Stimmung war angespannt. Paula war aus ihrem gemeinsamen Schlafzimmer ausgezogen, sie verbrachte die Nächte im Kinderzimmer, sie schlief im Stockbett, das für die Kinder vorgesehen war, wenn Olivia aus dem Gitterbett herausgewachsen war. Sie erklärte den Auszug damit, daß

Fabian oft Alpträume habe und sie in seiner Nähe sein wollte, wenn er aufwachte.

Das konnte der Grund sein. Aber das Arrangement machte es auch leichter, sich nachts in die Kammer unter der Treppe zu schleichen, ohne daß Fredrik etwas merkte.

Er war nämlich überzeugt davon, daß sie das machte. Er hatte sie gefragt, wo sie in jener Nacht war, als sie hinuntergegangen und verschwitzt und unterirdisch riechend wieder heraufkam. Sie sagte, sie habe Fieber gehabt und sei in die Küche gegangen, um eine Tablette zu nehmen. Hatte er denn nicht bemerkt, daß sie sehr erkältet war?

Nein, das hatte er nicht bemerkt.

Daraus hätte ein Streit werden können, aber sie hatten beide nicht die Kraft. Nach dieser schrecklichen Entladung, als er ihre Bilder zerschnitten hatte, besaßen sie beide keine Energie mehr zum Streiten. Die Wucht seiner Wut hatte sie beide verängstigt.

Am Tag vor Weihnachten packten sie also das Auto mit Weihnachtsgeschenken voll, fuhren in die große Villa der Familie Kreutz und kamen nach Weihnachten zurück.

Am Neujahrstag klingelte das Telefon, Fredrik nahm ab. Eine Gespensterstimme sagte in den Hörer:

»Du hast es doch Paula erzählt? Das wirst du doch getan haben? Ich bin jetzt im vierten Monat. Man wird es bald sehen.«

Er legte auf. Er weigerte sich, mit diesem Wesen zu sprechen, das behauptete, Bodil Molin zu sein. Er hatte nie mit dieser Galeriefrau geschlafen, mein Gott, nie im Leben! Das war keine wirkliche Frau, die da unter ihm gelegen und gestöhnt hatte, als würde er ihr weh tun. Das war nur eine abwegige sexuelle Phantasie, die jeder Mensch mal haben darf, ohne dafür zur Rechenschaft gezogen zu werden. Er würde so etwas nie mit Bodil Molin machen.

Er dachte daran, wie sie in der Diele gestanden hatte, in schwarzem Lackmantel und Turban, wie ein großer glänzender Käfer, der sich ins Haus gebohrt hatte, um seine giftigen Eier zu legen.

Schwanger? Unmöglich, völlig absurd! Ein widerwärtiger, schrecklicher Gedanke, den er auslöschen mußte, indem er sich ablenkte, arbeitete, mit Leuten redete.

Und er arbeitete viel. Nahm an allen möglichen Projekten teil, ließ sich jede Menge zusätzliche Arbeit aufladen. Seine Arbeitstage waren nie kürzer als zwölf Stunden, und dann ging er oft noch mit Ulf Sjöfeldt ins Sportstudio und trainierte (er mied jedoch die Trainingsgeräte, die an den Schaufenstermann erinnerten.)

Er hatte keine Zeit, richtige Pausen zu machen, trank manchmal im Stehen einen Kaffee am Automaten und warf einen Blick auf den Tisch in der Sitzecke. Der Obstkorb war immer noch weg, das beunruhigte ihn.

Er weigerte sich, Sture Perssons Mitteilung, daß er die Stelle als Entwicklungsstratege nicht bekommen würde, zu akzeptieren. Er wollte beweisen, daß Sture sich geirrt hatte. Und wenn jemand anders die Stelle bekommen würde, dann müßte Fredrik eine gleichwertige, am besten noch höhere Stelle bekommen. Darunter würde er es nicht machen. Wenn man ihn die Flure entlanglaufen sah, mußte man doch sehen, wie schnell und effektiv er war. Wer war morgens als erster da? Wer ging als letzter? Wer raste durch die Gemeinde und erkundigte sich auch noch beim letzten Kleinunternehmer, wie es lief? Wer fuhr zu allen großen Messen im Land? Wer war auf dem laufenden über Bilanzen, Gesetzesänderungen, EU-Richtlinien und die neuesten Entwicklungen in der IT-Branche? Fredrik hatte seine Finger überall drin, was niemandem entgehen konnte.

Natürlich machte er auch Fehler. Kam zu spät

zu Verabredungen, vergaß, was er machen wollte. Manchmal vergaß er auch, was er gemacht hatte, und mußte dann, wenn er zu spät zu einer Besprechung kam, mitten in der Entschuldigung innehalten: »Entschuldigung, daß ich zu spät bin, aber ich habe den ganzen Vormittag mit ...« Womit zugebracht? Plötzlich waren mehrere Stunden wie ausgelöscht. Weg, als ob es sie nie gegeben hätte.

Wenn er dann spätabends nach Hause kam, aß er noch ein Brot, fiel ins Bett und betete um Schlaf, bis der Wecker klingelte. Aber meistens weckte ihn seine innere, unbarmherzige Uhr früher und zwang ihn, ein, zwei Stunden in der Folterkammer des Dritten Zustands zuzubringen, allein im Doppelbett, ohne Paulas beruhigenden Atem neben ihm.

*

An einem Februarabend sah er Paula im Schein der Außenlampe auf der Treppe stehen, als er aus seinem Auto ausstieg.

»Ach so, du bist es«, sagte sie. »Ich dachte, es wäre vielleicht schon Bodil Molin.«

Er erstarrte.

»Warum in aller Welt sollte Bodil Molin kommen?«

Er ging ins Haus und hängte den Mantel auf. Er war so müde, daß er sich am liebsten in der Diele auf den Boden gelegt hätte, um zu schlafen.

»Sie hat gerade angerufen. Sie fragte, ob du zu Hause bist, und ich sagte, du würdest noch arbeiten. Das war ihr recht, sie sagte, sie wollte mal in Ruhe mit mir reden.«

»Mit dir? Worüber denn?«

»Das hat sie nicht gesagt. Sie sagte nur, sie würde herkommen.«

»Jetzt? Heute abend?«

»Ja. Ich dachte also, es wäre ihr Auto.«

Fredrik wurde übel. Das durfte nicht geschehen, Bodil durfte nicht herkommen. Sie durfte nicht mit Paula reden.

Er schob Paula beiseite, schaute ins Atelier, um zu sehen, ob er dort einen Grund für Bodils Besuch fand, aber er sah keine angefangenen oder fertigen Arbeiten. Paulas Atelier war ungewöhnlich leer und aufgeräumt. Pinsel, Stifte und Papiermesser standen ordentlich in Keramikbechern auf dem Arbeitstisch. Er bemerkte, daß sie das Skalpell zu den Pinseln gestellt hatte, die Klinge wieder einmal ungeschützt. Wie schlampig. Wo doch die Kinder so oft hier drinnen waren.

Er ging wieder zu Paula in die Diele.

»Wann hat sie angerufen?« fragte er und versuchte mit ruhiger Stimme zu sprechen, obwohl er fast keine Luft bekam.

»Vielleicht vor einer Viertelstunde.«

Fredrik riß seinen Mantel wieder vom Bügel und zog ihn an.

»Willst du noch mal raus?« fragte Paula erstaunt.

Ohne zu antworten, machte er die Tür auf und lief den Gartenweg entlang auf die Straße, in die Richtung, aus der Bodil kommen mußte. Er mußte sie aufhalten.

Er rannte die schneematschige Straße entlang, die grauweiß in der Dunkelheit leuchtete. Er wollte sie möglichst weit entfernt vom Haus aufhalten. Er war für jeden Schritt dankbar, den er zurücklegte, ohne daß ein Auto auftauchte, für jeden Meter zwischen Paula und Bodil. Denn wenn er Bodils Auto erst einmal aufgehalten hatte, würde sie nicht weiterkommen. Er würde nicht zulassen, daß sie zu Paula nach Hause fuhr.

Neben ihm breiteten sich die Äcker aus, Schneestreifen lagen zwischen den schlafenden Furchen. Nach ein paar Kilometern wurden seine Schritte langsamer. Er hörte seinen Atem im oberen Teil des Brustkorbs pfeifen, er war angestrengt, und es schmerzte. Würde er bis zum Speicher laufen müssen? War sie einen anderen Weg gefahren? Es gab keine andere Strecke. Wenn sie kam, mußte sie hier entlangkommen.

Das dünne Leder seiner Halbschuhe hielt dem Wasser nicht mehr stand. Die Feuchtigkeit drang ein, seine Füße wurden naß und kalt. Warum mußte er diesen Marathon laufen, wo er doch so schrecklich müde war!

Dann schnitt entfernter Motorenlärm durch die Stille, und im nächsten Moment sah er das Licht von Scheinwerfern. Er stellte sich breitbeinig mitten auf die Straße und wedelte mit den Armen. Das Auto machte keinerlei Anstalten, anzuhalten, und er ärgerte sich, daß er nicht die Freizeitjacke mit den Reflexstreifen auf den Ärmeln anhatte. Wenn sie direkt auf ihn zufuhr!

Jetzt bremste es stark und blieb mit einem Ruck stehen. Fredrik erkannte Bodils roten Golf. Er ging hin und beugte sich zum heruntergelassenen Fenster.

»Du verfluchte Hexe!« schrie er. »Du willst mein Leben zerstören! Du willst mich vernichten!«

Sie starrte ihn nur schweigend aus dem dunklen Auto an.

»Du fährst keinen Meter weiter. Ich bin fertig

mit dir und deinen Hexenkünsten. Ich werde dich töten!«

Er riß die Autotür auf und packte sie am Arm, um sie herauszuziehen. Sie fing an zu schreien.

Da sah er es. Das war gar nicht Bodil. Das war eine völlig fremde Frau. Er ließ sie los.

»Entschuldigung«, murmelte er. »Entschuldigung, ich habe mich geirrt.«

Die Frau machte die Autotür zu, startete und raste davon.

Mein Gott, was für einen Fehler er beinahe gemacht hätte. Aber das war vielleicht gut. Daß er sich so irren konnte, versetzte ihm einen gewaltigen Schreck, und er kam wieder zu sich. Er hatte keine Ahnung, wie wütend er werden konnte. Er mußte ruhig und kalt sein, wenn er mit Bodil sprach.

Er ging weiter die Straße entlang, er lief nicht mehr. Er wartete auf Motorengeräusche, die durch den stillen, feuchtkalten Abend dringen würden.

Die Äcker hörten auf, der Wald fing an. Die Feuchtigkeit des schmelzenden Schnees schlug ihm entgegen wie kalter Atem.

Hinter einer Kurve sah er ein Auto, es war schlampig geparkt, der Motor lief, die Fahrertür war halb geöffnet. Er beschleunigte die Schritte.

Als er näher kam, sah er, daß es Bodils Auto war. Er schaute hinein, aber es war leer. Er sah sich um.

»Bodil!« rief er.

Zwischen den Baumstämmen hing Dampf vom schmelzenden Schnee. Alles war still wie im Traum.

War etwas mit dem Auto, daß sie Hilfe holen mußte? Hatte ihr Handy nicht funktioniert? Das passierte manchmal hier draußen, das Netz war in manchen Gegenden schwach. Sie war auf jeden Fall nicht in seine Richtung gegangen, da wäre er ihr begegnet.

Aber warum hatte sie das Auto mit laufendem Motor und offener Tür stehenlassen?

Im Licht der Scheinwerfer sah er, daß der Schnee zwischen den Tannen niedergetreten war, und darauf Flecke, die aussahen wie Blut.

Ein Unfall!

Die Blutflecke und die Fußspuren führten in den Wald hinein. Er folgte ihnen.

Nach ein paar Metern sah er sie. Sie lag auf dem Rücken, neben einem kleinen Tümpel. Nur wenig Licht vom Scheinwerfer drang bis hierher, aber er konnte sehen, daß sie es war. Ihre Augen starrten leer, auf der Brust war ein großer Fleck von dikkem Blut, und in ihrem Hals steckte etwas. Er zog es heraus und sah, was es war: eine Messerklinge in der Form eines Flügels. Es gab keinen Zweifel, wessen Werk es war.

Die Frau auf der Erde war tot, aber alles um sie herum war lebendig: Die Baumstämme, die feuchte Luft, der Schnee – alles schien zu zittern und zu flüstern und vor Leben zu pulsieren. Als wäre ihre Seele in den Wald geströmt.

Aber warum hatte er das Messer angefaßt? Jetzt waren seine Fingerabdrücke drauf. Das war nicht gut.

»Gib es mir. Es ist meins«, hörte er jemanden sagen.

Er schaute hoch. Kwådd war hinter einer Tanne hervorgekommen. Er streckte Fredrik die Hand entgegen.

»Ich kümmere mich darum.«

Fredrik war plötzlich zutiefst erleichtert und dankbar. Ja, der kleine Mann kümmerte sich wirklich um alles mögliche. Fredrik mußte zugeben, daß Bodils Tod ihm gelegen kam, ja, er hatte ihn sich gewünscht, und Kwådd hatte diesen Wunsch erraten.

»Danke«, murmelte er und streckte Kwådd das Messer hin. Er grinste, brutal und überlegen.

Der kleine Mann wußte offenbar ganz genau, welchen Dienst er Fredrik erwiesen hatte.

»Du hättest dich doch nie getraut, es zu machen«, sagte er mit einem erstickten Lachen.

Das machte Fredrik wütend. Als Kwådd ihm das Messer aus der Hand nehmen wollte, hob er die Hand und schnitt dem Mann mit einer kurzen, scharfen Bewegung in den Hals.

»Ich trau mich vielleicht mehr, als du denkst«, sagte Fredrik.

Die Schärfe und Festigkeit seiner Stimme überraschte ihn selbst. Es war, als käme die Stimme aus dem tiefsten Innern, als wäre sie lange unterwegs gewesen und hätte jetzt endlich – gerade heute abend, in dieser Sekunde – seine Lippen erreicht.

Kwådd wankte zurück, er drückte die Hände gegen seine blutende Kehle und starrte Fredrik entsetzt an. Er sagte nichts und verschwand, immer noch rückwärts gehend, zwischen den Bäumen und in der Dunkelheit, in der er sich aufzulösen schien wie Rauch.

Fredrik stand nun allein mit der Waffe in der Hand neben der toten Frau.

Der Wald um ihn atmete. Er bebte wie eine empfindsame, sensible Haut.

Da ergriff ihn ein gewaltiger Schreck. Mit aller

Kraft warf er die Klinge in den Tümpel. Sie rotierte durch die Luft, mit dem typischen, pfeifenden Geräusch, tauchte dann ein und verschwand unter der schwarzen Wasseroberfläche im Schlamm.

Mit raschen Schritten ging Fredrik zu seinem Haus zurück. In der Diele stand Paula. Wortlos ging er an ihr vorbei, nach oben in die Dusche.

Er seifte sich ein und ließ sich lange das warme Wasser über den Körper laufen. Nackt und noch warm vom Duschen ging er ins Bett. Er schlief die ganze Nacht durch.

Verhör

Als er am nächsten Morgen zur Arbeit fuhr, war Bodils Auto verschwunden. Statt dessen standen zwei Polizeiautos dort. Ein blau-weißes Absperrband war zwischen den Bäumen gespannt, und mehrere Polizisten waren am Waldrand zu sehen.

Fredrik fuhr langsamer, falls man ihn anhalten und ihm Fragen stellen wollte, aber die Polizisten schienen sehr beschäftigt zu sein und kümmerten sich nicht um ihn. Er gab Gas und fuhr weiter.

Er fragte sich, wie es Kwådd wohl ergangen war. Hatte Fredrik ihn ernsthaft verletzt? Tödlich?

Er hatte ihm schließlich in die Kehle geschnitten. Ziemlich tief, dem Blut nach zu schließen, das zwischen den Fingern des Mannes hervorgequollen war.

Er forschte in sich, ob er ein schlechtes Gewissen hatte, aber er hatte keines. Wenn er ganz ehrlich war, mußte er zugeben, daß er sich gut fühlte. Das hatte er schon lange machen wollen. Er wußte nicht, wie sehr er sich danach gesehnt hatte: Diesem ekligen kleinen Untier die Kehle durchzuschneiden, wie er es selbst bei seinen Eichhörnchen machte.

Es war unvermeidlich, es hatte eines Tages so kommen müssen. Kwådd war einfach zu weit gegangen. Er hatte sein Haus besetzt und ihm seine Frau und seinen Sohn weggenommen.

Und er hatte Bodil getötet. Einen Moment glaubte Fredrik in seiner Naivität, daß er ihm helfen, ihn vor der Katastrophe mit der Schwangerschaft retten wollte. Aber als er das gemeine Grinsen des Mannes sah, wußte er, daß er sich getäuscht hatte. Kwådd wollte ihm nicht helfen. Denn war Bodils Tod nicht eine noch größere Katastrophe für ihn? Er war auf jeden Fall verdächtig.

Als er sein Auto im Parkhaus abgestellt hatte, stellte er sich unter eine Leuchtröhre und untersuchte seine Kleider. Er trug den Mantel, die Hosen und auch die Schuhe von gestern, die Schuhe waren immer noch feucht nach der Wanderung durch den Schneematsch, außerdem hatten sie weiße Ränder bekommen. Mantel und Hosen waren aus einem dunklen Stoff, und er sah nichts, was aussah wie Blutflecke. Aber es konnte sie geben, auch wenn man sie nicht sah. Die Polizeitechniker würden sie entdecken.

Auf dem Mantelärmel war ein dunkler Fleck, das sah er jetzt. Schokolade? Blut? Bodils oder Kwådds?

Um zehn Uhr, als die Geschäfte aufmachten, drückte er die Nachricht »dienstlich unterwegs« in sein Telefon und ging in die Stadt. Er kaufte einen neuen Mantel, neue Hosen und ein Paar neue Schuhe und zog alles in der Umkleidekabine des Kaufhauses an. Die alten Sachen steckte er in die Plastiktüte, die er bekommen hatte, und warf sie in den Kleidercontainer auf dem Marktplatz.

Als er wieder ins Büro kam, saßen zwei Polizisten in seinem Zimmer und warteten auf ihn. Sie waren in Zivil, und er hätte sie nicht für Polizisten gehalten, wenn sie nicht so selbstsicher aufgetreten wären. Außerdem kannte er den jüngeren: Er war damals bei Fredrik zu Hause gewesen und hatte in der Kammer unter der Treppe nach Kwådd gesucht.

Der andere, ein Mann um die Sechzig, sprach.

Sein sauber gestutzter weißer Bart und sein rosiges Gesicht ließen Fredrik an Erdbeeren und Sahne denken. Mit seiner schlanken Figur und der hellen Popelinjacke hätte er Werbung für eine Rentenversicherung oder Gesundheitspräparate machen können.

Er brauche Fredriks Hilfe bei einer Ermittlung. Er deutete an, daß Bodil Molin etwas zugestoßen war, aber er sagte nicht, was. Sie kamen gerade von Paula, wo sie erfahren hatten, daß Bodil sie gestern abend hatte besuchen wollen, aber nicht gekommen war. Kurz nachdem Bodil angerufen hatte, war Fredrik aus dem Haus gegangen. Stimmte das? Fredrik bestätigte es.

Der Polizist wollte wissen, warum Fredrik das Haus verlassen hatte.

»Ich habe einen Spaziergang gemacht.«

»Abends um halb neun? Im Dunkeln? Machst du das öfter?«

»Ich bin den ganzen Tag im Büro gesessen und brauchte etwas frische Luft«, antwortete Fredrik.

»In welche Richtung bist du gegangen?«

War das ein Verhör? Fredrik versuchte, locker

zu bleiben. Aber es begann hinter seinen Schläfen zu pochen, kurze rhythmische Impulse, als wären da Elektroden befestigt.

»Nach Westen. Richtung Ortschaft«, antwortete er mit ruhiger Stimme.

»Hast du etwas Besonderes bemerkt?«

Fredrik dachte nach.

»Ich habe Bodil Molins Auto gesehen. Es war ein wenig schlampig geparkt. Ich dachte, sie hätte ein Motorproblem, und wollte Hilfe holen.«

»Hast du sonst noch etwas beim Auto gesehen?«

»Nein.«

»Hast du Bodil Molin getroffen?«

»Nein.«

»Was hast du gemacht, nachdem du das Auto gesehen hast?«

Immer noch sprach der ältere Polizist. Der jüngere schien vor allem als Begleitung dabei zu sein. Oder vielleicht als Unterstützung, falls sich herausstellen sollte, daß Fredrik Ärger machte. Aber der ältere kam schon alleine zurecht. Er war stark und gewandt für sein Alter. Sein Bart und sein wettergegerbtes Gesicht ließen darauf schließen, daß er sich in seiner Freizeit dem Segeln widmete. Man konnte ihn sich gut in einem Boot vorstellen. Ruhig und gelassen, aber schnell wie der Blitz, wenn es darauf ankam.

»Ich bin einfach weiter die Straße entlanggegangen«, antwortete Fredrik.

»Wie weit?«

»Vielleicht zehn Minuten. Dann bin ich umgekehrt und nach Hause gegangen.«

»Hast du deiner Frau erzählt, daß du Bodils Auto an der Straße gesehen hast?«

»Nein, ich glaube nicht.«

»Warum nicht?«

Die Impulse an Fredriks Schläfen wurden schneller. Tick, tick, tick. Wie eifrige Insekten, die sich hineinfraßen.

»Ich war müde«, antwortete er. »Todmüde. Ich habe mich sofort schlafen gelegt.«

»Sofort?«

»Ja.«

»Deine Frau hat gesagt, daß du geduscht hast.«

»Ja, ich war verschwitzt, weil ich schnell gegangen bin.«

Der Polizist schwieg und schrieb etwas auf seinen Block und nickte vor sich hin. Fredrik lehnte sich zurück und schlug die Beine übereinander.

»Ich habe in fünf Minuten einen Termin. Können wir das Gespräch später fortsetzen?«

Der jüngere Polizist, der in Fredriks Kammer
war, lächelte ihn an und sagte zum erstenmal etwas:

»Schicke Schuhe.«

»Danke.«

»Sind sie neu?«

»Ziemlich.«

»Und so preiswert.«

»Ja, stimmt. Woher weißt du das?«

»Das Preisschild ist noch auf der Sohle.«

Verlegen stellte Fredrik den Fuß wieder auf
den Boden.

»Wir kennen uns, nicht wahr?« sagte der jüngere, immer noch lächelnd. »Du warst das doch mit
dem Mann unter der Treppe, nicht?«

Fredrik nickte.

»Hm«, sagte der andere Polizist. Er hatte seine
Notizen abgeschlossen und schaute auf. »Wir sollten das Gespräch vielleicht auf dem Revier fortsetzen.«

»Gerne. Wann?« sagte Fredrik hilfsbereit und
beugte sich über seinen Schreibtischkalender.

»Jetzt.«

*

»Bitte *einmal* auf die Klingel drücken und dann warten. Wir kommen so schnell wie möglich«, stand auf einem Schild am nicht besetzten Tresen des Polizeireviers. Zwei Besucher saßen auf den Stühlen und blätterten zerstreut in alten Nummern von »Kriminaltechnik«. Sie schauten hoffnungsvoll hoch, als Fredrik und die beiden Polizisten hereinkamen, aber der Weißbärtige nahm keine Notiz von ihnen, schloß die Tür zu einem Flur auf und ging mit Fredrik in ein kleines Büro.

Und dann ging das Verhör weiter. Denn es war nicht mehr zu leugnen, daß es sich um ein Verhör handelte. Mit Tonbandgerät und allem. Der jüngere Polizist war nicht mehr dabei, nur noch der ältere. Auf dem Schild an seiner Tür stand »Kriminalkommissar«.

Fredrik erfuhr jetzt, daß Bodil Molin tot aufgefunden worden war, und mußte Fragen über seine Beziehung zu ihr beantworten. Wie gut kannten sie sich? Wußte er, in welcher Angelegenheit Bodil sie gestern abend besuchen wollte? Wußte er, daß sie schwanger war?

Er sagte, daß er Bodil nur oberflächlich kannte. Daß er berufliche Kontakte mit ihr gehabt hatte im Zusammenhang mit ihrer Galerie. Daß Paula sie besser kannte, weil sie beide auf dem Kunstsektor arbeiteten. Er wußte nicht, was sie gewollt hatte – vielleicht wollte sie bei Paula Bilder abholen? Und von so privaten Dingen wie einer Schwangerschaft wußte er natürlich nichts.

Die Mittagessenszeit war längst vorbei, und er bekam allmählich Hunger und wurde ungehalten. Als er das sagte, wurde das Verhör unterbrochen.

»Wir werden dich noch ein wenig hierbehalten. Ich möchte noch über ein paar Dinge mit dir sprechen. Aber erst kannst du mal in Ruhe etwas essen«, sagte der Polizist freundlich.

Fredrik wurde in eine Zelle geführt, mußte Brieftasche und Handy abgeben und bekam kurze Zeit später ein Tablett mit Essen. Dann wurde die Tür hinter ihm verschlossen.

Alles kam ihm so unwirklich vor, daß es lange dauerte, bis er das Essen anrühren konnte, obwohl er doch gerade noch so hungrig war.

Eingeschlossen! *In einer Zelle auf dem Polizeirevier!* Hätte er je geglaubt, daß ihm so etwas zustoßen könnte? Er war zu überrascht, um Angst zu verspüren oder wütend zu werden. Diese Geschichte würde er hinterher noch oft erzählen können.

Sein leeres Tablett wurde wieder abgeholt. Man sagte ihm, er solle klingeln, wenn er zur Toilette müsse, was er mehrmals tat, er war so nervös, seine Blase zog sich zusammen, wie immer bei solchen Gelegenheiten.

Er wartete und wartete, wurde aber nicht zur Fortführung des Verhörs geholt, und das leicht verwirrende Gefühl von Unwirklichkeit machte der harten Erkenntnis Platz, daß die Situation ziemlich ernst war. Zwei Mal klingelte er, nur um daran zu erinnern, daß es ihn noch gab. War er vergessen worden? Er hatte schließlich Arbeit, die auf ihn wartete.

Nein, er war nicht vergessen worden. Er würde geholt werden, wenn es soweit war.

Fredrik legte sich auf die alte, mit Plastik bezogene Pritsche und schaute zur Decke. Die Gedanken in seinem Kopf drehten sich schneller, als er sie wahrnehmen konnte. Wenn ein Gedanke auftauchte, war auch schon der nächste da. Wie bei diesen Musikvideos auf MTV, wo die Szenen in so kurzen Sequenzen zusammengeschnitten sind, daß alles zu einem einzigen Flimmern wird.

Kwådd war immer dabei. Wo er wohl jetzt war? War er an der Wunde gestorben? Vermutlich nicht. Der Polizist hatte nichts von einem toten oder verletzten Mann gesagt. Sie hatten sich nur für Bodil interessiert.

Wie hätte Fredrik ihn auch töten können, er

hatte ja nur eine Bewegung mit der Klinge gemacht? Dazu brauchte man Erfahrung und Training. Kwådd war bestimmt mit einem Kratzer davongekommen.

Was dachten sie im Büro, wenn er nicht vom Polizeirevier zurückkam? Wußte Paula, daß er zu einem Verhör geholt worden war? Hatten sie sonst noch etwas zu ihr gesagt? Und was hatte sie ihnen gesagt?

*

Viertel nach fünf ging das Verhör endlich weiter. Draußen war es dunkel und grau, Schneeregen wischte über die schmutzigen Fenster.

Die Polizei hatte ganz offensichtlich noch einmal mit Paula gesprochen und einiges über sein Verhalten in der letzten Zeit erfahren.

»Stimmt es, daß du oft die Beherrschung verlierst und Wutausbrüche bekommst?« fragte der ältere Polizist, den Fredrik inzwischen fast wie einen alten Bekannten betrachtete. Hatten sie sich wirklich heute vormittag zum ersten Mal getroffen?

»Nicht ohne Grund.«

»Und was waren das für Gründe?«

»Unterschiedlich, je nach Gelegenheit.«

»Hast du jemals deine Kinder geschlagen?«

»Ich habe im Sommer meinem Sohn eine Ohrfeige gegeben. Das tut mir leid.«

»Und deine Tochter? Sie hatte blaue Flecke an den Oberarmen, sagt deine Frau.«

Das waren unangenehme Fragen, aber der Polizist stellte sie ruhig und offen und ohne Unterton. Mit seinen schneeweißen Haaren und den Falten um die Augen glich er einem älteren Vater – streng aber gerecht –, der ein ernstes Gespräch mit seinem Sohn führte.

»Meine Tochter habe ich nie angefaßt«, antwortete Fredrik.

»Und deine Frau?«

»Niemals.«

Fredrik bemerkte einen Briefbeschwerer aus Glas auf dem Schreibtisch. Über einem Text, den er nicht lesen konnte, waren drei Segelboote eingraviert. Vermutlich ein Preis von irgendeiner Regatta. Da hatte er also richtig geraten.

Irgendwann, wenn diese unangenehme Sache überstanden war, würde Fredrik vielleicht zum Segeln mitkommen können. Fredrik selbst konnte nicht segeln, aber dieser Mann mit seiner ruhigen, natürlichen Autorität konnte ihm bestimmt eine

Menge beibringen. Sie würden sich sicher wieder begegnen. Vielleicht im Rotary Club, wo Fredrik vermutlich bald Mitglied werden würde. Ulf Sjöfeldt hatte versprochen, ihn zu empfehlen. Aber vielleicht waren Kriminalkommissare nicht Mitglied bei Rotary? Sie mußten sich vielleicht von dieser Gesellschaft fernhalten?

»Ihr hattet im letzten Sommer Bodils Hund in Pflege. Was ist mit ihm passiert?« fragte der Polizist.

»Der wurde getötet. Mit einem Messer.«

»Wirklich?« fragte er interessiert. »Wie ist das denn passiert?«

»Es war höchstwahrscheinlich Kwådd. Unser sogenannter Mieter.«

»Woher weißt du das?«

»Das Messer steckte noch im Körper des Hundes. Er benützt solche Wurfmesser. Ich glaube, ich habe es deinen Kollegen erklärt, als sie im Sommer bei mir waren. Daß er eine Waffe hat, von der er eine Klinge abschießt. So eine Klinge steckte im Körper des Hundes. Daraus habe ich geschlossen, daß er es war.«

Der Polizist nickte ernst.

»Was hast du mit dem Messer gemacht?«

»Weggeworfen. In die Mülltonne.«

Der Polizist runzelte die Stirn und sagte mit leiser und vorsichtiger Stimme, als fiele es ihm schwer, die Frage zu stellen:

»Also bist nicht du derjenige gewesen, der den Hund erstochen hat?«

»Absolut nicht.«

Draußen im Flur hörte man das schnelle Klappern von Stöckelschuhen und eine Frauenstimme, die rief:

»Die Anzeige ist gleich fertig. Wir müssen nur noch auf den Drucker warten.«

Irgendwo begann ein Drucker älteren Modells mit seiner mühsamen und lautstarken Arbeit.

»Deine Frau sagt, du seist sehr wütend auf diesen Hund gewesen, weil er die Küchenmöbel ruiniert und wichtige Unterlagen zerbissen hat«, fuhr der Polizist fort.

»Ich war wütend, aber ich habe ihn nicht umgebracht. Wirklich nicht.«

Der Polizist kniff ein Auge zu und beobachtete Fredrik mit dem anderen. Er hatte etwas Schalkhaftes im Blick. Fredrik konnte sich ihn gut am Ruder vorstellen: das wettergegerbte Gesicht, das rechte Auge zugekniffen wegen der Wasserspritzer, mit dem linken ein schneller Blick zum Segel. »Hol die Fock ein, Fredrik. So, ja. Perfekt.«

»Hast du jemals ein Messer benutzt, wenn du wütend warst?«

»Nein.«

»Gegen Menschen? Tiere? Gegenstände?«

»Nein.«

»Denk nach.«

»Ich verwende Messer nicht so.«

Der Polizist schwieg und wartete geduldig auf eine Antwort, und als Fredrik nur den Kopf schüttelte, half er ein wenig nach:

»Vor nicht allzu langer Zeit hattest du einen Wutausbruch und hast die Bilder deiner Frau zerschnitten. Stimmt das?«

»Ja.«

»Warum?«

»Mir gefielen die Motive nicht. Es war widerlich.«

Der laute Drucker hackte immer noch irgendwo im Haus, knatternd und stöhnend, als ob jeder Buchstabe ihn quälen würde.

»Was für Motive waren das?«

»Nackte Körper in engen Räumen.«

»Und was ist daran so widerlich?«

Fredrik zuckte mit den Schultern.

»Sie waren ganz einfach widerwärtig. Ich wußte doch, worum es ging.«

»Und worum ging es?«

»Daß sie mit diesem Teufel unter der Treppe rumgehurt hat. Ich wurde wütend. Ich glaube, das wärst du auch geworden, wenn es deine Frau gewesen wäre.«

»Deine Frau hatte also was mit dem Mieter, willst du sagen?«

»Ja.«

»Soweit ich verstanden habe, ist sie eine anerkannte Künstlerin, die oft erotische Motive verwendet. Das muß doch nicht heißen, daß sie untreu ist?«

»Es ist nicht nur das«, murmelte Fredrik.

»Was denn sonst noch?«

»Ich spüre es am Geruch. Sie stinkt wie er. Sie schleicht sich nachts in die Kammer unter der Treppe und in seine Höhle.«

»Seine Höhle?«

»Ja.«

Der Polizist nickte schweigend. Er schaute besorgt, fand Fredrik. Er hatte bestimmt Mitleid mit ihm. Wenn er nicht in seiner offiziellen Funktion da gesessen hätte, dann hätte er vielleicht die Hand ausgestreckt und Fredrik mitfühlend über den Arm gestrichen.

»Noch etwas«, fuhr der Polizist fort. »Deinem Nachbarn, Björn Valtersson, sind fünfzehntausend Kronen gestohlen worden. Das geschah an dem Tag, an dem du bei ihm warst und eine Spanplatte geholt hast. Erinnerst du dich an das Geld? Es lag offen auf dem Schreibtisch.«

Fredrik schnaubte verächtlich.

»Ich habe sein Geld nicht gestohlen, wenn du das meinst.«

»Nicht? Dreißig ungefaltete Fünfhundertkronenscheine? Wir haben deine Frau gefragt, und sie sagte, du hast ihr zehn und dann zwanzig ungefaltete Fünfhunderter gezeigt und gesagt, das sei die Miete von eurem besonderen Mieter. Ist das nicht ein bißchen sehr viel für eine Kammer?«

»Wir wollten ihn auf diese Weise loswerden. Wir dachten, er würde ausziehen, wenn die Miete zu hoch würde. Aber er ist offenbar zu Björn gegangen und hat das Geld gestohlen.«

»Und du hast das Geld genommen?«

»Zuerst ja. Björn kann es zurückbekommen. Es liegt in der Kammer.«

»Das wissen wir.«

Der Polizist machte eine Pause. Dann beugte er sich über den Tisch und fragte mit aufrichtigem Interesse:

»Was glaubst du selbst, wer hat Bodil Molin getötet?«

»Er natürlich. Kwådd«, antwortete Fredrik, ohne zu zögern.

»Der Mann unter der Treppe?«

»Ja. Es ist jetzt vielleicht an der Zeit, daß ihr ihn festnehmt. Bevor er noch mehr Menschen umbringt. Du kannst dir vielleicht vorstellen, wie es ist, mit ihm in einem Haus zu wohnen. Mit Frau und zwei kleinen Kindern. Stell dir vor, es wäre *deine* Frau? Oder es wäre *dein* Sohn, mit dem er im Wald spielt? Würdest du dann nicht auch etwas aktiver werden?«

»Bitte setz dich wieder hin.«

Fredrik bemerkte, daß er aufgestanden war und mit dem Finger auf den Polizisten zeigte. Er setzte sich. Er fing an zu weinen. Ein nörgeliges, jammerndes Weinen vor Müdigkeit, wie ein Kind, das am Abend zu lange auf war.

»Man ist völlig rechtlos, verdammt«, murmelte er und wischte sich mit einer wütenden Geste die Tränen ab.

»Ich verstehe, daß ein solcher Mieter nicht einfach ist«, sagte der Polizist freundlich.

»Mieter! Er ist ein Besetzer! Ein Parasit! Wir wollen ihn nicht haben!«

»Wie kommt es dann, daß deine Frau ihn nicht kennt?«

»Was?«

»Ich habe deine Frau nach eurem Mieter gefragt, und sie sagte, ihr hättet nie irgendwelche
Mieter gehabt. Auch keine Hausbesetzer.«

Fredrik starrte den Polizisten an. Er sah nur
Aufrichtigkeit in den grauen Augen.

»Hat sie das gesagt? Hat sie das wirklich gesagt?« flüsterte er.

»Ja.«

Ein Gefühl der Verlassenheit breitete sich in
ihm aus. Er wußte, daß Paula jetzt auf Kwådds
Seite war. Sie wollte ihn nicht preisgeben. Sie wollte ihren Liebhaber behalten. Er war allein.

Der Polizist stellte noch weitere Fragen, aber er
hörte nur noch sein eigenes Weinen.

»Sollen wir hier abbrechen?« fragte der Polizist
sanft.

Das Verhör wurde beendet und Fredrik wieder in die Zelle gebracht. Als er allein war, gab er
dem Weinen ganz nach. Nachdem er eine Weile
verzweifelt geheult hatte, versuchte er sich zu be-
ruhigen.

Ihm war klar, daß er sich in einer schlimmen
Lage befand. Kein Zweifel. Wenn man die Sache
aus dem Blickwinkel der Polizei betrachtete, konnte er das irgendwie verstehen. Bodil Molin hatte an-

gerufen und gesagt, sie würde zu ihnen kommen. Kurz darauf war Fredrik ohne Erklärung aus dem Haus gerannt und ihr entgegengelaufen. Und am nächsten Morgen fand man sie neben der Straße, die er entlanggegangen war. Das zusammen mit Paulas Gerede, wie »gewalttätig« er in letzter Zeit gewesen war. Und sie leugnete Kwådd, weil sie ihn offenbar schützen wollte. Nichts sprach für ihn.

Dann fiel ihm plötzlich ein, daß es noch einen Zeugen für sein unkontrolliertes Temperament gab. Die Frau, deren Auto er angehalten hatte. Die er beschimpft und bedroht und beinahe aus dem Auto gezerrt hatte, ehe er seinen Fehler einsah. Wenn sie von dem Mord las, würde sie sich an das merkwürdige, verlassene Auto erinnern, an dem sie vorbeigefahren war, und an den Mann, der sie kurz darauf bedroht hatte. Sie würde sich bei der Polizei melden. Bei einer Konfrontation würde sie ihn erkennen.

Nach ein paar Stunden wurde er wieder geholt. Aber nicht zu einer Konfrontation oder einem neuerlichen Verhör.

»Wir haben nichts gefunden, was dich mit Bodil Molins Tod in Zusammenhang bringt. Du kannst nach Hause fahren«, sagte der Polizist, der ihn verhört hatte.

Das war eine neutrale Feststellung. Fredrik konnte aus der Stimme des Polizisten weder Enttäuschung noch Befriedigung hören. Und er entschuldigte sich auch nicht.

»Aber«, fügte der Polizist mit besorgter Miene hinzu, »es geht dir offenbar nicht gut. Du solltest dem Rat deiner Frau folgen und psychiatrische Hilfe suchen.«

*

Als Fredrik das Polizeigebäude verließ, war es acht Uhr am Abend. Er ging zum Parkhaus neben der Gemeindeverwaltung und holte sein Auto.

Er war immer noch sehr aufgeregt, und als er zurückstieß, fuhr er gegen einen Betonpfosten. Fluchend öffnete er die Tür, um zu sehen, ob das Auto beschädigt war.

Der Kotflügel hatte einen Kratzer, mehr nicht. Er warf einen Blick auf den Pfosten, der so idiotisch im Weg stand. Wie das ganze Parkhaus war auch der Pfosten mit Graffiti bedeckt, unbegreifliche Wörter und Zeichen, in vielen Farben hingesprayt. Man war ansonsten sehr bemüht, Schmiereien in der Gemeinde zu verhindern, und entfernte sie im Prinzip immer sofort, wenn sie entdeckt wurden. Aber das Parkhaus war so häßlich, daß die Graffiti es beinahe verschönerten.

Ein Wort ließ ihn zusammenzucken. Jemand hatte mit roten, aggressiven Buchstaben »Squad« an die Wand gesprayt. Er wußte nicht, was es bedeuten sollte, es war ihm so fremd wie die anderen Wörter und Zeichen an den Wänden des Parkhauses, es war eine Sprache, die er gar nicht verstehen sollte, an der man ihn aber dennoch teilhaben lassen wollte.

»Squad«. Er sprach das Wort laut aus. Hatte das nicht der kleine Mann gesagt, als sie sich das erste Mal trafen? Squådd oder Kwådd?

Als er durch die Dunkelheit und den nassen Schnee nach Hause fuhr, spürte er, wie seine Muskeln zuckten und sich nun wieder entspannten.

Er holte sein Handy heraus, das man ihm wiedergegeben hatte. Er wollte Paula anrufen und ihr sagen, daß er unterwegs war, aber es war besetzt.

Kurze Zeit später bog er in die Einfahrt ein. Was für ein Glück, das Haus wiederzusehen, die Tür zu öffnen und nach Hause zu kommen!

Paula stand am Herd und richtete Olivias Breifläschchen. Fabian saß am Tisch und aß ein Brot und trank Milch dazu. Aus dem Radio kam Musik. Sie schienen ihn nicht gehört zu haben.

Fredrik blieb in der Tür stehen und betrachtete sie. Seine Familie. Wie er sie liebte! Er war kaum länger weg gewesen als an einem normalen Arbeitstag, aber es kam ihm vor wie Jahre.

»Hallo«, sagte er schüchtern.

Paula drehte sich um. Beinahe hätte sie das Fläschchen auf den Boden fallen lassen, sie starrte Fredrik an, als wäre er ein Gespenst.

»Mein Gott! *Haben sie dich laufen lassen?*« rief sie entsetzt aus.

Nebel

März. Spätwinter.

War es das wirklich? War es eine Jahreszeit, die graue, nasse, schaudernde Kälte? Oder war es etwas anderes? Ein Zustand? Eine Dimension? Eine Krankheit?

Fredrik stand am Küchenfenster und schaute über die Felder und den Nebel, der über dem Boden schwebte. Nicht anders als ein Schwarzweißfoto würde eine Farbaufnahme aussehen. Denn in dieser Landschaft gab es keine Farbe. Weiße Schneestreifen auf schwarzen Erdfurchen, schwarze Zweige gegen einen grauen Himmel. Ein paar Krähen. Und, sonst vom Laub des Waldrandes und von Brombeergestrüpp verdeckt, aber jetzt so deutlich sichtbar wie ein Schriftzeichen auf einer hellen Fläche: das Kreuz auf Leonardos Grabhügel. Alles in der gleichen Grauskala.

Er erinnerte sich daran, wie er im Sommer sehr früh hier gestanden und darauf gewartet hatte, daß die Sonne aufgehen und der Welt die Farbe geben würde. Jetzt konnte er den ganzen Tag hier stehen, und alles war immer gleich farblos, ausgebleicht und vom Nebel verschluckt.

Fredrik tat, was man ihm geraten hatte, er suchte einen Psychiater auf, der sprach von Burn-out-Syndrom, verordnete ihm Cipramil und schrieb ihn krank.

Bei der Gemeinde hieß es, er hätte viel zuviel gearbeitet, und das schreckliche Erlebnis, daß er Bodil Molins Leiche fand, habe den Becher zum Überlaufen gebracht. (Das stimmte nicht, denn Fredrik hatte Bodil gar nicht gefunden, zumindest nicht offiziell. In Wirklichkeit war die Polizei – das hatten sie zumindest zu Paula gesagt, und die hatte es Fredrik berichtet – von einem Geschäftsmann angerufen worden, der sehr früh auf dem Weg zum Flugplatz war. Ihm kam Bodils verlassenes Auto mit der offenen Tür merkwürdig vor, und er suchte die Gegend ab.)

Nun war Fredrik immer zu Hause. Er wäre viel lieber arbeiten gegangen, nicht zuletzt, weil es dort warm war. Zu Hause war es so schrecklich kalt! Er hatte immer zwei Pullover an und trank heißen Tee. Und doch fror er die ganze Zeit.

Paula hielt sich mit dem Kachelofen in ihrem Atelier warm. Wenn Fredrik sagte, das übrige Haus sei ausgekühlt, widersprach sie ihm.

Paula ging zusammen mit ihren Künstlerfreundinnen auf Bodils Beerdigung. Fredrik war mit den Kindern zu Hause geblieben. Hinterher hatte Paula die Freundinnen mit nach Hause genommen, sie hatten sich in der Küche eingeschlossen, Tee und Wein getrunken und über Bodil gesprochen. Fredrik war hin und wieder an der Tür vorbeigegangen, um zu lauschen.

Am Anfang war das Gespräch uninteressant: so ein typisches Gespräch nach einer Beerdigung. Über die guten Eigenschaften der Toten, lustige kleine Geschichten mit der Toten, freundliche Erinnerungen, vermischt mit heimlichen Seufzern und traurigem Lachen. Sie sprachen darüber, was für ein warmer und spontaner Mensch Bodil gewesen war. Immer so gut gelaunt. Und war sie in letzter Zeit nicht besonders gut gelaunt?

Fredrik spitzte die Ohren. Eine der Freundinnen hatte etwas von Bodil anvertraut bekommen, was sie versprochen hatte nicht weiterzusagen, aber jetzt ... war ja alles anders, nicht wahr?

Sogar durch die geschlossene Tür spürte Fredrik, daß Neugier in der Luft lag.

Natürlich war jetzt alles anders, was hatte Bodil ihr anvertraut?

Die Freundin senkte die Stimme, aber aus ihrem diskreten Gemurmel konnte Fredrik immerhin das Wort »schwanger« heraushören, gefolgt vom erstaunten Luftholen der anderen, das war offenbar eine Neuigkeit für alle.

»Von *wem*?« hörte er Paula fragen.

Fredrik preßte sein Ohr ans Schlüsselloch.

»Das hat sie nicht gesagt. Sie war in diesem Punkt sehr diskret.«

Er atmete aus.

Und jetzt begannen die Spekulationen. »Bodil und die Männer« war, das hatte er schon immer vermutet, ein Thema, über das man lange und viel diskutieren konnte. Alle wußten von irgendwelchen Affären in der Vergangenheit. Hoffnungslose, unmögliche Beziehungen mit hoffnungslosen, unmöglichen Männern.

Eine der Freundinnen hatte Informationen, die von denen der anderen abwichen:

»An einem Abend im letzten Sommer war ich unten bei den Felsen am Hafen. Ich habe gebadet und war wieder auf dem Weg zum Auto, da sah ich Bodil und einen Mann sehr eng beieinander in einer Felsspalte sitzen und den Sonnenuntergang betrachten. Das war kein netter Mann. Er sah irgendwie ungepflegt aus. Vielleicht sogar richtig kriminell.«

»Letzten Sommer? Wie sah er aus? Hell oder dunkel?«

»Dunkel. Er hatte etwas Wildes, Unheimliches. Und gleichzeitig irgendwie erotisch. Bodil fühlte sich ja oft von Extremem angezogen.«

»Das solltest du der Polizei erzählen.«

»Wozu sollte das gut sein? Ich weiß ja nicht, wer es war. Das kann irgendwer gewesen sein.«

Eine der Frauen erinnerte sich, daß Bodil vor ein paar Jahren in einem Gefängnis einen Kurs für Maltherapie geleitet hatte, und dann spekulierten sie weiter. Aber für Fredrik war der Zusammenhang völlig klar.

Ein dunkler, ungepflegter Mann. Abstoßend und gleichzeitig erotisch anziehend. Kwådd! Fredrik konnte sich gut vorstellen, daß er genau ihr Typ war.

Vielleicht war Kwådd der Vater ihres Kindes?

Natürlich. Deswegen hatte Kwådd sie getötet. Nicht um Fredrik vor der Katastrophe zu bewahren. (Wie hatte er nur so etwas glauben können?) Sondern um sich selbst zu retten.

Den Rest des albernen Klatsches wollte er nicht hören. Er hatte erfahren, was er wissen mußte.

Als die Freundinnen gegangen waren, versuchte er mit Paula zu reden. Vorsichtig fragte er, ob Bodil und Kwådd sich möglicherweise gekannt hatten.

Sie hatte nur schrill gelacht.

»Warum nicht? Ist das so unmöglich? Wenn man überlegt. Er kann sehr wohl zum Hafen hinunterkommen. Mit dem Bus oder zu Fuß. Und vielleicht ist sie manchmal hergekommen und hat ihn abgeholt. Hat ein Stück weiter weg geparkt und gewartet. Findest du nicht, daß sie eigentlich ganz gut zueinander gepaßt haben? Daß sie ... aus gleichem Schrot und Korn waren?«

»Du bist völlig übergeschnappt!« schrie Paula.

»Bist du etwa eifersüchtig? Du wolltest ihn vielleicht ganz alleine für dich haben?«

»Ich begreife nicht, warum dieser Psychiater dich nicht ins Irrenhaus gesteckt hat«, sagte Paula.

Und damit war das Gespräch beendet.

Es war überhaupt schwierig, mit ihr zu diskutieren.

Fredrik wollte mit ihr über einige ernste Probleme sprechen, aber sie schwieg entweder oder verließ den Raum, oder negierte kindisch offensichtliche Fakten.

Wie das mit der schlechten Heizung. Einmal hatte sie heimlich das Raumthermometer auf der Heizung bis auf zwanzig Grad aufgewärmt, um ihm zu beweisen, daß er sich irrte.

Nein, Paula hatte sich in letzter Zeit merkwürdig verhalten, daran bestand kein Zweifel. Sie hatte gesagt, sie wolle die Kinder zu Hause behalten, um mehr mit ihnen zusammenzusein und weniger zu arbeiten. Und nun arbeitete sie intensiver als zuvor. Woran, das wußte Fredrik nicht – seit er ihre abstoßenden Bilder zerschnitten hatte, schloß sie ihr Atelier ab. Aber nach den Farbflecken auf ihren Kleidern zu schließen – rot und orange –, beschäftigte sie sich immer noch mit dem gleichen Thema.

Die Kinder vernachlässigte sie. Beide waren schmutzig und schlecht angezogen, und sie kümmerte sich oft nicht um ihr Frühstück oder Mittagessen. Olivia roch nach vollen Windeln, aber wenn Fredrik sie wickeln wollte, schrie sie. Das war merkwürdig. Sie schrie, sobald er sich ihr näherte, und er mußte Paula aus dem Atelier holen.

Fabian sah er nur selten. Manchmal war er mit Kwådd draußen. Sie gingen nie zusammen raus, aber Fredrik war sicher, daß sie einen Treffpunkt hatten. Im Wald hatte er merkwürdige Dinge beobachtet: überkreuzte Stöckchen auf der Erde, kleine Steinhaufen und Baumstämme, an denen die Rinde in langen Streifen abgeschält war – Kwådds Zeichen für Fabian.

*

Eines Tages, als es besonders kalt und feucht war, blieb Fabian den ganzen Nachmittag weg. Als es dunkel wurde, begann Fredrik sich Sorgen zu machen.

Und dann, ohne daß er die Tür gehört hatte, stand der Junge plötzlich in der Küche. Fredrik schaute ihn erstaunt an. Er strich ihm über die Wange, als wolle er sich vergewissern, daß er es wirklich war. Der Junge zuckte zurück – wie Olivia mochte er seine Berührungen nicht mehr –, aber Fredrik spürte, daß er warm war, als käme er aus der Sauna und nicht aus einem winterlichen Wald.

Er ging in die Diele und faßte die Jacke, die

Mütze und die Stiefel an. Alles war ganz trocken, obwohl draußen schon den ganzen Tag ein nasser Schnee fiel.

»Wo warst du?« fragte Fredrik.

Fabian stand am Kühlschrank und holte einen Behälter mit Saft heraus.

»Nirgends.«

Er schenkte Orangensaft in ein Glas ein und holte in aller Ruhe eine Schachtel Kekse aus dem Schrank. Es kam immer öfter vor, daß er sich selbst etwas zu essen nahm, weil er nicht zu Hause war, wenn Fredrik seine Mikrowellenmahlzeiten aß oder Paula ihre Wokgerichte und ihren Salat verzehrte. Wann hatten sie zuletzt gemeinsam eine richtige Mahlzeit gekocht?

»Was meinst du mit ›nirgends‹? Irgendwo bist du doch gewesen, oder?«

»Zu Hause.«

»Wo? Du warst nicht im Kinderzimmer, da habe ich gerade nachgeschaut.«

Der Junge lächelte, den Mund voller Kekse.

»Wo warst du, Fabian?« fuhr Fredrik fort.

Fabian trank in einem Zug den Rest Saft aus, als würde er an einem Biertrinkerwettbewerb teilnehmen, stellte das Glas mit einem Knall ab, lief ins Wohnzimmer und machte den Fernseher an.

Fredrik klopfte an die Tür zu Paulas Atelier. Der CD-Player lief, die Rockmusik dröhnte. Er wußte, daß Olivia bei ihr war. War diese Lautstärke gut für die Ohren eines so kleinen Kindes? Paula behauptete, Olivia gefiele es, sie würde zur Musik tanzen. Und Fredrik wußte, daß er keine Chance hatte. Wenn es um die Kinder ging, hatte sie immer recht.

Er klopfte noch einmal. Er wollte mit ihr über Fabian sprechen. Über seinen Verdacht. Aber sie hörte ihn nicht. Sein Klopfen ertrank in E-Gitarren und Schlagzeug. Beinahe glaubte er, daß sie die Lautstärke noch weiter aufdrehte.

Als Fredrik eine Viertelstunde später ins Wohnzimmer schaute, war Fabian wieder verschwunden. Der Fernseher war an, seine Jacke hing am Haken, aber der Junge war nirgends zu finden. Fredrik setzte sich an den Küchentisch, von wo er die Diele überblicken konnte, und wartete.

Nach etwa einer Stunde glitt die Tür zur Kammer unter der Treppe vorsichtig auf. Fredrik stand auf und ging leise und schnell in die Diele. Er kam gerade rechtzeitig und packte Fabian, als er aus der Kammer schlich.

»Was hast du da drinnen gemacht?« fragte Fredrik.

Er hielt ihn am Arm fest, damit er nicht abhauen konnte.

»Gespielt«, antwortete Fabian und versuchte sich loszumachen.

»Mit wem?«

»Mit niemand.«

»Das ist nicht wahr, das weißt du. Mit wem hast du gespielt?«

»Das darf ich nicht sagen.«

»Wer hat dir verboten, es zu sagen?«

»Mama. Sie hat gesagt, ich soll nicht über ihn sprechen.«

»Über wen sprechen.«

»Das darf ich doch nicht sagen. Das habe ich gerade gesagt. Du wirst immer so komisch, wenn man über ihn redet.«

»Hat Mama das gesagt? Daß ich komisch werde?«

Fabian nickte. Er hatte Tränen in den Augen.

»Findest du auch, daß ich komisch bin?«

Der Junge nickte wieder.

»Wie denn?«

»Du bist böse auf mich.«

»Ich bin nicht böse.«

»Du hältst mich am Arm fest.«

Fredrik ließ ihn los, hockte sich vor Fabian und faßte ihn leicht an beiden Händen.

»Ich hatte nur Angst, daß du wieder verschwinden könntest«, flüsterte er sanft. »Ich möchte nicht, daß du verschwindest.«

Ganz vorsichtig streckte er seine Hand aus und berührte ihn leicht an der Wange.

»Das machst du doch nicht?«

Fabian schüttelte den Kopf. »Du kannst mir doch sagen, mit wem du dich da drinnen triffst? Wir wissen doch beide, wer es ist, nicht wahr?«

Keine Antwort.

»Du triffst dich mit Kwådd. Dem Mann unter der Treppe. Stimmt's?« sagte Fredrik in freundlichem Ton.

Fabian nickte stumm.

»Ist er ...« Fredrik hielt inne und senkte die Stimme zu einem Flüstern. »Ist er irgendwie verletzt? Hat er eine Wunde oder so?«

Fabian schüttelte nachdrücklich den Kopf.

Fredrik war irgendwie erleichtert. Natürlich war Kwådd unverletzt. Fredrik hatte ihm nur einen Kratzer zugefügt. Wie konnte er nur glauben, daß er ihn verletzt, vielleicht sogar getötet hatte? Fredrik war nicht der Mann, der so etwas fertigbrachte. Und Kwådd war nicht so leicht zu verletzen.

»Was macht ihr zusammen, du und er?« fuhr

Fredrik fort, als Fabian sich umdrehte und wegge-
hen wollte.

Der Junge zuckte mit den Schultern.

»Seid ihr in der Kammer oder weiter unten?«

Fabian runzelte die Stirn.

»Wie weiter unten?«

»Seid ihr an seinem geheimen Ort?«

Fabian schien nachzudenken und nickte dann.

»Wie ist es dort? Ist es warm?« fragte Fredrik.
Seine Stimme klang jetzt erregt.

»Ja. Ziemlich.«

»Wärmer als hier?«

»Ich weiß nicht. Ja, vielleicht.«

»Wie sieht es dort aus? Ich wollte schon immer
wissen, was das für ein Ort ist.«

Fabian schaute unangenehm berührt.

»Es ist einfach so ein Ort«, sagte er.

Seine Augen waren groß und angsterfüllt. Er
warf einen Blick auf die Ateliertür und rief plötzlich mit schriller Stimme:

»Mama! Mamaaaa!«

Die Rockmusik verstummte, und im nächsten
Moment stand Paula in der Diele.

»Was ist denn, Liebling?«

»Papa ist so komisch.«

Fredrik stand auf und sagte in ruhigem Ton:

»Er war in der Kammer, und ich habe ihn nur gefragt, was er da gemacht hat.«

Paula bekam einen harten Zug um den Mund.

»Fabian spielt manchmal in der Kammer«, sagte sie kurz. »Er hat da seine geheime Hütte. Du brauchst ihn nicht auszuhorchen. Er kann spielen, wo er will.«

»Aber du weißt doch, wer ...«

»Ich habe nichts gesagt, Mama! Ich habe nicht über ihn gesprochen!« rief Fabian erschrocken. »Papa hat es gesagt!«

»Möchtest du ein bißchen zu mir ins Atelier kommen, Fabian? Du kannst an der Staffelei malen, wenn du willst«, sagte Paula schnell und schob ihn vor sich her.

Bevor sie die Tür zum Atelier zuschlug, warf sie Fredrik einen langen, haßerfüllten Blick zu. Er hörte, wie der Schlüssel sich drehte und sie sich mit ihren Kindern einschloß.

Kulissen

Wo waren sie nur?

Es war so still. Keine Rockmusik, kein Kindergeschrei, keine fröhliche Erkennungsmelodie vom

Kinderprogramm im Fernsehen. Nur der Klang seiner eigenen, langsamen Schritte durch die Räume.

Waren sie in den Ort gefahren? Aber er hatte kein Auto gehört, keine Tür, die zugeschlagen wurde. Und sie hatten nicht auf Wiedersehen gesagt.

Wo waren sie?

Eigentlich wußte er es ja. Wenn er in der Küche stand, konnte er leise, schlurfende Schritte irgendwo von da unten hören. Und wenn er sich auf alle viere dort auf den Boden kniete, wo es so gemütlich warm in dem ansonsten so kalten Haus war, und wenn er das Ohr an die Holzdielen legte, konnte er ihre Stimmen hören. Gedämpft. Kichernd.

Er würde mit ihnen reden, wenn sie hochkamen. Ernsthaft, ohne ihnen Vorwürfe zu machen, sie zurechtzuweisen oder zu erschrecken. Er mußte so mit ihnen sprechen, daß er sie *erreichte*.

Gestern – oder war es vorgestern, oder noch länger her? – war er ins Kinderzimmer gegangen, wo Olivia ihren Mittagsschlaf im Gitterbettchen hielt. Sie lag mit dem Gesicht an den Gitterstäben, rosig vom Schlaf, sie atmete ganz ruhig. Fredrik hatte lange da gestanden und sie angeschaut, sein Herz hatte vor Liebe geschmerzt.

Er hockte neben dem Bett und betrachtete das rundliche Gesicht mit der makellosen glatten Haut und dem amüsanten vornehmen Ausdruck um den Mund. Die Kaiserin. Er erinnerte sich, wie er sie in den Armen hielt, als sie neugeboren war, und wie er staunte. Ein Mädchen!

Er näherte sich vorsichtig, um die kleine Wange im Zwischenraum zwischen den Gitterstäben zu küssen und ihren Duft einzuatmen.

Plötzlich hielt er inne und erschrak so, daß er sich an den Stäben festhalten mußte, um nicht zu fallen. Der Geruch, der seine Nasenlöcher erreichte, war nicht der süße, wunderbare Duft eines kleinen Kindes. Es war ein muffiger, schmutziger Kellergestank. *Sein* Gestank!

Die rosigen Wangen, die kleine Hand, entspannt und geöffnet auf der Decke ruhend, das weißblonde, lockige Haar – alles stank nach ihm!

Fredrik stand auf und ging langsam rückwärts zur Tür, Tränen drangen aus seinen Augen und machten ihn blind. Am Ende also auch sie.

Und jetzt war sie verschwunden. Wie die anderen beiden.

Er ging von Zimmer zu Zimmer. Er hatte seinen dicken Islandpullover und einen Schal an, weil es im Haus so kalt war.

Und es stank. Er ist hier gewesen, in den Zimmern. Sie ließen ihn jetzt überall rumlaufen.

Aber meistens blieb er da unten. Dorthin hatte er mit seiner listigen Installation die Wärme geleitet.

Fredrik ging in die Küche, stand still und lauschte. Er konnte sie wie Ratten unter dem Boden rascheln hören.

»Er ist keine Ratte!« Schon damals hatte Paula ihn verteidigt. Als Fredrik versuchte ihn einzusperren, ihn da unten zu ersticken. »Wie grausam! Er ist keine Ratte!«

Er ging ins Wohnzimmer, beugte sich über das Sofa und roch an den Kissen. Was für ein Gestank! Er ging zu den Fenstern, öffnete sie sperrangelweit und ging dann ins Atelier.

Hier war es ganz leer. Keine Bilder. Keine Farbtuben. Keine Pinsel oder Stifte oder Skalpelle. Keine Pornozeitschriften, Fotos oder Bogen mit Buchzeichen. Was hatte Paula nur mit allem gemacht? Hatte sie es wirklich zu ihm nach unten genommen? Wieviel Platz war da unten?

Der Gestank erfüllte auch das Atelier. Er öffnete alle Fenster der Veranda. Der kalte Wind wehte herein, aber das machte nichts. Das Haus war sowieso ausgekühlt. Das wichtigste war, daß der Gestank hinausging. Er zog eine Jacke über seinen

Islandpullover an und machte sich eine Tasse heißen Tee, um innerlich warm zu werden.

Draußen war graue Dämmerung. Morgen oder
Abend? Er hatte keine Ahnung, welche Tageszeit
war. Er wußte nicht, wann er zuletzt geschlafen
hatte. Es kam ihm vor, als wäre er permanent im
Dritten Zustand. Als wäre er da gefangen. Konnte
das sein?

Er schaute aus dem Fenster und wußte, daß es
genau so war. Da war sie, die farblose Welt, die er
in der frühen Morgendämmerung überrascht hatte, wie man eine ungeschminkte Frau überrascht.
Aber es war keine Überraschung mehr. Die Welt
schien sich für ihn nicht mehr herzurichten. Sie
wandte ihm ihr bleiches, totes Gesicht zu und
grinste.

Er stand am offenen Fenster und schaute über
die schneebedeckten Felder, auf den grauen Himmel und die Steinmauern neben den entlaubten
Bäumen. Alles Kulissen. Kulissen! wollte er rufen.
Aber wer würde ihn hören? Er hatte alles durch-
schaut, aber wozu? Es spielte keine Rolle mehr.

Er ging ins Schlafzimmer hinauf und legte sich
aufs Bett, immer noch mit Islandpullover, Jacke
und Schal bekleidet. Wenn er wenigstens ein paar
Stunden schlafen könnte. Er war so müde.

Aber der Schlaf war ihm schon lange geraubt worden. Seine übermüdeten Augen mußten immer irgendwohin schauen, an die Decke oder an die Wand. Sein schmerzendes Gehirn wurde von den merkwürdigsten Gedanken erfüllt, die wenigsten waren seine eigenen. Der Rest war fremd, in sein eigenes Denken implantiert, wie Narkotika, die ein böser Schmuggler zwischen seinen persönlichen Habseligkeiten in seinem Koffer versteckt hatte. »Das gehört mir nicht! Das gehört mir nicht!« wollte er schreien, wenn er die fremden Dinge sah.

Er stand auf und ging ins Kinderzimmer, das Stockbett und das Gitterbettchen waren leer, die Spielsachen lagen auf dem Boden herum.

Er ging wieder die Treppe hinunter, ins Wohnzimmer, in die Küche. Immer im Kreis. Sein erschöpfter Körper fand keine Ruhe.

Er dachte an den Polizisten, der ihn verhört hatte. Paula hatte gesagt, sie würden sich bestimmt noch einmal melden. Aber das hatten sie nicht gemacht. Sie hatten auch keinen anderen Verdächtigen festgenommen.

Fredrik mußte immer wieder an die Zeugin denken. Die Frau, die er mit Bodil verwechselt und bedroht hatte. Sie schien keinen Kontakt zur

Polizei gesucht zu haben. Denn dann hätten sie ihn bestimmt noch einmal verhört.

Er fand es merkwürdig. Sie muß doch in der Zeitung gelesen haben, was passiert ist. Sie muß sich an sein sonderbares Benehmen erinnert haben.

Manchmal wünschte er sich fast, daß sie sich melden würde, sagen würde, daß Fredrik zuerst gewalttätig war, sich dann jedoch beruhigte. Sich entschuldigte. Daß es sich offenbar um ein Mißverständnis handelte. Sie hatte erst Angst bekommen, aber dann verstanden, daß er nicht gefährlich war. Nur wütend und verbittert, weil er vielleicht mit seiner Frau gestritten hatte oder so.

Aber sie hatte nichts von sich hören lassen.

Auf einmal hatte er Hunger und machte den Kühlschrank auf. Da lagen überreife Tomaten. Sie waren aufgesprungen und – er nahm eine heraus und untersuchte sie – schimmelig. Das Brot im Schrank war trocken und hart. Paula kümmerte sich überhaupt nicht mehr um den Haushalt.

Er war vielleicht doch nicht hungrig. Wenn er richtig in sich hineinhorchte, dann hatte er keinen Hunger. Er trank noch etwas Tee und machte eine weitere Runde durchs Haus.

Würden sie nicht bald hochkommen? Wie lange waren sie schon da unten?

Er ging in die Diele und riß die Tür zur Kammer auf.

»Paula!« schrie er.

Ohne Taschenlampe kroch er ins Dunkel und tastete sich durch das Gerümpel. Er hatte vergessen, daß es so schnell niedrig wurde, und schlug sich den Kopf an der Treppe an. Er fiel auf alle viere. Mit den Händen fühlte er eine Rolle mit Draht, die er schon früher hier drinnen gesehen hatte, und einige harte Plastikgegenstände, das waren sicher Fabians Spielsachen. Ja, sicher, er spielte hier drinnen. Die Kammer war sein Spielplatz.

Aber jetzt war er nicht da. Er war weiter unten. Fredrik konnte ihn begeistert lachen hören.

Er kroch weiter unter die Treppe. Der Gestank hier drinnen war fast unerträglich. Er kroch bis zur untersten Treppenstufe, wo die Öffnung in die Unterwelt war. Er robbte so nah wie möglich, steckte den Kopf in die Öffnung und rief in den Gang hinein:

»Paula!«

Sie antwortete ihm nicht.

»Fabian! Ich bin's, Papa. Ich will, daß ihr raufkommt!«

Keine Antwort. Nur dieser unterirdische Gestank schlug ihm entgegen. Nicht mehr kalt, sondern heiß und metallisch, wie von einer Warmwasserleitung.

Etwas kitzelte in seinem Gesicht. Er faßte hin und hatte etwas Klebriges am Finger. Er hatte sich den Kopf so fest angeschlagen, daß er ein blutendes Loch im Kopf hatte.

Wieder steckte er den Kopf in die Öffnung und rief:

»Laß sie gehen, Kwådd! Laß meine Familie gehen!«

Leises Lachen kam von unten.

Sein Kopf steckte jetzt ganz im Gang. Er schaute sich um, nach vorne und nach unten. Es war dunkel wie in einem Sack, er konnte nichts erkennen. Er drückte sich weiter hinein, die Schultern, den einen Arm.

»Du hast sie mir weggenommen. Du hast sie alle genommen. Dann nimm auch mich!« keuchte er und kämpfte, um ganz durch die Öffnung zu kommen.

»Hast du gehört? Du kannst mich auch nehmen! Ich komme!«

Aber er kam nicht durch. Kwådd, Paula und die Kinder waren kleiner und gelenkiger als er. Die Öffnung war nicht groß genug für ihn.

Er versuchte den Arm zurückzuziehen, blieb

jedoch mit dem Ellbogen stecken. Er drehte und wand sich. Versuchte erst die eine und dann die andere Schulter herauszuziehen. Aber es ging nicht.

»Paula! Kwådd! Ihr müßt mir helfen. Ich stecke fest«, keuchte er.

Jetzt versuchten sie nicht einmal mehr, leise zu sein. Kwådd, Paula und Fabian schrien vor Lachen. Er konnte sogar Olivias Babylachen hören, wunderbar trillernd, wie Perlen auf einer Wasserfläche.

Sein Herz zog sich zusammen vor Liebe, und trotz seiner unglücklichen Lage, festgekeilt wie eine Ratte in einer Falle, lächelte er.

Unter der Treppe

»Kann ich zuerst Ihren Namen erfahren?« sagte der junge Polizist, der das Gespräch entgegennahm.

»Ich heiße Björn Valtersson.«

»Ich kenne dich. Du hast unseren Bootssteg gebaut. Gute Arbeit. Hat jetzt schon vier Winter überstanden. Worum geht es?«

Björn Valtersson räusperte sich ein paarmal, als wüßte er nicht, wie anfangen.

»Es geht um meine Nachbarn, Fredrik Wen-néus und Paula Kreutz. Ich habe ein paar Tage kein Auto gesehen und vermutet, daß sie verreist sind. Zumindest einer von beiden. Aber gleichzeitig standen mehrere Fenster offen, tagelang, und das fand ich etwas merkwürdig um diese Jahreszeit. Vor allem, wenn sie verreist sind. Ich hielt vor dem Haus und sah, daß der Briefkasten voller Zeitungen und Post war.«

»Ja?« sagte der Polizist ungeduldig.

»Ich habe geklingelt, und als niemand öffnete, habe ich die Klinke heruntergedrückt. Es war nicht abgeschlossen.«

Er räusperte sich wieder.

»Du bist also hineingegangen«, sagte der Polizist.

»Ja, drinnen war es ganz ausgekühlt. Ich habe gerufen, aber keine Antwort bekommen. Dann sah ich, daß die Tür zur Kammer unter der Treppe offenstand, und ich hörte merkwürdige Geräusche. Ich schaute hinein und sah, daß ganz hinten jemand lag. An der Wand hing eine Taschenlampe, und als ich sie anmachte, sah ich, daß es ein Mann war. Unrasiert und schlecht riechend.«

»Stopp«, sagte der Polizist und streckte sich nach seinem Notizblock. »Hast du gesagt, es lag ein Mann unter der Treppe?«

»Ja, wahrscheinlich ein Obdachloser, der eingedrungen ist. Als ich ihn mit der Taschenlampe anleuchtete, knurrte er und zeigte die Zähne, wie ein Hund. Irgend etwas an ihm war unheimlich. Ich habe Angst bekommen und bin weggelaufen. Aber er braucht Hilfe. Wenn ihr also jemanden hinschicken könntet. Das Haus liegt ...«

»Ich weiß, wo es liegt. Wir kommen.«

Provisorium

Licht. Das Grün. Der Wind, der über seine Wange strich, warm und weich, wie die Haut eines anderen Menschen. Der Duft von frisch gemähtem Gras und schattige Kühle.

Fredrik saß auf einer Bank im Park des Krankenhauses und begegnete dem allem wie einem alten Freund, den man viele Jahre nicht gesehen hat. War das der gleiche alte Sommer, oder hatte er sich verändert? War er nicht grüner, schöner? Stärker?

Oder hatte er sich verändert?

In der letzten Zeit befand er sich in einem Nebel, der sich für kurze, schmerzhafte Momente hob, um ihn sehen zu lassen, wo er war und wie alles zusammenhing, und sich gleich wieder um ihn zu schließen, wie eine schützende Hülle um seine verwundete Seele. Bis sie eines Tages nicht mehr gebraucht wurde und er bereit war, der Welt in ihrer ganzen schmerzhaften Schärfe entgegenzutreten.

Und das war also die Welt: Die hohen Ulmen mit ihren lustigen Samenscheiben, die durch die Luft schwebten und neben seinen Füßen landeten, trocken und flach wie Oblaten. Der bittere, säuerliche Geruch von Gras. Das Lachen und die Stimmen der Menschen.

Seine Psychiaterin, eine angenehme Frau mittleren Alters, hatte ihm erzählt, daß sein Nachbar, Björn Valtersson, ihn gefunden hatte. Er lag ganz weit drinnen in der Kammer, unter der letzten Stufe. Ausgemergelt, ausgetrocknet und schmutzig. So elend an Körper und Seele, daß Björn ihn im Dunkel der Kammer nicht erkannt und ihn für einen Fremden gehalten und deshalb die Polizei gerufen hatte.

Fredrik steckte nicht, wie er geglaubt hatte, in der Öffnung unter der Treppe fest. Es gab keine Öffnung, hatte nie eine gegeben, das konnten sowohl Björn Valtersson als auch die Polizisten bezeugen.

Und doch steckte er irgendwie fest. Das mußte so sein, denn kein Mensch legt sich freiwillig mehrere Tage in eine dunkle Kammer, ohne Essen und Wasser.

Er erinnerte sich nicht, wie er gefunden und mit dem Krankenwagen ins Krankenhaus gebracht worden war. Aber er erinnerte sich an die Zeit davor. Wie er in dem kalten Haus nach Paula und den Kindern suchte und glaubte, sie wären zu Kwådd gekrochen.

Tatsächlich waren sie zu diesem Zeitpunkt überhaupt nicht mehr im Haus. Paula hatte die Kinder genommen und war zu ihren Eltern gezogen. Sie hatte Angst vor ihm. Das hatte sie jedenfalls der Ärztin in der Psychiatrie erzählt und ihre Version geschildert. Sie hatte Fredrik noch nicht besucht. Sie fand es sinnlos, wo er doch so krank war.

Aber heute würde sie kommen. Jetzt ging es ihm besser. Er würde ihr keinerlei Vorwürfe machen, nicht gewalttätig werden und sie erschrekken. Er würde Kwådd nicht erwähnen. Kwådd gab es nicht mehr.

Die Ärztin sagte, Kwådd sei eine Hilfskonstruktion gewesen, die er in einer Notsituation gebraucht habe. »Wie wenn man nach einem Sturm oder einer Überschwemmung sein Haus verloren hat und sich aus dem, was vorhanden ist, ein provisorisches Zuhause bauen muß«, sagte die Ärztin. »Das ist kein haltbares Gebäude, aber mehr schafft man in diesem Moment nicht. Es taugt für eine Zeitlang, dann fällt es zusammen. Du hast die Möglichkeit, etwas Besseres zu schaffen, Fredrik. In aller Ruhe und ohne Druck kannst du ein Leben aufbauen, das sich auf die Realität gründet, auf dich, so wie du bist.«

»So wie ich bin?« dachte Fredrik. »*So wie ich bin?*«

Er war einmal Wirtschaftssekretär der Gemeinde Kungsvik gewesen. Ehemann der Künstlerin Paula Kreutz. Vater von Fabian und Olivia. Aber das war lange her. Dieser Mann war er nicht mehr.

Als er vor dem Sprechzimmer der Ärztin warten mußte, blätterte er zerstreut in herumliegenden Zeitungen auf dem Tisch. Eine war die Einrichtungszeitung, die die Reportage über Paulas Zuhause gebracht hatte, und er starrte plötzlich seine Familie an. Der lächelnde Mann mit Strohhut und weißem Baumwollhemd kam ihm sehr fremd vor. Würde er je wieder in ihn hineinschlüpfen. Das erschien ihm unmöglich.

Er mußte sich eine Schale zulegen, einen

Schutz. »Etwas Neues aufbauen«, hatte die Ärztin gesagt. Aber wie würde das aussehen? Und wie sollte er das schaffen, er war doch so müde und schwach.

Sie hatten verabredet, sich im Park des Krankenhauses zu treffen. Paula mochte Krankenhäuser nicht, das wußte er. Sie erinnerten sie an Schmerzen und Hilflosigkeit, an die gerissene Sehne, die ihre Karriere als Tänzerin beendet hatte, und an ihre schmerzhafte erste Geburt.

Aber hier draußen unter den großen Ulmen, da konnte sie ihn treffen, das hatte sie versprochen.

Und da kam sie jetzt. Das Haar trug sie wie immer zu einem Pferdeschwanz gebunden, auf der Hüfte schaukelte eine winzige Schultertasche, und sie sah aus wie ein sorgloser Teenager und nicht wie eine gestandene berufstätige Frau und Mutter von zwei Kindern.

Die Kinder hatte sie nicht dabei. Beim letzten Telefongespräch sagte sie, sie würde sie bei ihrer Mutter lassen, aber er hoffte dennoch. »Das nächste Mal, Fredrik«, sagte sie.

Sie wollte ihn erst anschauen, vermutete er. Wie er war. Ob man ihn den Kindern zeigen konnte.

Aber jetzt war sie wenigstens selbst da. Er stand von der Bank auf und ging ihr entgegen. Sie blieben ein paar Meter entfernt voneinander stehen. Er merkte, daß sie sein Gesicht studierte, und lächelte vorsichtig. Er wollte sie berühren, aber noch bevor er die Hand ausgestreckt hatte, trat sie fast unmerklich einen Schritt zurück und sagte in munterem Ton:

»Hallo, wie geht es dir? Du siehst gut aus.«

»Ja, es geht mir gut. Und du?«

»Mir geht es auch gut.«

»Und den Kindern?«

»Denen geht es ausgezeichnet. Sie lassen dich grüßen.«

»Ich komme bald nach Hause. Sag ihnen das.«

Sie nickte und setzte sich auf die Bank.

»Es gibt eine Cafeteria. Ich lade dich gerne zu einer Tasse Kaffee ein«, sagte er.

»Nein danke, ich habe gerade Kaffee getrunken. Hier ist es schön, finde ich.«

Ja, sicher, es war viel besser hier. Ruhig. Schön. Sie waren für sich. Er setzte sich neben sie. Sie legte die kleine Schultertasche zwischen sie.

Langsam und vorsichtig sprachen sie über das, was geschehen war. Fredrik war krank, das wußte er inzwischen selbst. Es tat ihm leid, daß er ihr und den Kindern Angst eingejagt hatte.

»Ich habe auch nicht gesehen, wie krank du

warst«, sagte Paula. »Daß du Fabians Phantasiekamerad ernst genommen hast. Ich habe gedacht, du machst Spaß. Und dann habe ich mich über dich geärgert.«

»Aber du hast doch auch geglaubt, daß es ihn gibt? Oder nicht? Du hast dir auch Sorgen gemacht und wolltest das Schloß auswechseln lassen.«

»Am Anfang habe ich dir geglaubt. Und ich bekam Angst, als er dich gebissen hat. Hast du dich wirklich selbst so fest gebissen?«

»Ich weiß es nicht«, murmelte Fredrik. »Ich erinnere mich nicht. Die Ärztin meint ja.«

»Du hast dir oft im Schlaf in die Finger gebissen. Als wolltest du dir weh tun. Das war unheimlich«, sagte sie leise.

»Und dann hast du mir nicht mehr geglaubt?«
Sie zuckte mit den Schultern.

»Ich wußte nicht, was ich glauben soll. Das, was du gesagt hast, stimmte ja nicht. Daß es eine Öffnung ins Fundament gab, zum Beispiel. Ich verstand nicht, warum du das sagst. Ich wollte einfach nicht darüber nachdenken, glaube ich. Ich dachte, es würde vorbeigehen, wenn wir nicht darüber reden.«

»Das hast du immer geglaubt, Paula. Daß die Sachen vorbeigehen, wenn man nicht darüber redet.«

»Aber über Sachen, die es nicht gibt, braucht man auch nicht zu reden«, protestierte sie.

»Warum nicht? Meine Ärztin und ich, wir reden viel über Sachen, die es nicht gibt. Es genügt, daß man sie spürt. Dann kann man auch darüber reden.«

»Ich habe den Mann unter der Treppe nicht gespürt«, bemerkte sie.

»Aber Fabian. Er und ich, wir konnten über ihn reden.«

Sie holte tief Luft, schnappte ihre Tasche und hielt sie auf dem Schoß fest, als wolle er sie ihr wegnehmen.

»Versprich mir, daß du ihn nicht erwähnst, wenn Fabian das nächste Mal mitkommt«, sagte sie gepreßt.

»Ich hatte es nicht vor.«

Sie saß eine Weile schweigend neben ihm, alle Muskeln waren angespannt. Wahrscheinlich überlegte sie, ob sie gehen oder noch etwas bleiben sollte. Fredrik schaute in die Baumkronen und wartete. Er wußte, daß jedes Wort, das er sagte, falsch sein konnte.

Allmählich entspannte sie sich wieder, und er wußte, sie würde noch bleiben.

»Sie haben den Mord an Bodil nie aufgeklärt«,

sagte sie leise. »Sie haben einen Kriminellen verhört, mit dem sie zusammen war, aber er hatte ein
wasserdichtes Alibi.«

Der Wind strich durch die Kronen der Ulmen,
die kleinen Samenscheiben segelten durch die Luft
und landeten neben ihren Füßen.

»Das ist schade. Daß sie den Täter nicht gefunden haben, meine ich. Man fühlt sich nicht gut,
solange er frei rumläuft«, sagte Fredrik.

Paula schwieg und fummelte am Verschluß ihrer Tasche.

»Ich werde für eine Weile verreisen.« Sie schaute ihn kurz an. »Ich habe ein Stipendium bekommen. Nach New York.«

Der ganze Park begann zu schaukeln. Er
schluckte und hielt sich an der Bank fest.

»Oh. Gratuliere. Wie lange wirst du weg sein?«

»Ein Jahr. Ich nehme die Kinder mit. Meine
Mutter kommt am Anfang mit und kümmert sich
um sie. Ich bekomme eine Wohnung und ein Atelier gestellt. Gute Möglichkeiten, in einer skandinavischen Galerie auszustellen. Das ist eine große
Chance für mich.«

»Ein Jahr«, wiederholte er und versuchte zu
verdauen, was sie gesagt hatte. »Ein ganzes Jahr!
Und mit den Kindern!«

Er streckte die Hand aus, um sie ihr auf den Arm zu legen, aber sie zuckte zurück. Sie hatte immer noch Angst vor ihm.

»Meine Mutter kümmert sich um sie, das habe ich doch gesagt. Ich habe schon eine Schule für Fabian. Du brauchst dir keine Sorgen zu machen.«

Sie stand auf und bürstete ein paar Ulmensamen von ihren Kleidern.

»Ich muß jetzt gehen.«

»Wann fahrt ihr?«

»In zwei Wochen.«

»So schnell? Aber du kommst doch noch einmal mit den Kindern, bevor ihr fahrt?«

»Selbstverständlich. Wir kommen und sagen auf Wiedersehen. Das ist doch klar.«

Sie lächelte ihn an. Ein angespanntes, gekünsteltes Lächeln.

Und bevor er noch etwas sagen konnte, hatte sie sich umgedreht und war gegangen.

Es war zu keiner körperlichen Berührung zwischen ihnen gekommen.

*

Er blieb lange auf der Bank im Park sitzen, zu schwach, um aufzustehen.

Unter einem der Bäume versammelten sich ein paar Schwestern, sie standen da, plauderten und lachten munter und rauchten ihre Zigaretten. Zwei Ärzte liefen mit offenen, flatternden Kitteln zwischen den Gebäuden umher.

Dann war es wieder ruhig und still. Eine Amsel begann zu singen. Klare, liebliche Töne. Hin und wieder machte sie Pause, als würde sie über die nächste Strophe nachdenken.

Ein junger Pfleger schob eine alte Frau im Rollstuhl den Parkweg entlang.

Als sie an Fredrik vorbeikamen, wandte sie sich ihm zu, beugte sich über die Armlehne und zeigte mit einem mageren, blaugeäderten Finger auf ihn.

»Guten Tag!«

Der Pfleger blieb stehen und beugte sich über den Rollstuhl.

»Ist das jemand, den du kennst?« fragte er.

Die Frau bat ihn, zurückzufahren, er drehte um und fuhr auf Fredrik zu.

»Natürlich kennen wir uns. Er war einmal mein Schüler, der kleine Sven, nicht wahr?«

»Tut mir leid. Sie irren sich«, murmelte Fredrik.

»Ich möchte nicht gesiezt werden, das habe ich

schon beim letzten Mal gesagt. Guten Tag, Sven, nett, dich zu sehen. Wie geht es dir? Du bist ein bißchen blaß. Liegst du hier im Krankenhaus?«

Jetzt sah er, wer es war.

»Nein so was, Fräulein Stening. Guten Tag.«

Er nahm ihre ausgestreckte Hand, die seine erstaunlich fest drückte. Die andere Hand lag schlaff wie eine verwelkte Blume in ihrem Schoß, und sie sprach ein wenig schleppend. Fredrik vermutete, daß sie einen Schlaganfall gehabt hatte.

»Und wie ging es weiter? Habt ihr euch schließlich angefreundet, du und Karl?« fragte Elsa Stening.

»Karl? Ach so, der. Nein, wir haben uns nicht angefreundet.«

»Das tut mir leid. Und am Ende mußtest du ausziehen? Ich habe so etwas befürchtet. Und deine Frau? Und die Kinder?«

»Sie wohnen zur Zeit bei ihren Eltern. Dann fahren sie nach New York.«

»Oh je, oh je.«

Sie schüttelte den Kopf. Der Pfleger war ein Stück weitergegangen und hatte sich eine Pfeife angezündet.

»Genau wie bei der anderen Familie. Das ist nicht schön.«

Fredrik wußte nicht, was er sagen sollte.

»Du hast dich mit ihm gestritten, nicht wahr? Du hättest meinem Rat folgen und ihn gar nicht beachten sollen. Ihn einfach kommen und gehen lassen. War es wirklich so schwierig?«

»Ich weiß nicht«, murmelte Fredrik.

Elsa Stening schnaubte und winkte dem Pfleger mit der gesunden Hand.

»Jetzt fahren wir. Mach das aus.«

Sie zeigte auf die Pfeife.

Der Mann machte die Pfeife aus, steckte sie in die Tasche seines weißen Kittels und schob den Rollstuhl weiter.

»Das war Sven, ein ehemaliger Schüler von mir. Ein lieber Junge. Aber nicht sehr begabt. Ich habe nie verstanden, wie es ihm gelungen ist, Zahnmedizin zu studieren«, hörte Fredrik sie noch nuscheln, dann verschwanden sie Richtung Krankenhaus.

Hausbesichtigung

Wie schön es war, das große weiße Haus mit der Glasveranda und den rosa Rosen, die an der Hauswand hochkletterten und sich fast den Platz streitig machten. Der Garten mit den Beerensträuchern und Spätsommerblumen. Und die Landschaft drum herum – Äcker, Wiesen und Wald.

»Und der Preis ist wirklich gut, ganz bestimmt«, sagte der Makler.

Das Paar, beide um die Fünfunddreißig, nickte zustimmend.

»Der Besitzer möchte es schnell verkaufen.«

»Wie kann man so etwas verkaufen wollen?« sagte die Frau und schaute mit großen Augen um sich.

Neben ihr standen zwei kleine Mädchen.

»Das Übliche. Krankheit, Scheidung, Ärger. Aber wie gesagt. Ihr seid die ersten. Wenn Spekulanten auftauchen, kann der Preis schnell in die Höhe klettern.«

Der Makler lachte vor sich hin, pflückte eine Traube Johannisbeeren und gab sie einem der Mädchen.

»Gibt es das da, wo du jetzt wohnst?«

Das Mädchen schüttelte den Kopf und aß langsam die roten, durchsichtigen Beeren.

»Wenn ihr hierherzieht, dann kannst du soviel pflücken, wie du willst«, sagte er prustend und gab auch dem anderen Mädchen eine Traube Beeren.

Fredrik betrachtete sie aus seinem Versteck hinter dem großen Ahorn am Rande des Gartens. Er hatte das Auto ein Stück weiter weg geparkt und war vor dem Besichtigungstermin hierhergegangen. Der Makler hatte gesagt, er dürfe nicht dabeisein. Er wolle den Verkäufer bei einer Besichtigung nie dabeihaben, aus Prinzip nicht. Das hatte Fredrik natürlich akzeptiert, aber als es soweit war, konnte er der Versuchung nicht widerstehen und wollte das Ganze von Ferne betrachten.

Jetzt bereute er es fast. Sein Herz tat weh vor Trauer. Ein so schönes Haus! Und so eine schöne Familie.

Jetzt schloß der Makler die Tür auf. Alle gingen ins Haus und verschwanden aus Fredriks Blickfeld.

*

Er war inzwischen in eine Einzimmerwohnung gezogen (eine der Junggesellenwohnungen im alten Postamt). Klein und einfach, aber zentral. Das war natürlich nur eine vorübergehende Lösung. Sobald das Haus verkauft war, würde er sich eine Eigentumswohnung kaufen.

Aber vorerst war es ausreichend. Er hatte es nicht weit zur Gemeindeverwaltung, er hatte vor kurzem wieder in Teilzeit zu arbeiten begonnen, am Firmenkatalog. Vorerst nur ein paar Stunden am Tag. Er wurde schnell müde, die vielen Namen, Adressen und Telefonnummern verwirrten ihn. Er war sehr dankbar, daß Märta so viel Geduld mit ihm hatte, ihre mütterliche Fürsorge wärmte sein Herz: die Kaffeebecher, die sie ihm vom Automaten mitbrachte, und die Henkelmänner mit richtigem Essen – einen für sich und einen für ihn –, das sie von zu Hause mitbrachte und das sie zusammen an ihrem Schreibtisch aßen. (Märta hatte sich nie gern in der Kantine oder in der Sitzecke aufgehalten, sie verbrachte ihre Pausen allein in ihrem Zimmer, und in dem verwundbaren Zustand, in dem Fredrik sich befand, war es auch für ihn das Beste.) Ruhig und pädagogisch weihte sie ihn in das komplizierte Karteikartensystem ein, das sie für den Firmenkatalog entwickelt hatte, und Fredrik tat sein Bestes, es zu verstehen. Wenn die Müdigkeit und die Hoffnungslosigkeit ihn überwältigten, konnte es vorkommen, daß er sich an Märtas fülligen Busen lehnte und schniefte und sie ihm vorsichtig über den Kopf streichelte.

Aber es kam auch vor, daß er Leben in sich spürte, ein kleines Kitzeln oder Zucken. Er erinnerte sich an etwas, das er im Fernsehen gesehen hatte: Einem Mann war von einer Maschine die

Hand abgetrennt und dann wieder angenäht worden. Die Hand hatte zuerst grau und tot ausgesehen, bevor die Blutgefäße und Nerven wieder funktionierten. Waren die Zuckungen ein Zeichen dafür, daß seine graue Seele wieder anwuchs? Ein kompliziertes System von losen Fäden, die sich suchten und fanden, die noch unsicher ihren Lebensfluß anzeigten?

Paula hatte aus New York angerufen und gesagt, sie wolle sich scheiden lassen. Es ginge ihr gut und den Kindern auch. Fabian hatte ihm Zeichnungen von den Wolkenkratzern in Manhattan geschickt, und von einer Pferdekutsche, mit der er im Central Park gefahren war.

Paula arbeitete intensiv, sie hatte viele nützliche Kontakte geknüpft und an einer Gemeinschaftsausstellung von skandinavischen Künstlern teilgenommen.

Sie hatte kurz vor ihrer Abreise eine kleine Ausstellung in Göteborg. Fredrik war alleine hingefahren und hatte sie sich angeschaut.

Er erkannte sofort die kleinen quadratischen Bilder in warmen, gelbroten Farben. Langsam ging er von Bild zu Bild, er studierte sie genau und las die Titel: »Samenversteck«, »Behaarter Stengel«, »Mohnerwartung«. Er erinnerte sich, daß Paula

Mohn auf dem Acker gefunden hatte und fasziniert war.

Auf dem Tisch mit Informationen lagen auch Berichte über die Ausstellung. Er überflog sie. »Stempel, Knospen und Samen stark vergrößert«, »mit sensiblem Blick für den Mikrokosmos«, »der Betrachter findet sich wie in einer Samenkapsel«.

»Pflanzenteile«. Hatte sie also Pflanzen gemalt?

*

»Was für eine Aussicht!« rief der Mann.

Sie standen jetzt auf dem Balkon über der Veranda, der Makler und die Familie.

»Aber«, sagte die Frau, die sich umgedreht hatte, »hier an der Wand ist eine häßliche Schramme. Schau mal. Eine richtige Scharte. Und hier am Stuhl auch.«

»Das sind Kleinigkeiten, Schatz«, sagte der Mann. »Das kann man richten. Das Haus ist sonst in einem guten Zustand. Schau dir die Aussicht an. Am Morgen aufzuwachen, auf den Balkon zu gehen und das zu sehen!«

Sie gingen wieder ins Haus, und Fredrik nutzte den Moment, um hinter dem Baum hervorzukommen und ungesehen zu verschwinden. Gebückt lief er am Garten entlang zum Tor.

Als er an den Johannisbeersträuchern vorbeikam, sah er, daß etwas sich da drinnen bewegte. Er blieb stehen und starrte in das grüne Dunkel. Dann war es wieder still. Er lief weiter und drehte sich um.

Da glühte etwas zwischen den Blättern. Zwei Punkte. Wie die Augen eines Raubtiers, die das Licht reflektieren. Eine Katze?

Marie Hermanson

Muschelstrand

Roman
Aus dem Schwedischen von Regine Elsässer
suhrkamp taschenbuch 3390
304 Seiten

»Eine sehr kluge, elegante und tiefe Geschichte von einer geheimnisvollen Familie.« *Brigitte*

Nach vielen Jahren kehrt Ulrika an den Ort zurück, der sie als Kind jeden Sommer aus ihrer kleinbürgerlichen Enge befreite. Sie erinnert sich an die gemeinsamen Sommer mit den Gattmans und die Geschehnisse um die kleine, adoptierte Maja. Das Kind sprach kein Wort, war seltsam unnahbar. Daher erfuhr auch niemand, was passiert war, damals, als sie nach sechs Wochen genau so plötzlich und unversehrt wieder auftauchte wie sie zuvor verschwunden war.
Ulrika begibt sich nun als erwachsene Frau erneut an jenen Muschelstrand und versucht das Rätsel um Maja zu lösen und macht einen äußerst merkwürdigen Fund.

»Marie Hermansons Roman hat alles; die Spannung eines Krimis, die Genauigkeit einer Zeitstudie und die verträumte Melancholie, die über der Erinnerung an die Sommer der Kindheit liegt.« *Hannoversche Allgemeine Zeitung*

Marie Hermanson

Die Schmetterlingsfrau

Roman
Aus dem Schwedischen von Regine Elsässer
suhrkamp taschenbuch 3555
242 Seiten

Anna, Mitte Dreißig, unabhängig, beruflich erfolgreich, ist gerade von ihrem Liebhaber verlassen worden. Sie bucht eine Reise nach Borneo, um in der Hitze des Dschungels Roger zu vergessen, und tatsächlich bringt ein Ausflug in den Urwald sie auf andere Gedanken – ein rätselhaftes Zucken, ein unbekanntes Gefühl im linken Bein lenken all ihre Aufmerksamkeit auf sich.
Zurück in Schweden, läßt Anna ihr »Reisesouvenir« vom Tropenspezialisten Willof untersuchen. Dieser ist begeistert: Eine seltene Schmetterlingsart hat sich Anna als Wirtstier ausgesucht. Willof überredet die Auserwählte, vorübergehend zur Beobachtung in sein Schmetterlingshaus zu ziehen. Sie quartiert sich im Glashaus ein, das sich binnen kurzem zu einem Ort merkwürdigster Vorgänge entwickelt ...

»Zum Verschlingen an einem lauen Nachmittag.« *Revue, Luxemburg*

»Voller Spannung, Zauber, aber auch nüchterner Rationalität.« *Brigitte*

Marie Hermanson

Saubere Verhältnisse

Roman
Aus dem Schwedischen von Regine Elsässer
suhrkamp taschenbuch 3703
243 Seiten

Yvonne Gärstrand, erfolgreiche Chefin einer Firma für Zeitmanagement, hat Zeit. Zeit, um sich in fremden Gegenden herumzutreiben und in fremde Häuser zu schauen. Als suche sie dort nach dem wirklichen Leben, das ihr selbst, verheiratete Mutter eines inzwischen erwachsenen Sohnes, abhanden gekommen ist. Die Bewohner im Orchideenweg 9 aber bleiben ihr fremd. Als dort eine Putzfrau gesucht wird, bewirbt sie sich. Als Nora Brick tritt sie ihren Dienst an in dem gepflegten Haus Bernhard Ekbergs, dem offensichtlich die Hausfrau fehlt – und verliebt sich in ihn. Wo ist Helena, Ekbergs Frau? Und wer ist die geheimnisvolle Schöne auf dem Foto, das sie in Ekbergs Jackentasche findet? Yvonne alias Nora macht sich auf Spurensuche und wird zur Mitwisserin eines dunklen Geheimnisses.

»Eine unheimliche Reise in die schwärzesten Winkel der Seele. Überraschend und intelligent. Lesen!« *Jönköpings-Posten*

Marie Hermanson

Das unbeschriebene Blatt

Roman
Aus dem Schwedischen von Regine Elsässer
suhrkamp taschenbuch 3626
236 Seiten

Ein Zufall bringt den gealterten Pechvogel Reine mit der fettleibigen Angela zusammen. Und während sie sich einer Kuchenorgie hingibt, erzählt Reine zum ersten Mal einer Person sein Leben – Angela erzählt nichts von sich, doch Reine genügt es, daß sie seinen Bericht in ihrem gewaltigen Inneren verwahrt.
Angelas Lethargie und Unwissenheit faszinieren Reine. Er liebt das Gefühl, sie formen und durch sie zum ersten Mal auch sich selbst lieben zu können. Sie heiraten, und als ihnen nach der Geburt ihres Sohnes Bjarne auch noch ein kleines Erbe zufällt, scheint es Reine, als habe er doch endlich das große Los gezogen.
Doch dann wird Bjarne plötzlich sehr krank. Und Reine wird schmerzhaft bewußt, daß er mit seinem Kind auch Angela verlieren würde. Er beschließt, nicht mehr nur Passagier seines Lebens zu sein, sondern das Steuer selbst in die Hand zu nehmen, und heckt in seiner Verzweiflung einen tollkühnen Plan aus ...

suhrkamp taschenbücher
Eine Auswahl

Isabel Allende
- Fortunas Tochter. Roman. Übersetzt von Lieselotte Kolanoske. st 3236. 483 Seiten- Das Geisterhaus. Übersetzt von Anneliese Botond. st 1676. 500 Seiten
- Paula. Übersetzt von Lieselotte Kolanoske. st 2840. 496 Seiten.
- Porträt in Sepia. Übersetzt von Lieselotte Kolanoske. st 3487. 512 Seiten
- Zorro. Roman. Übersetzt von Svenja Becker. st 3861. 443 Seiten

Jurek Becker. Jakob der Lügner. Roman. st 774. 283 Seiten

Louis Begley
- Lügen in Zeiten des Krieges. Roman. Übersetzt von Christa Krüger. st 2546. 223 Seiten
- Schmidt. Roman. Übersetzt von Christa Krüger. st 3000. 320 Seiten

Thomas Bernhard
- Alte Meister. Komödie. st 1553. 311 Seiten
- Holzfällen. st 3188. 336 Seiten
- Wittgensteins Neffe. st 1465. 164 Seiten

Ketil Bjørnstad
- Villa Europa. Roman. Übersetzt von Ina Kronenberger. st 3730. 535 Seiten
- Vindings Spiel. Roman. Übersetzt von Lothar Schneider. st 3891. 347 Seiten

Lily Brett. Chuzpe. Übersetzt von Melanie Walz. st 3922. 334 Seiten

Lizzie Doron. Warum bist du nicht vor dem Krieg gekommen? Übersetzt von Mirjam Pressler. st 3769. 130 Seiten

Marguerite Duras. Der Liebhaber. Übersetzt von Ilma Rakusa. st 1629. 194 Seiten

Hans Magnus Enzensberger. Josefine und ich. Eine Erzählung. st 3924. 147 Seiten

Louise Erdrich
- Der Club der singenden Metzger. Roman. Übersetzt von Renate Orth-Guttmann. st 3750. 503 Seiten
- Die Rübenkönigin. Roman. Übersetzt von Helga Pfetsch. st 3937. 440 Seiten

Max Frisch
- Homo faber. Ein Bericht. st 354. 203 Seiten
- Mein Name sei Gantenbein. Roman. st 286. 304 Seiten
- Stiller. Roman. st 105. 438 Seiten

Carole L. Glickfeld. Herzweh. Roman. Übersetzt von Charlotte Breuer. st 3541. 448 Seiten

Philippe Grimbert. Ein Geheimnis. Roman. Übersetzt von Holger Fock und Sabine Müller. st 3920. 154 Seiten

Katharina Hacker
- Der Bademeister. Roman. st 3905. 207 Seiten
- Die Habenichtse. Roman. st 3910. 308 Seiten

Marie Hermanson
- Der Mann unter der Treppe. Übersetzt von Regine Elsässer. st 3875. 250 Seiten.
- Muschelstrand. Roman. Übersetzt von Regine Elsässer. st 3390. 304 Seiten.

Yasushi Inoue. Das Jagdgewehr. Übersetzt von Oskar Benl. st 2909. 98 Seiten

Uwe Johnson. Mutmassungen über Jakob. Roman. st 3128. 298 Seiten

James Joyce. Ulysses. Roman. Übersetzt von Hans Wollschläger. st 2551. 988 Seiten

Daniel Kehlmann. Ich und Kaminski. Roman. st 3653. 174 Seiten.

Magnus Mills Die Herren der Zäune. Roman. Übersetzt von Katharina Böhmer. st 3383. 216 Seiten

Cees Nooteboom. Allerseelen. Roman. Übersetzt von Helga van Beuningen. st 3163. 440 Seiten

Elsa Osorio. Mein Name ist Luz. Roman. Übersetzt von Christiane Barckhausen-Canale. st 3918. 434 Seiten

Amos Oz. Eine Geschichte von Liebe und Finsternis. Roman Übersetzt von Ruth Achlama. st 3788 und st 3968. 829 Seiten

Ralf Rothmann. Junges Licht. Roman. st 3754. 236 Seiten

Hans-Ulrich Treichel
- Menschenflug. Roman. st 3837. 234 Seiten
- Der Verlorene. Erzählung. st 3061. 175 Seiten

Mario Vargas Llosa. Das böse Mädchen. Roman. Übersetzt von Elke Wehr. st 3932. 395 Seiten

Carlos Ruiz Zafón. Der Schatten des Windes. Übersetzt von Peter Schwaar. st 3800. 565 Seiten